Der tödliche Ruf

WOLF-RÜDIGER HEILMANN

Der tödliche Ruf

Kriminalroman

Alle in diesem Buch geschilderten Handlungen und Personen sind frei erfunden.

Etwaige Ähnlichkeiten mit tatsächlichen Begebenheiten oder lebenden oder verstorbenen Personen wären rein zufällig und nicht beabsichtigt, abgesehen von gewissen Übereinstimmungen zwischen Autor und Ich-Erzähler.

Bibliografische Information der Deutschen Nationalbibliothek
Die Deutsche Nationalbibliothek verzeichnet diese Publikation in der Deutschen Nationalbibliografie; detaillierte bibliografische Daten sind im Internet über http://dnb.dnb.de abrufbar.

© 2015 Wolf-Rüdiger Heilmann
Satz, Umschlaggestaltung, Herstellung und Verlag: BoD – Books on Demand
ISBN 978-3-7392-7095-1

Für Ingrid

Larissa-Valeska

Lisa-Maria und Steffen

Lydia Sara

Lionel Elias

»Though I know I'll never lose affection
for people and things that went before
I know I'll often stop and think about them
in my life I love you more.«
John Lennon, In My Life

1

Das Couvert enthielt eine einzige DIN A4-Seite aus schwerem Büttenpapier. Der Briefkopf war edel gedruckt: »Private Hochschule für Finanzen, Geld und Währung. Der Rektor«. Es folgten Ort, Datum, meine Anschrift und dann der Text: »Sehr geehrter Herr Dr. Rieger! Es ist mir eine Freude, Ihnen mitteilen zu können, dass der Senat der Privaten Hochschule für Finanzen, Geld und Währung beschlossen hat, Sie auf den neu geschaffenen Lehrstuhl für Versicherungs- und Bausparmathematik zu berufen. Hierzu gratuliere ich Ihnen von ganzem Herzen. Bitte wenden Sie sich zur Abstimmung der nächsten nun anstehenden Schritte unter der Ihnen bekannten Rufnummer an mein Sekretariat, Frau Maren Demmler. Mit freundlichen Grüßen, Ihr sehr ergebener Richard Hahne.« Gab es das noch? »Ihr sehr ergebener«? Und das zu einer Unterschrift, die fast so viel Raum einnahm wie der gesamte Brieftext! Zelebriert mit einem vermutlich exquisiten Füllfederhalter, in preußisch-blauer Tinte.

Diese Kombination aus edlen Schreibmaterialien und altfränkischem Briefstil beeindruckte mich sehr und half mir damit für einige Sekunden über den freudigen Schock hinweg, den die Botschaft des Schreibens in mir auslöste.

Ich hatte Hahne, genauer: Prof. Dr. rer. oec. Dr. h. c. mult. Richard Hahne, während des Berufungsverfahrens nicht kennengelernt. Vor meinem geistigen Auge entstand eine auch physisch imponierende Persönlichkeit, ein Hüne vermutlich, raumfüllend, mit ausladenden Gesten und dröhnendem Bass. Ich konnte nicht ahnen, dass ich ihm zu seinen Lebzeiten niemals von Angesicht zu Angesicht gegenüberstehen würde – dem in Wahrheit kleinen, drahtigen Mann, in seiner Körpersprache und mit der stets leicht geduckten Haltung und einem lauernden Blick an einen Judoka erinnernd, der mindestens den 6. Dan erreicht hatte.

Doch dann wurde mir schlagartig bewusst, was der Brief von Hahne für mich bedeutete – mir lag das Angebot vor, meinem Leben eine ziemlich dramatische Wendung zu verleihen. Vom Abteilungsleiter in einem traditionsreichen Versicherungsunternehmen im Norden Deutschlands zum Professor an einer noch recht jungen Privathochschule im Südwesten. Hieß das: aus dem konservativen Umfeld der Assekuranz in die innovative Welt der Yuppies und der Start-up-Schmieden? Oder eher vom Haifischbecken freie Wirtschaft in das Reservat einer Alma Mater? Oder nur aus dem vertrauten norddeutschen Flachland ins fremdartige Mittelgebirge?

Ich hatte von der Ausschreibung der Stelle ganz zufällig am Rande einer Fachtagung erfahren und mich ohne allzu große Ambitionen beworben. Um so überraschter war ich gewesen, als ich – recht kurzfristig – zu einem Vorstellungsvortrag eingeladen wurde, den ich dann in aller Eile konzipierte und vor einem in seiner Zusammensetzung für mich ungewohnten Auditorium von weniger als zwanzig Personen an einem schwülen sommerlichen Spätnachmittag in einem grotesk überdimensionierten Hörsaal halten musste.

Die Atmosphäre bei dieser Veranstaltung war ausgesprochen angenehm. Der Vorsitzende der Berufungskommission, ein Professor Hunger, hatte mich freundlich begrüßt und mir durch seine Jovialität meine Nervosität und Anspannung weitgehend genommen. Hunger war offenbar, ähnlich wie ich, ein akademischer Quereinsteiger, nicht einmal promoviert, der aus der Bankwirtschaft zur Hochschule gekommen war. Seine Attitüde war demgemäß auch wenig professoral – er wirkte offen, hatte ein ansteckendes Lachen und hinter den getönten Gläsern seiner dicken Brille einen stets aufmerksamen, gelegentlich verschmitzten Blick. Seine schlanke, ja, hagere Figur trug auf hängenden Schultern einen schmalen, knochigen Kopf, und ich hatte mich bei unserer ersten Begegnung unwillkürlich gefragt, ob der dadurch hervorgerufene Eindruck der Askese nun zu seinem Nachnamen passte oder gerade nicht. Sein volles, zur Seite gekämmtes Haar war offensichtlich dunkel gefärbt – eine kosmetische Maßnahme, die mir bei Männern immer ein wenig übertrieben, wenn nicht gar suspekt erscheint, vor allem, wenn die dunklen Strähnen nicht so recht mit dem teigigen Teint darunter korrespondieren wollen.

Ich begann meinen Vortrag mit dem Versuch eines Witzes, denn es hatte sich sogar schon bis in die immer noch ziemlich provinzielle Welt der deutschen Personenversicherung herumgesprochen, dass dies in den zunehmend angelsächsisch dominierten Feldern der Wissenschaft geradezu erwartet wurde.

»Bekanntlich gibt es drei Sorten Aktuare – die einen können zählen, die anderen können es nicht.«

Es trat für einen Moment lähmende Stille ein – hatte man den Witz nicht verstanden, oder hielt man es für taktlos, dass ich einen Scherz auf Kosten meiner eigenen Zunft zu machen versuchte? Hunger war so freundlich, mich herauszupauken, indem er eine Variante eines bekannteren Witzes über Aktuare nachschob, bei dem die Pointe stets lautet: »Sie müssen ein Aktuar sein. Alles, was Sie sagen, ist hundertprozentig richtig und doch zugleich völlig nutzlos!« Und fortfuhr: »Ich bin sicher, Herr Dr. Rieger wird uns jetzt das Gegenteil beweisen!«

Ich war gerettet und trug aus meinem Spezialgebiet – quantitative Methoden der Risikoeinschätzung und Risikoprüfung in der Personenversicherung – vor, einer Materie, die den Mitgliedern der Berufungskommission ziemlich fremd war. Ich würzte meinen Vortrag reichlich mit Anekdoten aus dem Versicherungsalltag, wobei insbesondere einige spektakuläre Fälle des Versicherungsbetruges Erstaunen und, anders als mein Auftaktwitz, auch Heiterkeit hervorriefen.

Die anschließende Diskussion verlief weitgehend unproblematisch. Die Vertreter des akademischen Mittelbaus stellten einige offenbar vorbereitete und abgestimmte Standardfragen zu meiner Motivation für einen eventuellen Wechsel von der »schmutzigen« Praxis in die hehren Gefilde von Forschung und Lehre, und die Repräsentantin der, wie es hier hieß, Studierendenschaft wollte genau wissen, wie es mit meinen pädagogischen Fähigkeiten bestellt war, ob ich zu allen Lehrveranstaltungen Skripten anfertigen und kostenlos aushändigen beziehungsweise ins Internet stellen würde und wie vertraut mir die modernen elektronischen Medien wären. Später erfuhr ich von einem Mitglied der Berufungskommission, dass ich merkwürdiger Weise der einzige Bewerber gewesen war, den sie nicht dezidiert mit bohrenden Fragen zum Grundsatz der Gleichberechtigung und zu Quotenregelungen bei Stellenbesetzungen gepeinigt hatte.

In der sogenannten Nachsitzung, bei der es Wasser, Tee, Kaffee und Kekse gab – ein Luxus, der in meinem Unternehmen jüngst einer Kampagne »Jeder EURO zählt!« zum Opfer gefallen war – wurde überwiegend Small Talk betrieben. Eine Ausnahme bildeten die Einlassungen eines Professors namens Specht, der offenbar seinem Namen alle Ehre machen wollte und lustvoll auf Reizthemen wie studentische Mitbestimmung und Studienreform und somit auch auf der einzigen anwesenden Studentin herumhackte. Mein Eindruck war, dass Specht darunter litt, statt an einer angesehenen und etablierten staatlichen Universität an dieser privaten Hochschule minderen Ranges tätig zu sein, und dass er seinen Frust darüber an allen Personen, Institutionen und Strukturen auslief, die nach seiner Einschätzung die Zweitklassigkeit seiner gegenwärtigen akademischen Umgebung bewirkten oder verkörperten.

Nun hatte ich also tatsächlich und gegen meine eigenen Erwartungen den Ruf erhalten und sah mich vor eine bedeutsame, meinen gesamten zukünftigen Lebensweg steuernde Entscheidung gestellt.

Vier Monate später, zu Beginn des folgenden Wintersemesters, fand ich mich in einem kleinen, schäbigen Raum in einem sogenannten Verfügungsgebäude an der Peripherie der Hochschule wieder. Dieser hatte zuletzt offenbar als Abstellraum für meinen Fachbereich gedient, denn die Regale, die den größten Teil des Mobiliars ausmachten, waren voll von Druckstücken aller Art – Vorlesungsskripte, Protokolle, Übungsblätter sowie Flyer und Prospekte verschiedener Generationen, mit denen für die Hochschule und speziell für den Fachbereich »Banken, Versicherungen, Bausparkassen« geworben wurde.

Das mobile Inventar dieser Klause, die den Namen Büro nicht verdiente, bestand aus einem windschiefen Papierkorb, zwei einfachen, mit grauem, abgewetztem Tuch bezogenen Stühlen, deren ohnehin dünne Polster durchgesessen waren, sowie einem Schreibtisch, dessen zerkratzte und beschmierte Platte von rücksichtsloser Nutzung durch frühere Inhaber zeugte und dessen Fächer und Schubladen wie die Regale mit Druckstücken und diversem Krimskrams vollgestopft waren.

Auf dem Schreibtisch befanden sich ein antiquiertes Telefon, das aber außer Betrieb war, sowie einige Utensilien – ein Stifteköcher mit mehreren Kulis, ein leerer Briefkorb sowie, wie ein Relikt aus längst vergangenen Büroepochen, ein aufgeschlagener Stenogrammblock mit teils beschriebenen, teils leeren Seiten, dem offenbar viele Blätter fehlten.

Mehrere Tintenflecken auf der Schreibtischplatte deuteten darauf hin, dass frühere Nutzer Füllfederhalter verwendet hatten und mit diesen nicht sehr sorgsam umgegangen waren.

Durch ein schmales Fenster, das wohl schon lange nicht mehr gereinigt worden war, fiel das schräge Licht der Herbstsonne in den Raum und ließ überdeutlich dichte Staubschichten erkennen, die die meisten freien Flächen bedeckten. Die unverkleidete Neon-Röhre an der Decke würde mit ihrem kalten Licht das deprimierende Interieur dieses Kabuffs vermutlich noch weniger heimelig erscheinen lassen als es das Tageslicht tat. Von einem Internet-Anschluss oder einer W-LAN-Verbindung konnte natürlich nicht die Rede sein, so dass ich mein privates Notebook gar nicht erst aus der Tasche herauszog.

2

Ich hatte mir den Start in dieser für mich in jeder Hinsicht ungewohnten Umgebung nicht leicht, aber doch auch nicht so katastrophal vorgestellt. Die Berufungsverhandlungen, bei denen ich es mit dem Prodekan des Fachbereichs und dem Kanzler der Hochschule zu tun hatte, waren in freundlicher Atmosphäre verlaufen. Ich hatte mich zuvor bei Hunger erkundigt, auf was ich als unerfahrener Newcomer achten sollte und welche Ausstattung meines Lehrstuhls ich erwarten konnte. Meine personellen Wünsche, je eine Assistenten- und Sekretariatsstelle, waren in der Berufungszusage glatt halbiert worden. Immerhin wurde eine Aufstockung auf eine ganze Assistentenstelle in Aussicht gestellt. Die Sachmittelausstattung erschien mir demgegenüber geradezu opulent.

Aber was ich mir nicht hatte vorstellen können war die völlige Passivität der Fachbereichs-verwaltung in Bezug auf meine Unterbringung und die Erstausstattung meines Arbeitsplatzes. Was dachte sich eigentlich mein neuer Kollege Hunger, der sich als Federführender in dem Berufungsverfahren ganz besonders für meinen Start verantwortlich fühlen sollte? Ich hatte in gut zwei Wochen meine erste Vorlesung zu halten und saß nun in einer besseren Besen-kammer ohne die Minimalausstattung eines arbeitsfähigen Büros.

Mein Unverständnis und meine Empörung hierüber waren so groß, dass ich beschloss, zunächst einmal in eine Art innere Emigration zu gehen und mich um gar nichts zu kümmern. Stattdessen griff ich mir einige der reichlich vorhandenen Unterlagen und blätterte insbesondere die alten Prospekte der Hochschule und des Fachbereichs durch. Da die meisten Abbildungen mit Bildunterschriften versehen waren, konnte ich mich auf diese Weise immerhin mit einigen Personen und mit deren Aussehen vertraut machen.

Die erste Überraschung dabei erlebte ich, als ich in einem mehrere Jahre alten Druckstück ein Konterfei des Gründungsrektors Hahne entdeckte. Der Mann war offenbar älter, als ich vermutet hatte. Aus einem faltigen, stark gebräunten Gesicht blinzelten zwei schmale, sehr wache Äuglein in die Kamera. Ungewöhnlich für einen Mann in seiner Position waren die raspelkurz geschnittenen weißen Haare. Auf einem Gruppenfoto mit Repräsentanten der Hochschule, der Stadt und des Landes sah ich dann, dass Hahne klein von Statur war, aber doch eine starke physische Präsenz ausstrahlte. Der neben ihm stehende Stadtkämmerer überragte ihn um Haupteslänge, wirkte aber lasch und weichlich neben dem drahtigen Rektor, der, anders als alle anderen Personen auf dem Foto, in Freizeitkleidung angetreten war.

Auf anderen Fotos entdeckte ich Mitglieder der Berufungskommission, die sich mir bei meinem Vortrag vorgestellt hatten, deren Namen ich mir aber, außer dem von Specht, nicht gemerkt hatte. Einer hieß Brüggemann und war offenbar für das Gebiet Geld und Währung zuständig, ein anderer, der die Bankbetriebslehre vertrat und während meines Vortrages die meiste Zeit geschlafen hatte, Urban Kettler.

In einem der Prospekte steckte, möglicherweise als Lesezeichen, ein aus dem Stenoblock herausgetrennter Zettel. Auf ihm befanden sich einige Kritzeleien, wie man sie manchmal anfertigt, wenn man ein langes, möglicherweise langweiliges Telefonat absolviert. Da hatte jemand mit einem blauen Kuli, dessen Mine schmierte, ein schraffiertes Muster gezeichnet. Es fanden sich auch ein paar zackige Linien und, als markantestes Motiv, ein vermutlich männliches Konterfei, über das einige heftige Striche gezogen waren, die ein liegendes Kreuz formten – war das ein als misslungen angesehenes und daher unkenntlich gemachtes Selbstporträt, oder handelte es sich um das Abbild eines Feindes, der symbolisch vernichtet wurde? Ein wenig erinnerte mich dieses Bild an ein polizeiliches Fahndungsfoto, das auf einer »Wanted!«-Liste durchgestrichen worden war, nachdem man die gesuchte Person dingfest gemacht hatte. Das Kunstwerk enthielt keinen Hinweis auf seinen Schöpfer und auch keinen Anhaltspunkt zum Datum seiner Entstehung.

Ich legte den Zettel nicht in den Prospekt zurück, sondern fügte ihn in den Stenoblock ein und war gerade im Begriff, meine Literaturrecherche zu beenden, als es an der Tür klopfte. Auf mein »Ja, bitte!« wurde die Tür gerade so weit geöffnet, dass der Kopf von Beate Ammeyer durch die entstehende Lücke passte. Frau Ammeyer war die Sekretärin von Hunger. Sie wirkte äußerlich spießig, ja, geradezu verklemmt mit ihren blonden Kräusellöckchen, der altmodischen Brille und ihrer offensichtlichen Vorliebe für weit geschnittene lange Kleider, die zwischen Tracht, Landhaus-Stil und großmütterlichem Schürzenkleid changierten, allerdings, soweit ich es beurteilen konnte, durchweg dem gehobenen Preissegment entstammten.

Aber der äußere Eindruck täuschte. Aus meinen zahlreichen Kontakten mit ihr während des Berufungsverfahrens wusste ich, dass Frau Ammeyer sehr zielstrebig und nötigenfalls auch durchsetzungsfreudig und insgesamt offenbar sehr tüchtig war. Die diversen erforderlichen Terminabsprachen, Buchungen und Reservierungen hatte sie mit professioneller Routine erledigt, wobei sie gelegentlich verblüfft über meine Anspruchslosigkeit zu sein schien.

Anscheinend war sie gewohnt, dass die Herren Professoren in solchen Angelegenheiten sehr eigenwillig, egozentrisch und durchaus auch rücksichtslos verfuhren und die daraus resultierenden Misshelligkeiten und kognitiven Dissonanzen gern bei ihr abluden.

Wenn Frau Ammeyer meine Unterbringung für unangemessen hielt – wovon ich überzeugt war –, so ließ sie sich das doch nicht anmerken. Ihre Loyalität gegenüber Hunger, den auch sie sicherlich in der Pflicht sah, war so ausgeprägt, dass sie nicht einmal durch ihr Mienenspiel zu erkennen gab, welchen Eindruck meine ärmliche Behausung auf sie machte.

Sie grüßte freundlich und fragte, wie es mir ginge, wobei sie mich als »Dr. Rieger« ansprach, was völlig korrekt war, denn meine Ernennungsurkunde war mir noch nicht ausgehändigt worden – ruhte sie vielleicht im Briefkorb des Kollegen Hunger? Ich grüßte zurück und fügte hinzu »Willkommen in meiner bescheidenen Klause, Frau Ammeyer!« Ich hatte schon früher festgestellt, dass mein Sinn für Humor mit dem ihren nicht unbedingt kompatibel war und dass sie insbesondere meine Ironie häufig nicht richtig einzuschätzen wusste. Trotzdem fügte ich noch hinzu: »Das Wichtigste ist doch soup, soap and salvation, also Suppe, Seife, Seelenheil, wie wir von der Heilsarmee zu sagen pflegen.«

Frau Ammeyer schaute mich an, als hätte ich in einem völlig unverständlichen, ihr jedenfalls total unbekannten Idiom gesprochen. Und vielleicht war sie auch ein wenig beleidigt darüber, dass ich in Verkennung ihrer Fremdsprachenkenntnisse eine Übersetzung des berühmten Mottos mitgeliefert hatte. Ich setzte schon zu der Bemerkung an »Wissen Sie eigentlich, dass in der Heilsarmee die Frauen schon im 19. Jahrhundert den Männern gleichgestellt waren?«, womit ich mich vermutlich eines Overkills an abseitigem Scherz schuldig gemacht hätte, da fragte sie mich zum Glück ihrerseits, ob ich Zeit hätte für ein kurzes Gespräch mit Herrn Professor Hunger.

Mir lag auf der Zunge, ihr zu antworten, dass ich ja in dem mir zugewiesenen Abstellraum mangels Telefon- und W-LAN-Anschluss ohnehin zur Untätigkeit verdammt und gerade im Begriff war, den alten Spruch vom Müßiggang, der aller Laster Anfang sei, zu validieren, aber ich wollte sie nicht noch mehr verschrecken und sagte stattdessen, dass ich sehr gern mit Herrn Kollegen Hunger sprechen würde. Mit einer um mich herum weisenden Armbewegung fügte ich noch hinzu, dass es ja auch von meiner Seite aus einiges zu besprechen gäbe und dass ich auch von ihr gern erfahren würde, wie ich in den Besitz einer Grundausstattung von Büromaterial gelangen könne.

»In einer halben Stunde, um 11:30?«, fragte sie schnell, und als ich nickte, fügte sie ein rasches »Danke!« hinzu und verschwand genauso plötzlich, wie sie gekommen war. Ich wollte die Zeit nutzen, um mir Gedanken und Notizen zu dem Gespräch mit Hunger und den Forderungen, die ich stellen wollte, zu machen, ließ mich aber zunächst von einem Gedanken, der im Laufe des Gesprächs mit Frau Ammeyer bei mir aufgeblitzt war, ablenken. Ich hatte beim Blättern in den alten Fakultätsunterlagen auch ein Gruppenfoto gesehen, auf dem Hahne neben einer jungen Frau mit Kräusellöckchen stand, und irgendetwas an der Haltung der beiden war mir ungewöhnlich vorgekommen, ohne dass ich dieser Empfindung weiter nachgegangen war. Ich musste einige Zeit suchen und blättern, dann hatte ich das Foto wiedergefunden. Und tatsächlich – die beiden standen in einem vertraut wirkenden, engen Körperkontakt zueinander, als sei diese Nähe nicht nur dadurch bedingt, dass fast zehn Personen gemeinsam auf einem Foto Platz finden sollten.

Wenn man zu viel Zeit hat oder sich intellektuell unterfordert fühlt, läuft man Gefahr, sich mit Lappalien abzugeben oder unsinnige Spekulationen anzustellen. Frau Ammeyer und der in meiner Vorstellung geradezu majestätische, auf Bütten kommunizierende Hahne? Absurd! Ich ahnte nicht, dass mein Herumphantasieren der Anfang einer Spur war, die einmal zur Aufklärung eines Gewaltverbrechens führen würde.

3

Ich hatte immerhin noch genügend Zeit gehabt, um mich gründlich auf das Gespräch mit Hunger vorzubereiten, nahm mir aber vor, meine Empörung über die meines Erachtens mehr als schäbige Behandlung nicht offen zu zeigen.

Aber auch Hunger war zu meiner Überraschung bestens präpariert. Er verwöhnte mich mit einem Angebot an Kaffee, Tee und Gebäck, das Frau Ammeyer auf einem Besprechungstisch bereitgestellt hatte und durch das ich mich, entwöhnt und bestechlich, wie ich war, sofort zu Wohlverhalten verführen ließ.

Und dann wurde mir auch schon ein wahres Füllhorn an Wohltaten in Aussicht gestellt: Es seien Techniker beauftragt, die am nächsten Vormittag einen Telefon- und FAX-Anschluss legen und eine W-LAN-Verbindung herstellen würden. Die erforderlichen Leitungen seien oder würden gelegt, entsprechende Geräte stünden schon bereit. Noch am selben Tag würde Frau Ammeyer zusammen mit einem Assistenten einen großen Karton mit einer Grundausstattung von Büromaterial – »alles, von der Tesa-Rolle bis zur Büroklammer«, wie Hunger sich ausdrückte – in mein Arbeitszimmer schaffen. Der Hausmeister solle angewiesen werden, schnellstmöglich einen Container zur Entsorgung von Altpapier vor meine Tür zu stellen – in diesen könnte ich alle Papiere hineinwerfen, die in den Regalen herumlägen. Für alles sonstige »Gelumpe« würde ebenfalls ein Container bereitstehen. »Wir nehmen es hier sehr ernst mit der Mülltrennung!«, betonte Hunger, und ich konnte seinem Tonfall nicht entnehmen, ob er diese Grundeinstellung auch selber einnahm oder sich über den Rigorismus des Hauses hinwegsetzte oder zumindest heimlich mokierte oder amüsierte.

»Ja«, schloss er seinen Ankündigungskatalog, »wir wollen

dem neuen Kollegen doch mal zeigen, dass wir auch als Bankkaufleute etwas von Logistik und Infrastruktur verstehen!« Das schien sein Schlusswort zu sein – es war offenbar nicht eingeplant, dass seine Agenda möglicherweise unvollständig war oder dass ich von mir aus darüber hinausgehende Wünsche hegte. Ich leerte rasch meine Kaffeetasse – wer weiß, wann ich wieder einen frisch gebrühten Kaffee bekomme, dachte ich -, verabschiedete mich kurz von ihm und anschließend im Vorzimmer von Frau Ammeyer und trollte mich.

Auf dem Rückweg zu meinem Verschlag im Verfügungsgebäude machte ich einen Bogen über das Gastdozentenhaus, wo ich seit einigen Tagen Bewohner einer anderen immobilen Zumutung war. Die Hochschule hatte mir die Freundlichkeit erwiesen, mir bis zu dem Zeitpunkt, zu dem ich eine neue private Bleibe gefunden hatte, ein sogenanntes Appartement in diesem Etablissement zur Verfügung zu stellen.

Das Gebäude hatte ursprünglich einem anderen, mir nicht bekannten Zweck gedient und war nach Gründung der privaten Hochschule auf Betreiben des damaligen Oberbürgermeisters, der auf den schönen Namen Rüsselkopf hörte, umgewidmet worden. Wie ich später erfuhr, war vorgesehen, dies durch die Namensgebung »Gastdozentenhaus Erwin Rüsselkopf« dankbar zu dokumentieren, doch im Stadtrat war man sich uneins, ob dies schon zu Lebzeiten des verdienstvollen Kommunalpolitikers geschehen solle oder erst posthum. Spötter verwiesen mit Blick auf die Trinkfreude des Alt-OB darauf, dass sich dieses Dilemma bald schon auf natürliche Weise erledigt haben würde.

Auf meinem Weg begegnete mir kaum ein lebendes Wesen. Der Campus liegt am Stadtrand, so dass ihn nur selten ein Außenstehender betritt, und wegen der vorlesungsfreien Zeit ließen sich auch nur wenige Universitätsangehörige auf dem Gelände blicken. Dass unter diesen irgendein mir bekanntes Gesicht erscheinen würde, war ziemlich unwahrscheinlich – bisher kannte ich ja höchstens ein Dutzend Dozenten, Studenten und Angehörige des sogenannten Technischen und Verwaltungspersonals, kurz TVP.

Das Gastdozentenhaus, ein liebloser Betonklotz aus den siebziger Jahren, verband den architektonischen Charme einer Jugendherberge mit der Ausstattungseleganz eines Wohncontainers. Und wenn diese Äußerlichkeiten vielleicht noch zumutbar gewesen wären – ich hatte schließlich mein bisheriges Leben auch nicht in einer Millionärsvilla an der Côte d'Azur verbracht –, so war da aber doch ein weiterer Umstand, der mir den Aufenthalt in diesem gastlichen Hause verleidete: In jedem Stockwerk gab es eine mit allen einschlägigen Accessoires ausgestattete Küche – Elektroherd, Kühlschrank mit Gefrierfach, Geschirrspüler, Wasserkocher, Geschirr, Bestecke, Töpfe und Pfannen und natürlich Abfallbehälter, die eine ordnungsgemäße Mülltrennung erlaubten.

Es gab auch eine Putzfrau, die einmal am Tag für Sauberkeit in diesem Gemeinschaftsraum sorgen sollte und sich vermutlich dabei redlich bemühte – aber ihr Wirken, mochte es auch noch so aufopferungsvoll sein, verpuffte angesichts dessen, was jeweils ein Dutzend Stockwerksbewohner aus aller Herren Länder anzurichten imstande waren: Jeder siedete und kochte, briet und brutzelte nach Herzenslust, aber keiner machte anschließend sauber. Und da dieses kulinarische Treiben sich sieben Tage in der Woche fast rund um die Uhr vollzog und dabei auch noch regelmäßig das Fett spritzte, die Suppen überkochten und mit aromatischen Gewürzen und sonstigen Spezereien nicht gespart wurde, war diese Küche ein hygienisches Notstandsgebiet sondergleichen, eine olfaktorische Hölle und eine Zumutung für jeden, der auch nur den bescheidenen Anspruch hatte, sich in einem sauberen Becher mit keimfreiem kochendem Wasser einen löslichen Kaffee oder einen Tee aus dem Beutel zuzubereiten.

Der Zustand der Küche stand in krassem Gegensatz zu den Texten auf diversen Blättern und Zetteln, die auslagen bzw. an die Wände und Schränke gepinnt waren und Aufforderungen, Hinweise und meist mit verzweifeltem Unterton formulierte Bitten enthielten, mit denen die Küchenbenutzung geregelt und rücksichtsvolles Gebaren erheischt oder angemahnt wurde.

Da ich nie in einer Wohngemeinschaft gelebt hatte und seit dem Auszug aus dem Elternhaus immer selbst und ganz allein für den Zustand meiner Küche verantwortlich gewesen war, hatte ich keinerlei Widerstandskräfte gegen derartige Manifestationen von Unappetitlichkeit entwickelt. Und so kostete es mich immer wieder eine gewisse Überwindung, dieses Gebäude zu betreten oder meine Zimmertür zu öffnen, um es zu verlassen. Ich wusste ja nur allzu gut, dass ich mich dabei in eine Duftwolke aus strengem Curryaroma, dem beißenden Geruch von angebrannter Milch und den Ausdünstungen saurer Konserven, deren Saft beim Öffnen der Gläser und Dosen übergeschwappt und in den Teppichboden eingesickert war, begeben würde.

Ich hatte vor, die nächsten Stunden mit dem Aufräumen meines Büros zu verbringen, und wollte mir dazu aus meinem Appartement etwas zu essen und zu trinken holen. Damit ausgestattet und nach dem Verlassen des Gebäudes einige Male tief durchatmend begab ich mich zurück zum Verfügungsgebäude. Zu meinem freudigen Erstaunen sah ich bereits von weitem vor der Eingangstür zwei Container stehen. Kollege Hunger, Frau Ammeyer und der Hauswart hatten also sehr schnell reagiert. Als ich näher kam, konnte ich an Hand der Beschriftungen erkennen, dass der eine Container für Altpapier und Pappen, der andere für Restmüll vorgesehen war.

Ich betrat meinen Raum, deponierte meine Mitbringsel auf dem Schreibtisch und inspizierte die Regale, um ein wenig Lesestoff zu finden, mit dem ich meine frugale Mahlzeit anreichern konnte. Ich stieß auf eine etwas dickere Broschüre, die ich vorher übersehen hatte, weil sie unter einem hohen Stapel bedruckter DIN A4-Seiten lag. Es handelte sich um eine Festschrift für einen Professor Finke aus Anlass von dessen Emeritierung. Sie trug den Titel »Staat, Nation, Wirtschaft« und enthielt auf der ersten Seite ein Foto des Geehrten, der in etwa so aussah, wie ich mir Hahne vorgestellt hatte – ein mächtiger Schädel mit einer langen Mähne nach hinten gebürsteter schlohweißer Haare, eine dunkle Hornbrille mit dicken Gläsern, die die Augen stark vergrößerten, kräftige, buschige Augenbrauen und unter einer ziemlich dicken Nase ein leicht geöffneter Mund, der durchaus die Vorstellung zuließ, dass er brüllen und auch zuschnappen konnte.

Ich ließ mich auf den Stuhl fallen, streckte ohne Bedenken die Beine auf der Schreibtischplatte aus, langte nach dem mitgebrachten Apfel – Topaz, knackig und säuerlich im Geschmack – und begann, in dem Buch zu blättern. Die Festschrift war von mehreren Fachkollegen Finkes herausgegeben worden, der als Volkswirt und Staatswissenschaftler vorgestellt und in einer langen Widmung dafür gerühmt wurde, dass er auf diesen Gebieten bahnbrechende wissenschaftliche Leistungen erbracht hatte. Der Band enthielt über zwanzig Beiträge, die offenbar alle von Schülern Finkes verfasst worden waren. Beim Überfliegen des Inhaltsverzeichnisses stolperte ich über den Titel einer Arbeit, in der offenbar versucht wurde, das berühmte Peter-Prinzip (»In a hierarchy every employee tends to rise to his level of incompetence«) mit Hilfe eines mathematischen Modells zu begründen und zu verifizieren. Als ich die Stelle aufschlug, an der der Artikel beginnen sollte, fiel ein Stück Papier heraus. Es handelte sich um ein kleinformatiges Schwarz-Weiß-Foto, auf dem eine Frau abgebildet war. Ihr Gesicht war durch ihre nach vorn fallenden, langen dunklen Haare teilweise verdeckt. Die Frau stand vor einer hellen Wand und war gänzlich unbekleidet.

»Bella figura«, dachte ich und fragte mich, ob ich nun das gesamte zu entsorgende Altpapier auf solche Trouvaillen durchsuchen sollte, bevor ich es dem Papiercontainer überantwortete. Ich ließ die Antwort auf diese Frage zunächst einmal offen, beendete meine Mittagspause und begann damit, dem Restmüll, der sich in meinem Zimmer befand, zu Leibe zu rücken – wild entschlossen, im Zweifelsfall lieber ein Objekt zu viel als eins zu wenig in den Container zu werfen.

An das antike Wählscheiben-Telefon traute ich mich zunächst noch nicht heran, aber ich entdeckte in einer Ecke neben einem der Regale einen Karton, der offenbar die Reste eines uralten Wachsmatrizen-Druckers samt Zubehör enthielt – dieser Schrott durfte und musste weg! Der Karton war schwer und unhandlich, dazu noch innen und außen stark verschmutzt. Ich öffnete also zunächst die Tür und ging zum Restmüll-Container, schob dessen Klappe zurück und warf sicherheitshalber auch einen Blick hinein, um zu überprüfen, ob er leer war oder zumindest noch über hinreichend viel Raum für die erste Fuhre verfügte. Ich konnte aber nicht ahnen, welch ungewöhnlichen Inhalt man mir vor die Tür geschoben hatte.

4

Auf Grund meiner Erfahrungen mit vierschrötigen und in ihrem Ressort, das sich heute anmaßend Facility Management nennt, geradezu allmächtigen Hausmeistern hielt ich es für nicht völlig ausgeschlossen, dass man mir einen bereits gut gefüllten Container vor die Tür gestellt hatte. Doch ich hatte nicht damit gerechnet, dass diese Füllung aus einem menschlichen Körper bestehen könnte. Dies war aber offensichtlich der Fall. Der Blick, den ich in den Container warf, fiel auf einen hellbraunen Cordanzug, in dem offensichtlich ein Mensch und zwar, wie ich rasch erkannte, ein Mann steckte. Und es war auch unübersehbar, dass es sich hierbei in der Tat um ein menschliches Wesen und nicht etwa um eine Schaufensterpuppe, einen Dummy oder eine sonstige Attrappe handelte.

Im ersten Moment kam mir nichts anderes in den Sinn, als dass sich hier jemand einen üblen Scherz erlaubte oder dass schlimmstenfalls ein skurriler Unglücksfall vorlag: Der Mann war vielleicht aus irgendeinem Grund und auf irgendeine Weise in den geöffneten Container gestürzt, die Klappe hatte sich über dem Ohnmächtigen geschlossen, und der Hausmeister hatte ihn ahnungslos als Containerfracht an mich, den ebenfalls arglosen Empfänger, ausgeliefert. Aus dieser Vorstellung erwuchs sofort der Impuls, dem offenbar Verunglückten schnellstmöglich Erste Hilfe angedeihen zu lassen und ihn dann, soweit erforderlich, in die Hände geschulten und sachkundigen Sanitätspersonals zu übergeben.

Ich stellte mich also auf die Zehenspitzen und beugte mich tief in den Container hinein, um so gut wie möglich in das abgewandte Gesicht des Mannes blicken zu können. Vorsichtig drehte ich den Kopf ein wenig herum und erkannte zweierlei: Der Mann war vermutlich tot, und es handelte sich, wenn ich den vor ein paar Stunden intensiv studierten Fotografien trauen konnte, um keinen anderen als um Richard Hahne, den Rektor, persönlich.

Bisher war ich erstaunlich ruhig geblieben, aber jetzt, als ich in meiner Hosentasche nach meinem Mobiltelefon nestelte, überkam mich zum ersten Mal eine leichte Panik. Kein Mensch war in meiner Nähe, den ich auch nur hätte fragen können, welche Notrufnummer in einem solchen Fall am besten und zuerst anzurufen wäre – 110, 112 oder noch eine andere? Da ich nicht genau wusste, wofür die 112 zuständig war, wählte ich die 110 – das musste nach meiner schwachen Erinnerung die Polizeirufnummer sein, hoffentlich ohne irgendeine Vorwahl.

Nach kurzem Klingeln meldete sich eine sonore männliche Stimme, ein akustisches Sedativum wie aus dem Bilderbuch oder dem Fernsehkrimi. Der Aufforderung, den Anlass meines Notrufes zu schildern, folgte ich so sachlich und sachdienlich, wie es mein inzwischen doch etwas konfuser Gemütszustand zuließ. Auf diesen führte mein Gesprächspartner vermutlich auch meine mangelnde Orts- und Namenskenntnis bei dem Versuch der genauen Beschreibung meines Standortes zurück, obwohl es hierfür ja einen ganz anderen Grund gab.

Der Mann forderte mich schließlich auf, Ruhe zu bewahren, den Platz nicht zu verlassen und auch kein weiteres Aufsehen zu erregen – es sei denn, es kämen zufällig geeignete Nothelfer von der Polizei oder von der Feuerwehr vorbei. Er versprach, dass in wenigen Minuten seine Kollegen sowie Sanitätspersonen erscheinen würden, und legte mit einem ebenso knappen wie etwas deplatzierten »Machen Sie's gut!« auf.

Schon kurze Zeit später vernahm ich in der Ferne das Aufheulen von Martinshörnern, und tatsächlich trafen bald darauf zwei Polizeiwagen und ein Rettungswagen vor dem Gebäude ein. Ich hatte in dieser Zeit nur einmal kurz am leblosen Körper von Hahne gerüttelt in dem vergeblichen Bemühen, vielleicht doch noch einen Funken Leben darin zu erwecken oder zu erspüren.

Vier Polizeibeamte und zwei Sanitäter stürmten auf mich zu, und ich deutete stumm auf den Container, von dem ich mich dann einige Schritte entfernte, um den Experten das Feld zu überlassen. Alle sechs warfen einen Blick in den Behälter, und dann hoben die Sanitäter den, wie ich nun endgültig überzeugt war, Leichnam des Rektors heraus. Sie trugen ihn in das Verfügungsgebäude, wo sie ihn genau vor meiner Tür auf den nackten Boden legten. Aus meiner Position konnte ich nicht erkennen, ob sie ihn näher untersuchten. Doch schon nach kurzer Zeit lief einer von ihnen zu ihrem Wagen und schleppte etwas heran, was nach meiner schwachen Erinnerung an einen Kursus über Notfallmedizin ein AED-Gerät zur Durchführung einer Defibrillation sein musste.

Die Polizisten hatten in der Zwischenzeit das vorgenommen, was in Zeitungs- und Fernsehberichten immer als »weiträumige Absperrung« bezeichnet wird – um den Container war in großem Abstand ein rot-weißes Flatterband gespannt worden und bildete eine halbkreisförmige No-go-Area, aus der ich mich jetzt unaufgefordert vorsichtig hinaus bewegte. Ich fragte den mir am nächsten stehenden Beamten, ob ich nun auch Universitätsangehörige benachrichtigen sollte – ich hatte auf meinem Mobiltelefon immerhin die Nummern von Hunger, Frau Ammeyer und auch von Hahnes Sekretariat gespeichert -, aber mit einem barschen »Auf gar keinen Fall!« und einer Geste, als müsse man mich energisch daran hindern, einen zweiten Todesfall zu verursachen, wurde mein Vorschlag abgewürgt. Auf diese präpotente Wichtigtuerei hätte ich am liebsten mit der Bemerkung »Sie wollen sicher zunächst einmal feststellen, ob im anderen Container auch noch ein Toter liegt?« reagiert, aber ich verkniff mir die Spöttelei und sah im gleichen Moment, wie einer der Sanitäter aus dem Gebäude kam und kopfschüttelnd auf die Polizeibeamten zuging. Es folgte eine in gedämpftem Ton durchgeführte kurze Unterredung des Einsatzkommandos, in deren Folge einer der Beamten zu seinem Mobiltelefon griff und dann offenbar sehr routiniert Informationen und vielleicht auch Instruktionen durchgab. Kurioserweise musste ich bei seinen knappen Durchsagen an die Zeile in dem Lied »Nathalie« von Gilbert Bécaud » ... sprach in gelerntem Ton von der Oktoberrevolution« denken. Als ich einmal im Französischunterricht den Originaltext mit den »phrases sobres« übersetzen sollte, hatte ich versucht mir vorzustellen, wie der sogenannte »*Monsieur 100.000 Volt*« die wortwörtliche Übersetzung »in nüchternem Ton« wohl ausgesprochen hätte.

Mir schien, dass ich als Auslöser des Einsatzes durchaus das Recht, vielleicht sogar die Pflicht hatte, den weiteren Aktivitäten der Fachleute beizuwohnen, aber es überwog meine Abneigung dagegen, wie ein Katastrophentourist und Voyeur der Aufklärungsarbeit zuzuschauen, so dass ich beschloss, an meinen Schreibtisch zurückzukehren. Doch das war leichter gesagt als getan – der tote Hahne lag ja noch vor meiner Tür. Mir erschien es irgendwie unangemessen, darum zu bitten, über den Leichnam hinweg in mein Zimmer steigen zu dürfen, und ich hätte wohl auch nicht die Erlaubnis dazu bekommen, also blieb ich zunächst unverrichteter Dinge stehen, wunderte mich aber andererseits darüber, dass ich keinerlei Aufforderung erhielt, mich für eine Befragung bereitzuhalten – immerhin war ich ja wohl als derjenige, der die Leiche entdeckt und den Polizeieinsatz ausgelöst hatte, der zur Zeit wichtigste Zeuge.

Die parkenden Einsatzfahrzeuge, das Blaulicht und die Absperrmaßnahmen hatten in der Zwischenzeit soviel Aufmerksamkeit erregt, dass sich ein knappes Dutzend Schaulustiger eingefunden hatte. Unter diesen befand sich auch mein neuer

Kollege Urban Kettler, den ich mit meinem Vorstellungsvortrag in einen tiefen Schlaf versetzt hatte. Er entdeckte mich, trat auf mich zu und fragte, ohne mich begrüßt zu haben, in leicht unwirrschem Ton: »Was'n hier los?« Ich wusste nicht, dass die Kettlerschen Umgangsformen generell unter »rau, aber herzlich« einzuordnen waren, und fühlte mich daher durch seine sehr informelle Ansprache nicht gerade dazu animiert, ihm in geschliffener Prosa ausführlich zu antworten. Daher sagte ich nur ebenso kurz angebunden: »Ein Toter!«

Kettler fischte aus seiner linken Hosentasche eine Pfeife hervor, die offensichtlich bereits gestopft war, und setzte sie mit einem Feuerzeug, das er aus der anderen Hosentasche herauszog, in Brand. Nach ein paar Zügen fuhr er fort: »Kenn'n Sie ihn?« Mich stach der Hafer, und ich antwortete: »Ich hab ihn hier auf dem Campus noch nie gesehen.« Das stimmte zwar, aber natürlich hätte ich Kettler sagen können, dass ich den Toten als Richard Hahne identifiziert hatte. Kettler sog nachdenklich an seiner Pfeife, blickte mit leicht zusammengekniffenen Augen über den Schauplatz wie ein Regisseur, der überprüft, ob alle Komparsen ihre ihnen zugewiesenen Positionen eingenommen haben, und sagte schließlich: »Na ja, Mord und Totschlag haben wir hier immerhin noch nicht gehabt. Mal was Neues.«, um dann ohne weitere Umschweife in Richtung auf das nächstgelegene Hörsaalgebäude davon zu schreiten, eine Wolke aromatischen Tabakdufts hinter sich herziehend.

Kurz darauf trafen weitere Fahrzeuge ein, zwei PKWs und ein kleinerer Transporter, denen insgesamt sieben Personen, sämtlich in Zivil, entstiegen. Die Szenerie erinnerte mich jetzt zunehmend an Kriminalfilme im Fernsehen, und ich ging davon aus, dass nun die Spezialisten der Spurensuche und der sonstigen kriminaltechnischen Untersuchungen und vor allem ein Kriminalkommissar in Aktion treten würden. Ich bedauerte ein wenig, dass der gewitzte Finke, der schlaue Haferkamp oder der polternde Trimmel aus Tatort-Zeiten, die ich noch in bester Erinnerung hatte, nicht mehr zur Verfügung standen.

5

An mir aber schien weiterhin niemand Interesse zu haben, und daher wollte ich das zunächst entstehende Durcheinander nutzen, um vielleicht doch wieder in mein Pseudo-Büro zurückzukehren. Ich schob mich daher so unauffällig und so weit wie möglich an dem aufgespannten Absperrband und schließlich auch an der Hausmauer entlang, bis ich die offenstehende Außentür erreicht hatte. Durch diese schlüpfte ich hindurch und stellte fest, dass man den Leichnam von Hahne weiter ins Innere des Hauses hineingeschafft hatte. Die um den am Boden liegenden Körper herumstehenden Personen waren diesem zugewandt, so dass ich tatsächlich völlig unbemerkt in mein nicht verschlossenes Zimmer gelangen konnte.

Ich ließ mich auf meinen Stuhl fallen und begann zu überlegen, wie ich mich jetzt verhalten sollte – warten, bis jemand an meine Tür klopfte, um mich zu befragen, jemanden, z. B. Hunger, anrufen und ihn über das Geschehene informieren oder versuchen, den Tatort möglichst unbemerkt zu verlassen und damit die ignoranten Kriminalisten für die Nichtbeachtung des wichtigsten Zeugen zu bestrafen?

Ein Anruf auf meinem Mobiltelefon enthob mich der Notwendigkeit, jetzt eine Entscheidung zu treffen. Im Display wurde »Unbekannt« angezeigt, und als ich mich mit »Rieger« gemeldet hatte, vernahm ich die Stimme von Kettler, der sich offenbar auf irgendeinem Wege Kenntnis von meiner Telefonnummer verschafft hatte. Seine Artikulation war mir schon bei der vorangegangenen Begegnung ein wenig unsicher erschienen, jetzt aber hatte ich den starken Eindruck, dass mein neuer Kollege zumindest angetrunken war.

»Mordopfer identifiziert?«, erkundigte er sich. Er hatte ja vorhin schon von Mord und Totschlag gesprochen, und ich fragte mich, woher er die Sicherheit nahm, dass hier eine Gewalttat vorlag. Andererseits – die Unterbringung der Leiche in einem Müllcontainer legte schon den Gedanken nahe, dass es sich nicht um einen natürlichen Todesfall handelte. Aber war Kettler in seinem Zustand noch zu einem solchen klaren Gedanken fähig? Und vor allem: Hatte er vorhin nicht von Mord und Totschlag geredet, ohne überhaupt zu wissen, wie der Tote aufgefunden worden war?

»Ich habe keine Ahnung«, erwiderte ich, »ich bin in mein Zimmer zurückgegangen und hab noch nichts Neues gehört oder gesehen.« Kettler wechselte abrupt das Thema, als hätte er die Eingangsfrage nur pro forma gestellt. »Kenn'n Sie die Typologie unserer Fakultät?« fragte er mich völlig unvermittelt. Ich war von dieser Frage so überrascht, dass ich einen Moment über ihren möglichen Hintergrund nachdenken musste, aber Kettler wartete meine Antwort gar nicht erst ab, sondern fuhr fort: »Ist ganz einfach! Es gibt die kleinen Pfeifen, die großen Pfeifen und das ganz große Schwein.« – »Aha«, antwortete ich matt in der Erwartung, dass eine umfassendere oder konkretere Reaktion gar nicht erwünscht oder vonnöten sei, und ich hatte mich darin nicht getäuscht, denn Kettler fuhr ungerührt fort: »Die kleinen Pfeifen sind die ›Wie gesagt‹-Typen. Die schaff'n es, in jedem Satz dreimal »wie gesagt« zu sagen, obwohl sie nichts gesagt haben und auch gar nichts zu sagen haben.« Er machte eine kurze Pause, und ich überlegte, ob er diese nutzte, um an seiner Pfeife zu saugen oder einen Schluck aus dem Flachmann zu nehmen. Als ich gerade in das kommunikative Vakuum hineinstoßen und ihm mitteilen wollte, dass ich diese rhetorische Kunstform sehr gut kannte, z. B. von Spielern der Fußball-Bundesliga, die auf die Eingangsfrage des Reporters notorisch mit »Wie gesagt, …« zu antworten pflegten, machte Kettler schon weiter: »Also Brüggemann. Und Kraus!« Letzteren kannte ich noch nicht, nicht einmal dem Namen nach.

Ich hatte Lust, den beschwipsten Kollegen ein wenig zu foppen, und wollte ihn gerade fragen: »Aha – verwandt mit Peter Kraus, ›Sugar Baby‹? Oder mit Berti Kraus, Kickers Offenbach und 1860 München?« Aber ich kam gegen Kettlers Sendungsbewusstsein nicht an. Er faselte weiter: »Die großen Pfeifen, das sind die ›sozusagen‹-Heinis. Schick'n jedem halbwegs präzis'n Begriff ein ›sozusagen‹ voraus. Könn'n sich dann immer rausred'n, dass sie's so nicht gemeint hab'n.« Ach so, dachte ich, und wartete auf Namen. Aber es kamen keine. Stattdessen holte er zum großen finalen Schlag aus: »Und das Schwein, das verdammte, blöde Schwein, das ist unser famoser Herr Rektor Gockel, auch unter dem *Nom de plume* Hahne berühmt und berüchtigt!«

Die Hinwendung zu Hahne schien ihn zu ernüchtern, denn er brachte das »Nom de plume« heraus, ohne anzustoßen, und sein Lallen ging nun in eine halbwegs saubere Artikulation über. Um so erstaunter war ich dann über die zusätzliche Charakterisierung des, wie Kettler anscheinend noch nicht wusste, bereits Dahingeschiedenen. »Gockel kennt die längsten Wörter! Unternehmenssteuerfortentwicklungsgesetz zum Beispiel. Ist doch klasse, oder?« Nun fühlte ich mich herausgefordert, auch einen maßgeblichen Beitrag zu diesem kuriosen Dialog zu leisten, und sagte: »Ich kenn ein längeres! Aus dem Märchen ›Die Hirtin und der Schornsteinfeger‹ von Hans Christian Andersen. In dem Buch, das ich zum siebten Geburtstag von meiner Großmutter Rieger geschenkt bekommen habe, heißt es ›Ziegenbocksbeinoberunduntergeneralkriegskommandiersergeant‹! Achtundfünfzig Buchstaben!« Aber Kettler hatte schon irgendwann zwischen dem zwanzigsten und dem dreißigsten Buchstaben aufgelegt.

Es war inzwischen Nachmittag geworden, und ich griff wieder zu den mitgebrachten kulinarischen Köstlichkeiten. Während ich kauend meinen Blick durch mein heimeliges Domizil schweifen ließ, hörte ich von draußen allerlei Geräusche, die auf Hin- und Herlaufen und in gedämpftem Ton geführte Gespräche, begleitet vom Klappern von technischen Geräten, schließen ließen. Und plötzlich tauchte vor dem schlecht geputzten Fenster der Oberkörper eines Mannes auf, und ein massiger Kopf näherte sich der Scheibe. Der Mann erhob eine Hand, um seine Augen zu beschatten, und warf einen suchenden Blick in das Zimmer. Ich hatte die Füße wieder auf die Schreibtischplatte gelegt und riss nun in einem Rückfall in ein archaisches, von rigiden Benimmregeln geprägtes Wohlverhaltensmuster als erstes die Beine vom Tisch, schämte mich dann meiner reflexartigen Reaktion und stand auf, um mich dem indiskreten Herrn zu zeigen.

Dieser reagierte, indem er mit einem Arm zur Seite deutete und dann in diese Richtung, die ihn um das Haus herum zur Eingangstür führen würde, verschwand. Ich wischte einige Krümel von meinem Pullover und überlegte kurz, ob ich vor oder zu seinem Empfang noch irgendetwas arrangieren müsste, aber da klopfte es auch schon energisch an der Tür.

Ich rief »Ja, bitte!«, die Tür wurde aufgestoßen, und der Fenstergucker trat ein. Nun, da ich ihn erstmals vom Scheitel bis zur Sohle mustern konnte, erblickte ich eine hünenhafte Gestalt, die zu dem dicken Schädel und den breiten Schultern, die ich am Fenster wahrgenommen hatte, bestens passte. »Küchle!«, stellte er sich vor, griff sich ohne Umschweife den zweiten Stuhl und ließ sich erstaunlich behutsam auf selbigem nieder, als ahnte er, dass diese Sitzgelegenheit stärkeren Belastungen nicht mehr standhalten würde. Mich brachte der krasse Gegensatz zwischen dem Namen und dem Körperbau des Mannes kurzfristig aus dem Konzept, doch dann stellte ich mich meinerseits vor: »Jürgen Rieger. Ich bin der Insasse dieser Zelle, die man mir als frisch berufenem Mitglied des Lehrkörpers dieser honorigen Anstalt freundlicherweise zur

Verfügung gestellt hat.« Ich wollte fortfahren, um zu schildern, welche Rolle ich beim Auffinden von Hahnes Leiche gespielt hatte, aber Küchle schnitt mir das Wort ab. Er schien meine Anspielung auf die Unzulänglichkeit des Raumes weder für lustig noch für angemessen zu halten und sagte: »Weiß schon. Seit wann hat der Container hier vorm Haus gestanden?« In der Hoffnung, ihn mit einer ziemlich präzisen Auskunft ein wenig beeindrucken zu können, antwortete ich, vielleicht etwas allzu beflissen: »Mein Kollege Hunger hat mir gegen 12 Uhr angekündigt, dass er den Hausmeister beauftragen würde, Container vor das Gebäude zu stellen, um mir zu ermöglichen, diese Müllhalde hier ein wenig zu entrümpeln. Als ich gegen 12:30 von meinem Besuch bei Hunger und einem kleinen Abstecher ins Gastdozentenhaus hierher zurückkam, standen die Container schon neben der Tür. Eine gute halbe Stunde später, als ich den Inhalt dieses Kartons hier entsorgen wollte, habe ich die Leiche von Hahne in dem Restmüll-Container vorgefunden. Ach so, ich hab dann sofort die 110 angerufen, da lässt sich der genaue Zeitpunkt ja leicht ermitteln ...« Ich griff nach meinem Handy, klickte die Rubrik »Gesendete Objekte« an und konnte direkt ablesen: »13:27 – also doch einen Tick später, als ich in Erinnerung hatte.«

»Da sehen Sie mal«, sagte Küchle, der mir immerhin ein paar Sätze lang geduldig zugehört hatte, ohne den Versuch zu unternehmen, mich gleich wieder zu unterbrechen. Dann fuhr er fort: »OK. Das genügt mir für's Erste. Aber bitte halten Sie sich in den nächsten Tagen zur Verfügung, falls wir doch noch Fragen an Sie haben. Ade!« Und er verließ den Raum, ohne sich umzusehen und ohne mir die Möglichkeit zu geben, meinerseits noch etwas zu sagen oder zu fragen.

Daher nahm ich mir das Recht heraus, ihm auf dem Fuße zu folgen, die Tür, die er bemerkenswert geräuschlos geschlossen hatte, gleich wieder hinter ihm zu öffnen und über den leeren

Flur zum Ausgang zu gehen und hinauszuschauen. Die meisten Fahrzeuge waren verschwunden, und in dem abgesperrten Areal hielten sich nur noch drei Personen auf, die offenbar weiterhin nach verwertbaren Spuren suchten. Mit dem in Plastiküberzügen steckenden Schuhwerk und und den weißen Handschuhen wirkten sie ein wenig bizarr in dem profanen Ambiente von hässlichen Zweckbauten, schlecht gepflegten Rasenflächen und sterilen geteerten Gehwegen.

Um das Absperrband herum hatten sich in der Zwischenzeit mehrere Dutzend Menschen versammelt, von denen einige wie gebannt den Untersuchungsspezialisten zusahen, andere in Gespräche vertieft waren, in denen sie vermutlich mehr oder weniger zutreffende Spekulationen über den Anlass der Ermittlungen anstellten. Ich sah, dass ein Mann bemerkt hatte, dass ich aus dem Haus getreten war. Er schien kurz zu überlegen, wie er sich verhalten sollte, dann hatte er sich offenbar entschieden und bewegte sich sehr rasch in meine Richtung. Er war ähnlich hager, doch nicht ganz so groß wie Hunger, trug auch keine Brille, aber einen merkwürdigen, struppigen Kinnbart, dessen Grau nicht ganz zu dem rötlichen Haarkranz passen wollte, der seinen Kopf umrankte. Sein Gesicht kam mir bekannt vor, aber ich war mir sicher, dass ich noch nicht mit ihm gesprochen hatte.

»Eckart Brosi«, sagte er und streckte mir seine Rechte entgegen. Ich fragte mich, ob es in diesem Biotop wohl auch ein paar Lebewesen mit halbwegs normalen Namen gäbe, ergriff seine Hand, registrierte seinen sehr laschen Händedruck und stellte mich ebenfalls vor: »Jürgen Rieger, das vermutlich nach Dienstalter jüngste Mitglied des Lehrkörpers dieser Anstalt.« – »Weiß schon«, antwortete Brosi wie eine Echo von Küchle, »Sie sind bereits erfasst und durchschaut – ich habe das zweifelhafte Vergnügen, Geschäftsführer Ihrer Fakultät zu sein. Wir sind uns auch schon einige Male über den Weg gelaufen, aber zu Ihrem Vorstellungsvortrag im Sommersemester konnte ich leider nicht kommen – Sitzung des Akademischen Senats.«

Später erfuhr ich, dass Brosi ein engagiertes und einflussreiches Mitglied der akademischen Selbstverwaltung war, und viel später, dass er sich einmal große Hoffnungen auf die Position des Kanzlers der Hochschule gemacht hatte. Angeblich hatte Hahne ihm in Aussicht gestellt, ihn nach Abschluss der Gründungsphase ins Rektorat zu holen, und Brosi hatte sich mehr als einmal für Hahne in die Bresche geworfen, wenn dieser wieder einmal unter Missachtung des Hochschulgesetzes und der Satzung des Fachbereichs zu unkonventionellen Maßnahmen gegriffen hatte. Doch die einzige Person, die Hahne aus der Fakultät ins Rektorat mitgenommen hatte, war seine Sekretärin Maren Demmler.

»Na, Sie haben sich den Start in Ihrer neuen Umgebung sicherlich auch ein wenig anders vorgestellt«, fuhr Brosi fort. Und als wollte er mir gleich demonstrieren, dass ihm nichts entging, fügte er hinzu: »Hahne! Ermurkst und in einem Müllcontainer! Dass es mit ihm kein gutes Ende nehmen würde, war ja klar! Aber so ...« Ich hakte gleich nach: »Hatte er denn Feinde?« Aber Brosi wich aus und antwortete nur schmallippig: »Feinde haben wir doch alle, Herr Rieger!« Dann wechselte er das Thema: »A pro pos neue Umgebung – so ganz glücklich sind Sie ja nicht mit Ihrer Erstausstattung, wie ich gehört habe. Kann ich verstehen! Aber wir haben im Dekanat seit Wochen auf Aufträge von Hunger gewartet, um Sie mit einer zumindest vorläufig ausreichenden Infrastruktur zu versehen. Wir haben es erst auf die Sommerferien und die vorlesungsfreie Zeit geschoben, dass da nichts kam. Aber er hat es einfach verpennt.«

Mir lag die Frage auf der Zunge, warum das Dekanat dann nicht von sich aus tätig geworden war, aber ich wollte ihm ersparen, eine billige Ausrede erfinden zu müssen – wenn er nachtragend war, hätte er mir das vielleicht bei passender Gelegenheit heimgezahlt. Und Brosi fuhr auch schon fort: »In diesem Zimmer hab ich auch mal residiert, zu zweit mit einem Kollegen, wir waren beide Assistenten vom alten Finke. Sicherlich liegen hier auch noch ein paar Hinterlassenschaften von mir herum. Kann alles weg.«

»Nun ja – mit dem weiteren Entrümpeln werde ich wohl erst einmal warten müssen, bis ich neue Container bekomme«, entgegnete ich. »Ich kann mir nicht vorstellen, dass die Leute von der Spurensicherung die beiden draußen stehenden freigeben. Aber was mich viel mehr interessiert – wie wird es denn jetzt an der Hochschule weitergehen nach dem Tod von Hahne? Unabhängig von der Aufklärung des Mordes und der damit einhergehenden Unruhe? Ich habe trotz meiner kurzen Zeit hier den Eindruck gewonnen, dass Hahne eine absolut dominierende Persönlichkeit war, ohne den nichts lief, wie man so sagt.«

Brosi zögerte einen Moment mit seiner Antwort. Dann sagte er in einem Ton, als wolle er die Bedeutung der Sache möglichst weit hinunterspielen: »Niemand ist unersetzlich. In ein paar Monaten kräht kein Hahn mehr nach Hahne.«

6

Ich hatte ihn noch nach Küchle fragen wollen, aber Brosi schien es plötzlich eilig zu haben. Er verabschiedete sich mit einem ebenso knappen wie für mich ungewohnten »Alsdann!« und ließ mich ein wenig ratlos zurück.

Mir fielen Kettler, sein ominöser Anruf und ganz besonders seine höchst dubiose Typologie wieder ein. War das einfach nur die nicht ernstzunehmende Aktion eines Angetrunkenen gewesen, oder steckte mehr dahinter? Zu Kettler hätte ich Brosi ebenfalls gern befragt, aber der stand leider auch dafür momentan nicht zur Verfügung.

Wie schon nach dem Abschied von Küchle folgte ich auch jetzt wieder meinem Besucher nach draußen. Der größte Teil des Publikums hatte sich offenbar entfernt, und es sah auch so aus, als wollten die Spurensicherer ihren heutigen Arbeitsplatz räumen. Ich überlegte kurz, was ich mit diesem Nachmittag nach den vorangegangenen Ereignissen und vor allem nach dem Verlust der Müllcontainer noch anfangen konnte, da klingelte wieder mein Mobiltelefon. Im Display erschien eine vermutlich private Nummer, die mir aber nicht geläufig und im Gerät auch nicht gespeichert war. Ich meldete mich mit »Rieger«. Der Anrufer war Hunger. »Hallo, Herr Rieger, entschuldigen Sie den Überfall! Haben Sie heute Abend schon was vor?« – »Nein, überhaupt nichts«, antwortete ich und überlegte, mit welchem Ansinnen er mich wohl beglücken würde. Ob sein Anruf vielleicht etwas mit dem Tod von Hahne zu tun hatte? Aber dieses Großereignis schien ihn gar nicht zu interessieren, denn er fuhr fort: »Wir würden Sie gern zu einem kleinen Imbiss einladen, und, wenn Sie nichts dagegen haben, auch den Kollegen Specht, den Sie ja schon kennen. Hätten Sie Lust?« Ich musste nicht lange überlegen und nahm diese unerwartete Einladung dankend an, auch wenn ich gar nicht wusste, wer sich hinter dem »Wir« verbarg. »Und wann soll ich kommen?« – »Na ja, geben Sie meiner Frau ein bisschen Zeit für die Vorbereitungen – sagen wir 20:30?« – »Prima, sehr gern«, antwortete ich, und war gerade im Begriff, ihn auf den Tod von Hahne anzusprechen, da fügte er noch hinzu: »So, und nun versuche ich noch, den Specht mit ins Boot zu holen. Bis später!« und legte auf.

Ich ging zurück in mein Zimmer – zum wievielten Mal an diesem Tag? – und schaute auf die Anzeige in meinem Handy. Es war inzwischen 16:30 Uhr geworden, und mein heroisches Ansinnen, den Raum zu entrümpeln, war fürs Erste gescheitert und musste in jedem Fall noch so lange aufgeschoben werden, bis zwei neue Container, und diese dann hoffentlich ohne darin befindliche Leiche, bereitgestellt worden waren. Ich vermutete, dass Küchle oder einer seiner Kollegen den Hausmeister bereits befragt hatten, und war gespannt, wann der sich wieder in der Lage sehen würde, einen solchen Zubringerdienst zu leisten, ganz abgesehen davon, dass der Fundus an Containern, über den die Hochschule verfügte, sicherlich auch nicht unbegrenzt war. Dass die beiden in einen Mord verwickelten Behälter auf absehbare Zeit nicht zur Verfügung stehen, sondern einer intensiven und möglicherweise langwierigen Untersuchung bei der KTU unterzogen werden würden, schien mir klar zu sein.

Diese Gedanken animierten mich zu weiteren kriminalistischen Überlegungen. Ich kannte die Verhältnisse an der Hochschule und am Fachbereich sowie die persönlichen Lebensumstände von Hahne ja viel zu wenig, um irgendwelche konkreten Mutmaßungen über Täter und Motive anzustellen. Aber mir waren im Laufe des Tages so viele Umstände aufgefallen, die für sich genommen vielleicht alltäglich oder läppisch waren, mir im Lichte des Todesfalls aber merkwürdig erscheinen mussten, dass ich mich dazu aufgerufen fühlte, ein wenig Detektiv zu spielen.

Wie ernst war die Behauptung des betrunkenen Kettler zu nehmen, dass Hahne »das ganz große Schwein« wäre? Was war dran an Brosis Aussage, dass es mit Hahne kein gutes Ende habe nehmen können? Und dass dies klar gewesen sei – offensichtlich ihm, aber wem noch?

Bei diesen Überlegungen fielen mir natürlich auch die kleinen Merkwürdigkeiten wieder ein, auf die ich bei der Sichtung der Papiere in meinem Zimmer gestoßen war – das Foto der nackten Frau in der Festschrift für Finke, das Gruppenfoto, auf dem sich Hahne und Frau Ammeyer so merkwürdig (oder gar verdächtig?) nahe gekommen waren, die Kritzelei mit dem schroff durchgestrichenen Konterfei.

Und auf der Schreibtischplatte waren eingetrocknete Tintenflecken; wer benutzte noch einen Füllfederhalter – außer Hahne, der diesen aber nun auch endgültig aus der Hand gelegt hatte? Ich merkte, dass ich dabei war, mich in ziemlich abenteuerliche Spekulationen zu begeben, und beschloss, mich näherliegenden und realeren Dingen zuzuwenden.

Was sollte ich den Hungers mitbringen? Da ich ihre Geschmäcker und Vorlieben nicht kannte, erschien es mir am besten, das Standardprogramm zu fahren – eine Flasche Wein und ein Strauß Blumen. Beides wollte ich als nächstes besorgen. Nicht weit entfernt von meinem Standort gab es ein kleines Einkaufszentrum, wo man sicherlich beides käuflich erwerben konnte.

Als ich mit diesen Präsenten und einigen weiteren Einkäufen auf dem Weg zurück zum Gastdozentenhaus war, fiel mir ein, dass ich die Privatadresse von Hunger gar nicht kannte. Ich hätte bei Hunger anrufen können, entschied mich aber, zunächst einen kleinen Umweg über sein Institut zu machen, um Frau Ammeyer oder andere Mitarbeiter, die möglicherweise noch anwesend waren, nach der Anschrift zu fragen.

Die Tür des Sekretariats stand nicht, wie sonst meistens, offen. Ich klopfte, und mit einer leichten Verzögerung hörte ich ein schwaches »Herein!« Ich betrat den Raum und fand eine Frau Ammeyer vor, die offensichtlich heftig geweint hatte und sich gerade wieder mit dem Taschentuch die Tränen von den Wangen tupfte. »Frau Ammeyer, kann ich Ihnen helfen?«, war das Erste, was ich in dieser Situation zu sagen vermochte. Sie schüttelte heftig mit dem Kopf und antwortete: »Nein, nein, ist schon gut.« – eine Aussage, die in völligem Widerspruch stand zu dem jämmerlichen Anblick, den die Sekretärin bot. Sie musste so heftig geweint haben, dass ihr nun ein Teil ihrer Löckchenpracht in feuchten Strähnen ins Gesicht fiel.

In meiner Hilflosigkeit fiel mir nichts Besseres ein, als auf den Grund meiner Anwesenheit zu sprechen zu kommen. »Können Sie mir die Privatadresse von Herrn Hunger sagen?« Natürlich konnte sie das. Sie schien sich einen Ruck zu geben, schaute mich allerdings nicht an und sagte mit halbwegs klarer und fester Stimme »Am Schloss, Nr. 7.« – »Danke – und kann ich wirklich nichts für Sie tun?« Sie schüttelte wieder den Kopf und vermied weiterhin, mich anzublicken. An Stelle des einschlägigen »Dann wünsche ich Ihnen einen schönen Abend!« sagte ich: »Hoffentlich geht es Ihnen bald wieder besser!« und verließ mit einem Gefühl der Ratlosigkeit das Sekretariat.

Ich hatte sie eigentlich noch fragen wollen, ob sie mir mit einem Bogen Geschenkpapier zum Einwickeln der Weinflasche aushelfen könnte, aber ich traute mich nicht, ihr ein solch profanes Anliegen vorzutragen angesichts der Katastrophenstimmung, in der sie sich offensichtlich befand. So musste der Cabernet Sauvignon nun also ohne Umhüllung und in einer Plastiktüte den Weg zu seinen Empfängern antreten.

7

Der Weg zu Hungers Wohnsitz, den ich aus dem Stadtplan herausgesucht hatte, war vom Gastdozentenhaus aus zu Fuß bequem in einer halben Stunde zu absolvieren. Mit einem Fahrrad wäre es noch wesentlich schneller gegangen, aber meine beiden Räder sollten erst mit dem Umzugswagen nachkommen, wenn ich eine Wohnung an meiner neuen Wirkungsstätte gefunden hatte.

Das Haus, in dem Hunger wohnte, lag neben einer Kirche, und die Glocke hatte noch nicht die halbe Stunde geschlagen, als ich an der Haustür die Klingel mit dem Schildchen »Prof. Hunger« drückte. Schon unmittelbar darauf meldete sich eine weibliche Stimme: »Hunger!?« Ich verkniff mir die naheliegende Antwort »Ja, hab ich!« und antwortete stattdessen »Guten Abend, Frau Hunger! Jürgen Rieger hier.« Ich wusste zwar nicht, ob es sich bei der Dame um die Ehefrau von Hunger handelte, ging aber davon aus, dass auch eine etwaige Tochter meines Kollegen, deren Stimme so erwachsen klang, nichts gegen die Anrede »Frau Hunger« haben würde. »Zweiter Stock links!« scholl es aus dem Lautsprecher, zugleich ertönte ein Summer, und ich konnte die Haustür aufstoßen.

Bei dem Haus schien es sich um einen sehr gepflegten Altbau zu handeln. Der Hausflur war in einem hellen Ocker gestrichen und der Boden durchgehend mit einem weinroten Sisal belegt. Vor allen Wohnungstüren lagen gleichartige dunkelblaue Fußmatten. »Ein sehr gediegenes Ambiente«, dachte ich, »so etwas könnte ich mir auch für meine zukünftige Bleibe vorstellen.«

Durch die geöffnete Wohnungstür der Hungers hörte ich Gesprächsfetzen und nahm zugleich den appetitanregenden Geruch von mediterranen Gewürzen wahr. Als ich die Wohnung betrat und die Tür hinter mir schloss, kam mir Hunger entgegen. »Wir sind komplett, das Essen ist fertig, wir können gleich anfangen.« – »Vielen Dank für die Einladung!«, antwortete ich, übergab ihm die Weinflasche und bemühte mich, den Blumenstrauß so auszuwickeln, dass ich den Blüten keinen Schaden zufügte. »Lassen Sie, lassen Sie«, sagte Hunger, nahm mir die Blumen einfach aus der Hand und wies nach vorn: »Bitte da hinein!«

Ich betrat ein großes Esszimmer, an dessen gedecktem Tisch zu meiner gelinden Überraschung nicht nur mein Kollege Specht, sondern auch eine mir unbekannte Frau saß. Während Specht sich erhob, ging ich auf die Dame zu, die mir, wie es schien, ein wenig neugierig entgegensah und auf mein »Jürgen Rieger, guten Abend!« mit »Ingrid Specht, angenehm!« förmlich und freundlich antwortete. Anschließend schüttelte ich Specht die Hand und ließ auch die beiden Mitgäste brav wissen, dass ich mich über die überraschende Einladung und auf diesen Abend sehr gefreut hatte.

Es kam mir so vor, als ob Hunger es absichtsvoll so eingerichtet hatte, dass die Spechts vor mir eintrafen – vermutlich, um Gelegenheit zu haben, eine gewisse Absprache über das herbeizuführen, was man mir über die Fakultät und mögliche Hintergründe des Mordes an Hahne anvertrauen wollte. Meine in der neuen Umgebung ohnehin vorhandene Befangenheit, die durch die zurückliegenden Ereignisse dieses Tages nicht gerade kleiner geworden war, wurde noch dadurch gesteigert, dass ich als Neuling und Einzelgänger mit zwei Ehepaaren, die sich vermutlich recht gut kannten, konfrontiert wurde.

»Hallo, Herr Rieger!«, tönte es nun vom Flur her, und eine Frau, die eine Schürze umgebunden hatte und in jeder Hand eine Schüssel mit dampfendem Inhalt trug, betrat das Zimmer. Nachdem sie die Schüsseln abgesetzt hatte, wendete sie sich mir zu und begrüßte mich mit einem strahlenden Lächeln:

»Susanne Hunger. Herzlich willkommen – und vielen Dank für den tollen Blumenstrauß!« Ich brachte wiederum nichts Originelleres als »Jürgen Rieger. Freut mich sehr!« heraus und war erleichtert, dass Hungers Frau mir ohne viel Federlesens einen Platz neben Frau Specht anwies und wie zuvor schon ihr Mann ankündigte: »Wir können gleich mit dem Essen anfangen!« Es war mir auch sehr recht, dass mir das Ritual mit einem Apéritif und dem Small Talk im Stehen erspart blieb. Möglicherweise hatten die beiden Paare diesen Part schon vor meinem Eintreffen absolviert.

Frau Hunger war offensichtlich eine ausgezeichnete Köchin, die sich gerade zur italienischen Küche hin orientiert hatte. Ich musste an Chief Inspector Oxford aus Hitchcocks »Frenzy« denken, dessen liebe, aber ziemlich naive Frau sich in französischer Küche versuchte und damit ihren Mann zur Verzweiflung trieb. Wunderbar die Pointe, als der des Mordes verdächtige Richard Blaney aus dem Gefängnis zum Abendessen zu ihnen kommt, was der leidgeprobte Oxford mit dem trockenen Hinweis »Nach dem Gefängnisessen wird ihm alles schmecken« kommentiert.

Nicht nur die Speisenfolge, auch die Konversation schien mir einem menüartigen Plan zu folgen. Zunächst erhielt ich ausgiebig Gelegenheit, über mich zu reden. Hierbei waren die beiden Damen die Fragenden oder Stichwortgeberinnen. Am meisten schien sie zu erstaunen, dass es keine Frau in meinem Leben gab. Mit immer neuen Fangfragen versuchten sie, diesem Umstand auf den Grund zu gehen – wie leicht mir die Entscheidung für einen Ortswechsel gefallen sei, ob ich eine Wohnung für eine oder zwei Personen suchte, und, Höhepunkt der investigativen Recherche, ob ich denn gern Kinder hätte. Für meinen Geschmack war Spechts Frau einen Tick zu grell geschminkt und lachte ein wenig zu laut, wenn ich mich bemühte, witzig zu sein.

Schließlich gelang es mir, die Konversation auf den spektakulären Vorfall des vergangenen Tages zu lenken. Sofort übernahmen die beiden Kollegen die Gesprächsführung. Es schien mir, als ob sie sich alle Mühe gäben, mir die vorhandenen Probleme und Spannungen an der Fakultät oder an der Hochschule, die vielleicht eine Erklärung für die Gewalttat liefern konnten, zu verschweigen. Ohne mich auf Kettler und seinen verbalen Ausfall zu beziehen, fragte ich, ob Hahne Gegner oder Feinde gehabt habe. Specht antwortete: »Ach, wissen Sie … So ein Macher wie Hahne provoziert doch naturgemäß Widerstände. Natürlich gibt es Leute, die mit Entscheidungen, die er getroffen hat, nicht einverstanden sind. Aber daraus entsteht doch kein Mordmotiv!« Doch nun verließ Spechts Frau den Pfad der Schönfärberei und sagte: »Na, Günther, ganz so harmlos war Hahne nun aber doch nicht. Wen er nicht mochte, der hatte doch keine Chance. Und seine Frauengeschichten …« Da fiel ihr Specht ins Wort und polterte los: »Müsst Ihr Weiber denn immer in diese Kerbe hauen!« Einen Moment lang herrschte Schweigen. Specht war offenbar selber erschrocken darüber, dass er so unbeherrscht reagiert hatte.

Mir als Gast und Debütant in der Runde war dieser kleine Eklat ziemlich peinlich, und daher empfand ich es als entspannend, dass in diesem Moment Frau Hunger ein lautes »Hoppla!« ausstieß – ihr war ein Brocken Tiramisu vom Löffel auf ihr kleines Schwarzes gefallen. Ihr Mann versuchte, die Situation zu retten, indem er feststellte: »Ja, ja – Richard Hahne, unser kleiner Machiavelli! Sogar im Tode stiftet er noch Verwirrung!«

Aber die Stimmung war dahin, und zu meiner großen Enttäuschung wurde mir nicht einmal mehr ein Kaffee angeboten. Die Damen übernahmen wieder die Gesprächsregie und wandten sich dem Thema Golf zu – für mich ein Buch mit sieben Siegeln. Frau Specht schwärmte für ihren Trainer, den sie nur den »Pro« nannte. Dieser verfügte angeblich über ein sagenhaftes Handicap, beeindruckte vor allem die Damenwelt mit seinen Birdies und Eagles und hatte schon des öfteren mit einem Hole in One geglänzt. Specht gab zu erkennen, dass dies auch für ihn Böhmische Dörfer waren – abgesehen von dem Umstand, dass seine Gemahlin ihren Pro offensichtlich über alle Maßen verehrte.

Als ich meinen Abschied anbot, versuchte niemand, mich zurückzuhalten. Ich bedankte mich für den gelungenen Abend, lobte die exzellente Küche und freute mich darüber, dass Frau Hunger es übernahm, mich zur Haustür zu begleiten. »Die Herren sind doch ein wenig angespannt nach dieser Tragödie mit Richard Hahne«, sagte sie beim Hinuntergehen, und an der Tür schenkte sie mir ein strahlendes Lächeln. Sie war wirklich eine attraktive Frau.

8

Mir war es sehr recht, dass ich nach diesem nicht ganz harmonischen Essen noch ein paar Schritte in der frischen nächtlichen Luft machen konnte. Natürlich hätte es mich gereizt zu erfahren, wie die beiden Ehepaare wohl den Abend aufarbeiteten, aber ich schaltete dann doch sehr rasch ab und konzentrierte mich auf den Heimweg durch menschenleere Straßen.

Als ich mich dem Gastdozentenhaus näherte, sah ich schon von weitem, dass sich auf dem gut beleuchteten Pfad davor eine Gestalt bewegte – offenbar nicht so forsch wie ich und wohl auch nicht mit einem festen Ziel, sondern eher unschlüssig oder wartend auf- und abgehend. Im Näherkommen sah ich, dass es sich um eine Frau handelte, die nun sogar in meine Richtung voranschritt. Und als sie dann vor mir stehenblieb, erkannte ich sie – es war die Studentin, die mich als Mitglied der Berufungskommission intensiv, aber nicht aggressiv befragt hatte.

Sie verhehlte überhaupt nicht, dass sie auf mich gewartet hatte, sondern sprach mich ganz unverblümt an: »Guten Abend, Herr Rieger. Mein Name ist Gabriele Schüssler, genannt Gabi. Sie kennen mich von Ihrem Berufungsverfahren.« Wie so oft, wenn ich verblüfft bin, versuchte ich meine Befangenheit mit einer flapsigen Bemerkung zu überspielen: »Mit ß oder Doppel-s? Mit i oder y?« Nun war für einen kurzen Moment Gabriele Schüssler perplex, dann hatte sie verstanden: »Ach so! Also, Schüssler mit Doppel-s und Gabi mit i!« – »Haben Sie etwa hier auf mich gewartet?«, fragte ich weiter. »Ja, hab ich«, sagte sie so beiläufig, als sei dieses Verhalten das Selbstverständlichste auf der Welt. »Ich wusste, dass Sie heute Abend bei Hunger eingeladen sind, und ich habe angenommen, dass Sie kaum später als Mitternacht zurückkommen würden. Ich wohne übrigens da drüben«, sie zeigte auf die dem Gastdozentenhaus gegenüberliegende Häuserfront, »daher habe ich es nicht weit.«

»Eine günstige Wohnlage«, sagte ich, »viel Grün drumherum und nahe beim Arbeitsplatz!« Überraschenderweise ließ sie sich auf diesen Plauderton ein und ergänzte ganz ernsthaft: »Stimmt. Und spottbillig! Das waren mal Dienstwohnungen, als in den Gebäuden der jetzigen Hochschule noch die Stadtwerke untergebracht waren. Und jetzt werden die freiwerdenden Wohnungen nach und nach in Studentenbuden umgewandelt. Wenn alle Altmieter verstorben, fortgezogen oder in Pflegeheimen untergebracht sind, wird der Komplex ein richtiges Studentenwohnheim sein. Und das wird dann sicherlich Richard-Hahne-Haus heißen.«

»Hahne, immer wieder Hahne«, dachte ich und fragte: »Warum? Weil er nach seinem tragischen Tod als Märtyrer verehrt wird?«

Sie blickte mich, soweit ich das im Schein der Straßenlaternen erkennen konnte, ein wenig befremdet an und antwortete: »Ach so, das können Sie ja nicht wissen. Hahne hat sich für diese Umwandlung stark gemacht und sie, als es heftigen Widerstand von verschiedenen Seiten gab, mit Hilfe seiner politischen Beziehungen durchgesetzt. Und außerdem hat er eine Stiftung gegründet, aus deren Mitteln die Möblierung der Räume finanziert wird. Ich schlaf also gewissermaßen in einem Bett, das von irgendeiner Bausparkasse oder Versicherung kommt. Allein, übrigens.«

War das noch Koketterie, oder war das schon Anmache? Ich tat so, als ob ich diese Anzüglichkeit überhört hätte, und fragte: »Und was führt uns heute Nacht zu dieser späten Stunde hier zusammen? Ich habe den Termin für meine Sprechstunde ja noch gar nicht festgelegt, aber auf Mitternacht wird es gewiss nicht hinauslaufen.« Sogleich ärgerte ich mich über diese ziemlich einfältige Erwiderung und über meinen oberlehrerhaften

Ton, aber mir fehlte einfach jede Erfahrung im Umgang mit jungen Damen, die mir zu später Stunde die geringe Auslastung ihres Bettes offenbarten.

Für einen Moment überlegte ich, ob ich diese Scharte durch ein Zitat aus Loriots wunderbarem Sketch »Der Bettenkauf« auswetzen und mich in die Position des famosen Herrn Hallmackenreuter begeben könnte – »Konnten Sie denn beim Bezugsmaterial der Matratze wählen zwischen einer imprägnierten Halbzwirnware oder gedrilltem Volon?«, aber ich fürchtete, dass Gabi altersbedingt über diesen Scherz nicht würde lachen können.

Doch Frau Schüssler war offenbar weit davon entfernt, mir meine Bemerkung übel zu nehmen. Sie sagte schlicht: »Herr Rieger, Sie sind total mein Typ. Und ich wollte Sie unbedingt warnen. Die Hochschule und vor allem Ihre Fakultät ist ein einziger Intrigantenstadl. Jeder kämpft gegen jeden. Keiner gönnt dem anderen auch nur das Schwarze unter den Nägeln. Sehen Sie sich vor!« Und bevor ich auf diese Worte irgendwie reagieren konnte, gab sie mir einen hastigen Kuss auf die rechte Wange und entfernte sich eiligen Schrittes.

Ich war perplex. Sollte ich diesen Auftritt ernst nehmen, oder hatte sich da jemand einen üblen Scherz mit mir erlaubt? War das ein Test? Wollte man feststellen, wie gutgläubig oder naiv ich war und wie weit man bei mir gehen konnte? Ich blickte der jungen Dame, deren Verhalten mir so rätselhaft war, kurz hinterher und glaubte zu erkennen, dass sie in einem der Häuser am Ende der Rasenfläche verschwand. Dann ging ich auf meine wenig einladende vorübergehende Bleibe zu, wunderte mich ein wenig darüber, dass die Tür des Haupteinganges nicht verschlossen war, und betrat schließlich mein Zimmer.

Der Versuch, meine Gedanken halbwegs zu ordnen, scheiterte kläglich. Wo sollte ich anfangen? Chronologisch? Die Zumutung des Büros, das man mir zugewiesen hatte? Der

Fund der Leiche von Richard Hahne? Der konfuse Anruf von Kettler? Der irgendwie missglückte Abend bei Hunger? Das Treffen mit Gabi Schüssler?

Frau Gabriele Schüssler – welches ihrer Worte konnte ich ernst nehmen? Es schmeichelte mir schon, dass sie mich zu ihrem »Typen« erklärt hatte – wie lange war es her, dass ein weibliches Wesen etwas Ähnliches zu mir gesagt hatte? Mir wurde jetzt erst bewusst, dass sie eine ansehnliche Frau war – bei meinem Vorstellungsvortrag hatte ich sie eher als Neutrum wahrgenommen, zumal sie, wenn meine Erinnerung mich nicht trog, sehr unvorteilhaft gekleidet gewesen war. Im schummerigen Licht der Straßenbeleuchtung war mir ihr ovales Gesicht mit dem dunkelblonden, stufig geschnittenen Haar, dem leicht verträumten Blick und dem kleinen Mund ausgesprochen hübsch erschienen. Ich wollte einfach glauben, dass sie in Bezug auf meine Person die volle Wahrheit gesagt hatte.

Irgendwie gelang es mir, mit dieser Autosuggestion die anderen mich bedrängenden Gedanken zu verscheuchen, bis ich in einen zu meinem Glück tiefen und ungestörten Schlaf fiel.

9

Wenn ich gewusst hätte, wie karg das Frühstück im Gastdozentenhaus auszufallen pflegte und wie unfreundlich und gelegentlich geradezu feindselig das Küchenpersonal auf die Zumutung reagierte, das Buffet für die zahlende Kundschaft vorbereiten und arrangieren zu sollen, dann hätte ich mich wohl kaum für einen Monat als zahlender Gast bei der Hausverwaltung angemeldet. Erst recht nicht, wenn mir jemand erzählt hätte, welche ungenießbare Brühe hier unter der Bezeichnung Kaffee ausgeschenkt wurde.

Noch schlimmer als all dies war jedoch die beklemmende Atmosphäre im Frühstücksraum. Es war, als sollten alle Vorurteile gegen lebensuntüchtige Wissenschaftler, weltfremde Professoren, verschrobene Forscher und andere introvertierte Geistesmenschen in diesem Raum wie in einem Laborversuch validiert und verifiziert werden. In der wenig anheimelnden Kantinenatmosphäre im Erdgeschoss des Gebäudes versammelten sich allmorgendlich Menschen beiderlei, vor allem aber männlichen Geschlechts, denen menschliches Gebaren wie Kommunikation und Interaktion fremd oder zumindest herzlich unwillkommen zu sein schien.

Und wenn dieser Allgemeinzustand noch immer nicht ausgereicht hätte, um mich abzuschrecken, so nahmen mir einige spezifische Erfahrungen endgültig jegliche Illusion, hier einmal ein gemütliches Frühstück einnehmen zu dürfen. So saß mir an meinem ersten Morgen in diesem Raum ein Mann gegenüber, der beharrlich über mich hinweg auf die Wand hinter mir blickte. Ich hatte beim Hereinkommen gesehen, dass dort das berühmte Poster von Aristide Bruant hing, das Henri de Toulouse-Lautrec 1892 gemalt hatte. Es war in den 1970er Jahren das bildungsbürgerliche Pendant zu dem berühmten

Che-Guevara-Poster, das eine stark aufgehübschte Version des Fotos »Guerrillero Heroico« von Alberto Korda zeigt und eher an den Wänden revolutionsgeneigter studentischer Wohngemeinschaften hing. Der Druck war schon so vergilbt, dass man den Schriftzug »dans son cabaret« kaum noch erkennen, geschweige denn entziffern konnte.

Ich versuchte, mit meinem Gegenüber ins Gespräch zu kommen. »Kennen Sie den berühmten Ausspruch von Hans Krankl, als man ihn nach Toulouse-Lautrec gefragt hat?« Der Mensch schaute mich an, als hätte ich in einer ihm nicht geläufigen Sprache gesprochen. »Ich meine den österreichischen Fußballer Hans Krankl«, fuhr ich unverdrossen fort. Die Miene meines Gegenüber drückte nun nichts als Widerwillen und unverhohlene Abneigung aus. Aber ich hatte immer noch die Hoffnung, dass die Pointe meiner Anekdote ihn milde zu stimmen vermochte. »Er hat geantwortet, dass Toulouse und Lautrec zwei starke Mannschaften seien und dass er auf ein Unentschieden tippe.« Der Mann antwortete nicht, er stand auch nicht auf, um den Tisch zu wechseln oder den Raum zu verlassen – er ignorierte einfach mich und meinen Annäherungsversuch so komplett, als sei ich nicht da und hätte kein Wort gesagt. Durfte ich seinen ebenso angestrengten wie unbeholfenen und letztlich vergeblichen Versuch, dem verklebten Salzstreuer noch etwas Salz für sein Frühstücksei abzuringen, immerhin als eine unbewusste Abwehrreaktion deuten? Brauchte er einen stärkeren Stimulus? Sollte ich den Salzstreuer vom Nachbartisch holen und ihm diesen mit den Worten »Wenn ich Ihnen mit ein wenig Salz unter die Arme greifen dürfte, Herr Kollege?« und dämonischem Jack-Nicholson-Grinsen hinreichen? Besser nicht.

Angesichts dieser Erfahrungen fiel es mir überhaupt nicht schwer, am Morgen nach meinem denkwürdigen ersten Arbeitstag auf das Kantinenfrühstück zu verzichten. Ich begab mich vielmehr zu der nahegelegenen Bäckerei »Die Backstub«. Diese machte vermutlich einen großen Teil ihres Umsatzes mit den Angehörigen der Hochschule, auch wenn ihre Geschäftsführung selber noch nicht allerhöchstes akademisches Niveau erklommen hatte. So wurde auf einer großen Tafel handschriftlich »Kaffee to go – auch zum Mitnehmen« angepriesen, und der für mittags angekündigte Imbiss firmierte als »Nudeln mit Bollonjäse« – was aber der Qualität der angebotenen Speisen keinen Abbruch tat. Ganz im Gegenteil, besonders das Gebäck war exzellent, und die Bedienung war in puncto Freundlichkeit das Gegenstück zu den Kolleginnen von der Hochschulgastronomie. Und die »Bollonjäse« war ja möglicherweise auch nur dem »Kokowääh« nachempfunden, das sogar als Titel eines albernen Films zweifelhafte Prominenz erlangt hatte.

Ich war aber diesmal nicht in erster Linie wegen der Brötchen, die hier Wecken hießen, zu dem Backshop übergelaufen, sondern ich wollte vor allem die lokale Tageszeitung, den »Anzeiger«, erwerben, um die Berichterstattung zum Tod von Hahne lesen zu können. Es gab den »Anzeiger« zwar auch im Gastdozentenhaus, aber das jeweils aktuelle Exemplar war morgens nie vorhanden, sondern tauchte bestenfalls mit mehrtägiger Verspätung und in einem grauenhaften Zustand in einem der Gemeinschaftsräume auf.

Auf dem Rückweg warf ich einen ersten erwartungsvollen Blick auf die Titelseite des »Anzeigers«, und da schaute mir tatsächlich Richard Hahne entgegen. Man hatte ein Porträtfoto ausgewählt, das einen milde lächelnden Mann zeigte, der deutlich jünger war oder wirkte, als sein tatsächliches Alter am Todestag betrug, das mit 63 angegeben wurde.

Die fettgedruckte Schlagzeile unter diesem Foto lautete »Rektor Richard Hahne ermordet«, die Unterzeile dazu »Gewalttat erschüttert Hochschule«. Dann wurde noch auf einen »ausführlichen Bericht auf der Lokalseite« verwiesen. Ich unterdrückte meine Neugier und verschob die Lektüre dieses Berichts bis zum Frühstück. Meine Frühstücksutensilien bewahrte ich nicht etwa in dem Küchenparadies am Ende des Flures auf, sondern in einem Fach in meinem Zimmer, was natürlich zur Folge hatte, dass ich auf schnell verderbliche Lebensmittel weitgehend verzichten musste. Aber ich hatte mir gleich am zweiten Tag meines Aufenthaltes einen Wasserkocher gekauft, so dass ich mir jederzeit Tee und löslichen Kaffee im eigenen Zimmer aufbrühen konnte.

Der Bericht über Hahnes Tod nahm im Lokalteil der Zeitung mehr als eine halbe Seite ein. Dazu gehörte auch ein großes Foto, das die Front des Verfügungsgebäudes mit den beiden Containern davor zeigte. Wann war dieses Foto entstanden? Wer hatte es angefertigt? Da es exakt die gestrige Konstellation ja wohl kaum vorher schon einmal gegeben hatte und zwei beliebige Container vor einer schlichten Hauswand erst recht nicht ein für einen Fotografen attraktives Motiv abgegeben haben würden, musste das Bild in dem Zeitraum zwischen dem Abstellen der Container und dem Eintreffen der Polizei- und Rettungswagen aufgenommen worden sein, und zwar zu einem Zeitpunkt, als sich niemand – also auch ich nicht – in der Nähe der Container aufhielt. Die Fotografie war, anders als üblich, nicht mit einer Quellenangabe versehen.

Bei der Überschrift des Artikels hatte man sich im Fundus des gemäßigten Boulevardjournalismus bedient – sie lautete: »Grausamer Mord an Professor Hahne erschüttert die Hochschule für Finanzen, Geld und Währung«. Die Unterzeile durfte dann schon ein wenig schriller sein: »Leiche des Rektors in Müllcontainer aufgefunden.« Der Bericht war sachlich und enthielt so gut wie nichts, was mir nicht schon bekannt war. Dass ich nicht namentlich erwähnt wurde, war mir durchaus lieb – allerdings wurde meine Rolle nicht ganz zutreffend dargestellt. Die entsprechende Passage lautete: »Ein Mitarbeiter der Hochschule, der sich den Container geholt hatte, um Wertstoffe zu entsorgen, machte die grausige Entdeckung.«

Der kleine Fehler störte mich nicht, und ich dachte in diesem Moment auch nicht daran, dass aus dieser Schilderung die Vermutung abgeleitet werden konnte, ich hätte vielleicht beim »Holen« des Containers die Tat und den oder die Täter beobachtet. Der Artikel schloss mit dem Satz »Richard Hahne hinterlässt seine Frau, einen erwachsenen Sohn und eine Tochter.« Später sollte ich erfahren, dass die hinterlassene Frau nicht seine Ehefrau, sondern seine Lebensgefährtin Renate Tiburtius war, die aber allergrößten Wert darauf legte, als Frau Tiburtius-Hahne angesprochen zu werden. Der Sohn stammte aus der ersten Ehe von Hahne, die Tochter aus einer weiteren Beziehung, von der angeblich niemand wusste, ob sie ehelich oder nichtehelich gewesen war.

Mit einem Blick in den Sportteil des »Anzeigers« und einem letzten Schluck des gefriergetrockneten löslichen Bohnenkaffees beendete ich mein Frühstück. Vordergründig hatte ich mich fast ausschließlich mit dem Tod von Richard Hahne beschäftigt, aber in Gedanken war ich die ganze Zeit auch bei Gabi Schüssler gewesen. War es die lange Abstinenz, die mich so anfällig für ein plumpes, abgedroschenes Kompliment wie »Sie sind mein Typ!« gemacht hatte? War ich vielleicht schon durch die Gesellschaft der recht hübschen und sympathischen Ehefrauen meiner beiden Kollegen empfänglich für weibliche Reize gewesen, als die unerwartete nächtliche Begegnung mit der Studentin stattfand? Oder war ich einfach nur gestresst durch den schwierigen Start in meiner neuen Umgebung und belastet durch den Schock, den der Mord an Hahne, dazu noch fast vor meiner Tür, ausgelöst hatte?

Ich bemühte mich, diese lästigen, irritierenden Gedanken abzuschütteln und mich den praktischen Herausforderungen des neuen Tages zuzuwenden. Würde ich mit anderen Containern versorgt werden, um endlich mit der Müllentsorgung beginnen zu können? Würden, wie versprochen, Techniker kommen und meine Arbeitsfähigkeit durch das Anschließen von Telefon, FAX-Gerät und Computer sicherstellen? Es erheiterte mich ein wenig, dass Hunger davon gesprochen hatte, der zweite Container sei für »das übrige Gelumpe« bestimmt – da konnte er nicht ahnen, dass es sich hierbei um Hahnes Leiche handelte.

Offenbar hielten bei mir nun wieder Realismus und Spottlust Einzug – die richtige Mischung, um nach den Irrungen und Wirrungen des Vortages ab sofort business as usual zu betreiben. Dachte ich.

10

Die Tür meines Büros stand offen, und von innen kamen die Stimmen zweier Männer. Ich steckte den Kopf zur Tür hinein und rief »Hallo?!« Einer der beiden kniete vor der gegenüberliegenden Wand und ließ sich durch meinen Gruß nicht vom Schrauben abhalten. Der andere, der gerade mit großer Vorsicht ein Gerät aus einem kleinen Karton herauszog, wandte sich mir zu und schaute mich fragend an. »Guten Tag«, grüßte ich, »sind Sie die Herren, die mich arbeitsfähig machen sollen?« Der Schrauber dreht sich zu mir um und gab durch seinen Gesichtsausdruck deutlich zu verstehen, dass diese Frage ihn an meinem Verstand zweifeln ließ. Dann wandte er sich wieder der Wand zu.

Der andere schaute kaum freundlicher, befand mich aber immerhin einer Antwort für würdig. »Wir montieren hier den Anschluss für Internet, FAX und Telefon«, entgegnete er trocken und fügte apodiktisch hinzu »Mit Ihrer Arbeit haben wir nichts zu schaffen!« Dann widmete er sich wieder dem Auspacken des Gerätes, in dem ich einen Speedport zu erkennen glaubte. Ich entschied mich, die Unfreundlichkeiten zu ignorieren und, wohl wissend, was ich mir damit möglicherweise einhandelte, eine weitere Frage zu stellen. »Wie lange werden Sie denn dazu voraussichtlich benötigen?« Die erwartete Reaktion kam prompt. »Wenn wir nicht durch dumme Fragen von der Arbeit abgehalten werden, müssen wir morgen nicht noch mal kommen.« Und sein Kollege ergänzte, ohne sich von der Wand wegzudrehen: »Aber nur, wenn diese blöden Leitungen hier funktionieren.«

Ich beschloss, mich diesen Experten gefälliger und umfassender Kommunikationsformen nicht länger auszusetzen und verließ das Gebäude kommentar- und grußlos. Beim Hinausgehen sah ich, dass noch keine neuen Container geliefert worden waren. Somit konnte ich die Aufräumarbeiten vorerst ohnehin nicht fortsetzen und ging daher zu meinem Appartement zurück. Dort wollte ich mich meiner vordringlichsten Aufgabe widmen – der Vorbereitung meiner Lehrveranstaltungen, die ja bereits in wenigen Wochen beginnen sollten. Man hatte mir für mein erstes Semester an der Hochschule eine Halbierung des Lehrdeputats zugestanden – es wäre ja unmöglich gewesen, aus dem Stand den Stoff für drei oder vier mehrstündige Lehrveranstaltungen zu entwickeln. Immerhin ließ man mir zumindest in dieser Hinsicht einen Welpenschutz angedeihen.

So hatte ich mich entschieden, eine einführende Vorlesung über Versicherungs- und Bausparmathematik sowie ein Kolloquium über aktuelle Fragen des Versicherungswesens anzubieten. Für die Vorlesung konnte ich weitgehend auf Materialien zurückgreifen, die ich für Schulungszwecke bei meiner früheren Gesellschaft erstellt hatte, und ich hoffte, für das Kolloquium auch externe Referenten aus meinem bisherigen beruflichen Umfeld gewinnen zu können.

Neben dem Eingang zum Gastdozentenhaus befand sich ein Raum, in dem sich tagsüber gelegentlich ein Mitglied der Hausverwaltung aufhielt. Durch zwei große Scheiben konnte man von dort sowohl nach draußen wie auch in den Empfangsraum des Hauses blicken. So etwas wie eine Concierge gab es nicht, und ich hatte den Eindruck, dass der Raum meist gerade dann unbesetzt war, wenn dort am dringendsten jemand gebraucht wurde – etwa weil Lieferanten vor der Tür standen oder Bewohner des Hauses aus- oder neu einziehen wollten.

Als ich vor knapp einer Woche meinen Einzug gehalten hatte, war auch niemand dagewesen. Ich war dann mit meinem gesamten umfangreichen Gepäck zu Frau Ammeyer marschiert, die mich leicht indigniert darauf hinwies, dass doch beim Eingang ein Umschlag für mich bereitläge, der auch einen Zimmerschlüssel enthielte. Sie begleitete mich dann gnädiger Weise aber doch hinüber zu meiner neuen Bleibe und wies mich, dort angekommen, auf einen Umschlag mit der Aufschrift »Dr. Rieger« hin, der mit einem dicken Klebestreifen neben dem Klingelbrett an der Wand befestigt war. Er enthielt nichts als einen Schlüssel mit einem Anhänger, auf dem die Nummer 112 stand – eine mnemotechnisch günstige Zahl, sagte mein Mathematikerherz.

Frau Ammeyer begleitete mich bis zur Tür meines Zimmers im ersten Stock und wartete dort, als ich meine Sachen hineintrug. Sie betrat das Zimmer auch nicht, als ich ihr zurief, dass sie gern eintreten könne, sondern rief nur vom Flur hinter mir her »Ist alles in Ordnung?«, um sich, als ich dies mit »Soweit ich es auf einen Blick beurteilen kann, ja!« beantwortet hatte, eiligen Schrittes zu entfernen.

Diesmal war die Loge der Hausveraltung besetzt. Ein großer, knochiger Mann saß auf einem Schreibtischstuhl, musterte mich, griff nach einigen Umschlägen, die auf dem Tisch neben ihm lagen, und reichte sie mir durch die offenstehende Tür seiner Loge. »Post für Sie, Herr Rieger!« sagte er freundlich, und fügte hinzu »Sie bekommen nachher noch neue Container. Heute ist Leerung.« – »Danke! Dann wollen wir mal hoffen, dass die Container diesmal wirklich leer sind! Darf ich nach Ihrem Namen fragen?« Er schaute mich irritiert an – weil ich seinen Namen nicht kannte, oder weil ich auf den Mord an Hahne angespielt hatte? Nach einer kurzen Pause antwortete er: »Bender, Hausverwaltung. Meine Frau arbeitet auch hier, in der Küche. Ach ja, und ein Brief liegt vielleicht schon bei Ihnen im Zimmer. Die junge Dame wollte ihn partout nicht hier abgeben und hat ihn wohl unter der Zimmertür durchgeschoben.«

Als ich die Tür zu meinem Appartement geöffnet hatte, sah ich den schlichten C6-Umschlag auf dem Fußboden liegen.

Auf der Vorderseite stand »Prof. Rieger«, auf der Rückseite »GS«, beides handschriftlich, mit auffälligen Unterlängen bei den Buchstaben f und g. Ich hob mir aber graphologische Betrachtungen für später auf – auch, weil der Inhalt des Umschlages hierfür vermutlich ergiebiger war, kam aber nicht dazu, den Brief sofort zu öffnen, weil mein Telefon klingelte.

Es war wieder Kettler, der, ohne seinen Namen zu nennen, sofort drauflos schwafelte: »Rieger, hier nun Kapitel 2 der Typologie.« Vermutlich war er wieder nicht nüchtern, aber er lallte nicht so stark wie beim Telefonat am Vortag. »Wissen Sie, was bei einem Dozenten fortlaufender Erfolg ist? Fort-lau-fen-der Erfolg?! Häh?« Offenbar erwartete er eine Antwort, die ich ihm aber schuldig blieb. Zu sehr beschäftigte mich der Umschlag, den ich immer noch ungeöffnet in der Hand hielt, und zu wenig interessierte es mich, was Kettler da von sich gab. »Wenn ihm die Hörer fortlaufen! Verstehen Sie, Rieger?« Nun sah ich mich doch zu einer Antwort genötigt, die ich absichtlich in einem dezidiert schnoddrigen Ton gab: »Ich bin doch nicht … blöd!« Ich hatte kurz überlegt, ob ich statt »blöd« lieber »besoffen« oder wenigstens »betrunken« sagen sollte, aber ich verkniff es mir.

Er fuhr auch schon fort: »Kennen Sie Polgar? Alfred Polgar?« Am liebsten hätte ich mit »nein« oder mit einer nicht ernst gemeinten Gegenfrage der Art »Das ist doch der Vorstopper der legendären Breslau-Elf von 1937, oder?« geantwortet, aber ich brachte es nicht über mich, in diesem Punkt Unwissenheit vorzutäuschen. Daher antwortete ich knapp und in einem Tonfall, der mein Desinteresse deutlich zum Ausdruck bringen sollte: »Ja, den kenn ich.« Doch dann konnte ich mal wieder nicht an mich halten und fügte noch hinzu: »Hat demnächst Geburtstag.« Grrrh – wie ich dieses »Ich weiß was, Herr Lehrer!«-Gebaren verabscheute! Immerhin, Kettler schien beeindruckt zu sein, denn er fuhr erst nach einer kurzen Pause fort: »Ja, ja.

Und kennen Sie auch sein Aperçu zum Thema ›todlangweilige Veranstaltung‹?«

Nun hatte der offenbar notorische Schluckspecht und Spötter doch mein Interesse geweckt, und ich antwortete etwas weniger abweisend als zuvor: »Nein, kenn ich leider nicht.« – »Sehen Sie! Polgar hat geschrieben: ›Es begann um acht. Als ich nach zwei Stunden auf die Uhr schaute, war es acht Uhr dreißig.‹ Hahaha! Gut, nicht wahr? Und so waren Finkes Vorlesungen. Genau so! Aber seine junge Witwe ist ein scharfes Mäuschen« Dann legte er auf.

Ich verlor keine Zeit damit, über diese neue Tirade meines Kollegen nachzudenken – zu wichtig war mir der Brief von Gabriele. In Ermangelung eines Brieföffners und zu ungeduldig, einen anderen spitzen Gegenstand hervorzukramen, riss ich den Umschlag auf. Trotz meiner Hast bemerkte ich aber, dass er offenbar schon einmal geöffnet und nur sehr schlampig wieder zugeklebt worden war. Er enthielt eine weiße, linierte Karteikarte, deren Anblick mich zunächst ein wenig ernüchterte. Das profane Stück Pappe passte nicht so recht zu meinen romantischen Erwartungen.

Dann las ich den Text der Mitteilung, der die Vorder- und Rückseite der Karte ausfüllte: »Hallo Jürgen, entschuldige meinen Überfall von gestern Abend. So bin ich sonst nicht. Aber Du bist mir wichtig. Ich möchte Dich davor bewahren, in dieses Wespennest hier zu stechen. Liebe Grüße, Gabi.«

Es störte mich nicht, dass sie mich so unvermittelt duzte und mit meinem Vornamen ansprach, und es war mir, wenn ich ehrlich zu mir selbst war, nicht einmal unlieb, aber ich wunderte mich schon darüber. Gestern Abend war ich immerhin noch Herr Rieger für sie gewesen. Aber noch verblüffter war ich über ihre Warnung. Selbst wenn diese Hochschule oder dieser Fachbereich ein Wespennest war – was hatte ich damit zu tun? Selbst wenn es Feindschaften, Intrigen, üble Machenschaften bis hin zu einem Mord gab – das alles betraf doch nicht mich! Ich war doch von allem, was sich in der Vergangenheit abgespielt haben mochte, völlig unbelastet!

Doch mir wurde sehr rasch bewusst, dass dies eine sehr naive Vorstellung war. Früher oder später würde ich in die Auseinandersetzungen einbezogen werden, ob ich es wollte oder nicht. Auch die vielzitierte Freiheit von Forschung und Lehre würde es mir nicht ermöglichen, mich aus den Belangen der Fakultät komplett herauszuhalten – ganz abgesehen von dem für mich schwer einzuordnenden Gerede, mit dem ein Wirrkopf wie Kettler hausieren ging.

Auf der anderen Seite gab es Gabi Schüssler und ihr für mich so rätselhaftes Verhalten. Und auch, wenn mir ihre Avancen eher schmeichelten – meine allgemeine Verunsicherung rief bei mir das beklemmende Gefühl hervor, als stünde ich zugleich an mindestens zwei sehr unterschiedlichen Fronten, ohne zu wissen, ob Frieden, ein nur vorübergehender Waffenstillstand oder gar Krieg herrschte.

11

Es gelang mir mit Mühe, meine Gedanken einigermaßen zu ordnen und mich auf meine Verpflichtungen zu konzentrieren. Mehr als zwei Stunden arbeitete ich intensiv an der Vorbereitung meiner Vorlesung, wobei mich zum Glück weder ein Anruf noch irgendwelche sonstigen Störungen unterbrachen. Zumindest die ersten drei Wochen der Vorlesungszeit würde ich mit dem Stoff, den ich nun aus meinen vorhandenen Materialien zusammengestellt hatte, bestreiten können. Vielleicht reichte er sogar für vier Wochen – ich vermutete, dass ich umfangreiche propädeutische Vorarbeit im Bereich der quantitativen Modelle und Methoden – vulgo Statistik – würde leisten müssen. Das angekündigte Kolloquium sollte ohnehin erst in der dritten oder vierten Woche der Vorlesungszeit beginnen.

Ich war mit dem Ergebnis meiner Arbeit zufrieden, und noch mehr freute es mich, dass ich so lange weder an Hahne noch an Kettler und auch nicht an Gabi Schüssler gedacht hatte. Letzteres stimmte allerdings nicht ganz – bisweilen hatte ich mir ausgemalt, wie die Studierenden auf meine Ausführungen reagieren würden, und dabei immer auch Gabi im Auditorium vor mir gesehen.

Waren die beiden Handwerker in meinem Büro auch so produktiv und erfolgreich gewesen wie ich? Es konnte sie doch nicht mehr als ein paar Stunden kosten, die ihnen aufgetragenen Standardinstallationen durchzuführen. Ich entschied mich aber, ihnen dafür eine Fristverlängerung zu gewähren – ich hatte noch einige Besorgungen zu erledigen, und ein wenig Bewegung an der frischen Luft würde mir guttun.

Eine gute Stunde später – es war inzwischen Nachmittag geworden und die Techniker würden sicherlich demnächst Feierabend machen, ob sie nun fertig waren oder nicht – ging ich wieder den mir inzwischen vertrauten Weg auf das Verfügungsgebäude zu, und da sah ich es schon von weitem: Neben dem Eingang standen zwei Container. Hausmeister Bender hatte also tatsächlich geliefert. Ich warf einen Blick in die Container – sie waren beide leer bis auf ein paar Papierfetzen und sonstige Rückstände, die sich auf den Böden angesammelt hatten.

Die Tür zu meinem Büro war zu, aber als ich sie aufschließen wollte, stellte ich fest, dass sie gar nicht verschlossen war. Ich ärgerte mich über die Schlampigkeit der Techniker. Aber vielleicht hatten sie auch mit Bender abgesprochen, dass dieser die Tür abschließen würde, und er hatte es vergessen.

Ich stieß die Tür auf und sah zu meiner nicht geringen Überraschung Brosi an meinem Schreibtisch sitzen. Er hatte einen Stapel der alten Druckstücke vor sich und war offenbar damit beschäftigt, diese durchzublättern. Mein Erstaunen wurde noch größer, als Brosi ohne ein Wort der Erklärung oder gar Entschuldigung dafür, dass er an meinem Schreibtisch saß, wie selbstverständlich sagte: »Ach, Herr Rieger! Ich hab mir überlegt, dass ich vielleicht doch sicherheitshalber einmal nachschauen sollte, ob hier noch etwas herumliegt, das wir im Dekanat oder in der Bibliothek archivieren sollten. Aber sie wollen jetzt sicherlich an Ihrem Schreibtisch arbeiten.«

Ich war ganz und gar nicht einverstanden mit Brosis unerbetener Anwesenheit in meinem Büro, und es fiel mir auch auf, dass seine Begründung dafür in so deutlichem Widerspruch zu seiner gestrigen Aussage »Kann alles weg!« stand. Ich beschloss daher, ihn nicht so leicht davonkommen zu lassen.

»Herr Brosi – wo Sie nun schon einmal hier sind: Es wäre schön, wenn Sie mir ein paar Informationen über den Fachbereich geben würden. Ich stolpere hier ungewollt und unvermittelt von einer Merkwürdigkeit in die nächste, und damit meine ich noch nicht einmal den Tod von Hahne. Anscheinend gibt es im Lehrkörper und möglicherweise auch darüber hinaus enorme Spannungen und wohl auch Feindschaften, zumindest aber Feindseligkeiten. Ich will Sie nicht dazu animieren, schmutzige Wäsche zu waschen, aber vielleicht können Sie mir zumindest einige Dinge erzählen, die ich wissen muss, um nicht ahnungslos von einem Fettnäpfchen ins nächste und von einer Falle in die andere zu stolpern.«

Ich hatte dies in einem für meine Verhältnisse ungewohnt energischen Ton vorgetragen und Brosi damit erkennbar beeindruckt. Dennoch schaute er zunächst auf seine Armbanduhr, als fiele ihm gerade ein, dass er aus zeitlichen Gründen meinem Anliegen möglicherweise nicht würde entsprechen können. Dann antwortete er in einem hinhaltenden Ton, der aber immerhin ein gewisses Maß an Zerknirschtheit erkennen ließ: »Ach, Herr Rieger, nun machen Sie mich bloß nicht für alle Missstände an dieser Fakultät verantwortlich.« Ich unterbrach ihn. »Mach ich auch nicht, Herr Brosi. Aber Sie sitzen nun mal hier an meinem Schreibtisch und blättern in einem Raum, der jetzt mein Büro ist, in Unterlagen herum. Dann sollten Sie auch so nett sein, mich ein wenig aufzuklären – mir sozusagen dabei behilflich sein, aus dem Zustand der nicht selbst verschuldeten Unmündigkeit auszugehen – um mal ein wenig mit Kant zu argumentieren.«

Brosi, der bisher meinem Blick meist ausgewichen war, schaute mich nun an, als zweifelte er an meinem Geisteszustand, begann dann aber doch, meiner Bitte zu entsprechen. »Herr Rieger, das ist ein weites Feld.« Es war nicht zu erkennen, ob er bewusst mit einem eigenen Zitat nachziehen und mich vielleicht sogar spüren lassen wollte, dass ich nicht der einzige war, der hier über einen Anflug klassischer Bildung verfügte.

Er holte tief Luft, als wenn er für das Folgende einen gewissen Anlauf nehmen musste, und fuhr dann fort: »Dieser Fachbereich war bis gestern Hahnes Königreich, und jeder,

der dazugehörte, war ein Vasall von Hahnes Gnaden. Wer ihm zu Willen war, wurde protegiert, wer es wagte, ihm zu widersprechen, wurde plattgemacht. Das gilt für Stellenbesetzungen, Beförderungen, Mittelzuweisungen, Schaffung von Mitarbeiterstellen, aber auch für sonstige Pfründe. Hahne hatte exzellente Beziehungen zu den Mächtigen in Politik und Wirtschaft, und da gab es viel zu verteilen oder eben auch vorzuenthalten – Gutachteraufträge, Mandate in Bei- und Aufsichtsräten, Einladungen zu allen möglichen Veranstaltungen mit gutem Essen und viel Kultur, Präsente zu Weihnachten und sogar einen Blumenstrauß für die Damen zum Geburtstag.«

Brosi machte eine Pause, schien aber gar nicht neugierig zu sein, welchen Eindruck seine Worte auf mich machten, sondern schaute gedankenverloren aus dem Fenster. Ich befürchtete, dass er es vielleicht bei dieser allgemeinen Schilderung bewenden lassen würde, und machte daher rasch die, wie ich mir selber sagte, ziemlich plumpe Bemerkung: »Dann hat er also vermutlich eine Menge Freunde, aber auch ein paar Feinde an der Fakultät.«

Brosi wandte sich wieder mir zu und sagte: »Freunde hat ein Mann wie Hahne überhaupt nicht. Der hat Komplizen, Spießgesellen, eine gewisse Anhängerschaft, vielleicht auch Bewunderer, und auf der anderen Seite Gegner und Feinde. Gedemütigte, die mit der geballten Faust in der Tasche herumlaufen, wenn es ihnen nicht gelungen ist, sich aus dem Kraftfeld des Despoten zu befreien. Und einige gehen dabei vor die Hunde. So wie Tiburtius, der arme Teufel.«

Nach diesen tiefschwarzen Ausführungen traute ich mich nicht, gleich wieder eine banale Frage – also zum Beispiel »Wer ist Tiburtius?« – nachzuschieben. Brosi schien aber auch nicht mehr erzählen zu wollen. Er blickte erneut auf seine Uhr und sagte dann »So, und nun muss ich gehen. Einen schönen Abend noch.« Er war schon auf dem Weg nach draußen, da konnte ich ihm gerade noch hinterher rufen »Ja, und was ist nun mit den Unterlagen?« – »Werfen Sie sie weg«, antwortete er, ohne sich umzudrehen, und war dann auch schon verschwunden.

Der Name Tiburtius ließ mich kurz stutzen – dann fiel mir ein, dass er in einer Bildunterschrift in einer der Broschüren vorkam, die ich am Vortag durchgeblättert hatte. Er hatte sich mir vermutlich eingeprägt, weil er ungewöhnlich war und sich deutlich von den Finkes, Hahnes und Spechts abhob. Dass es eine Frau Hahne-Tiburtius gab, wusste ich zu diesem Zeitpunkt ja noch nicht.

Brosi schien mir kein Mensch zu sein, der zu großen Sprüchen neigte. Um so stärker wirkten seine Worte über Hahne und dessen Einfluss auf die Fakultät und ihre Mitglieder auf mich. Der Mann musste wie ein Oligarch geherrscht haben. Waren alle anderen so schwach gewesen, dass sie ihm keinen Widerstand entgegensetzen konnten, oder hatten sie sich bereitwillig unter sein Joch begeben, damit ein paar Brosamen vom Tisch des Herren auch für sie abfielen? Und war dann doch einer von ihnen ausgerastet und hatte dem Diktator den Garaus gemacht?

Ich beendete die Grübelei, um mich der nicht minder drängenden Frage der technischen Ausstattung meines Büros zuzuwenden. Von meinem Platz vor dem Schreibtisch aus hatte ich nicht erkennen können, ob die Aktivitäten der Techniker erfolgreich gewesen oder vielleicht sogar schon beendet waren. Und nun sah ich es: In der Wand jenseits des Schreibtisches prangten mehrere neue Buchsen und Steckdosen, und zwischen Schreibtisch und Wand standen auf dem Fußboden ein Telefon und ein Faxgerät, die beide offenbar bereits angeschlossen waren. Ich nahm das Telefon aus der Konsole und tippte die Nummer meines Mobiltelefons ein – der Anschluss funktionierte, wie das sofortige Klingeln bewies. Auch die Gegenprobe klappte: Als ich mit dem Mobiltelefon die Nummer anwählte, die auf dem neuen Telefon notiert war, erscholl aus diesem ein hässlicher Ton, den ich hoffentlich noch würde verändern können. Das Display im Faxgerät zeigte an, dass auch dessen Installation erfolgreich durchgeführt worden war.

Ich notierte meine neuen medialen Koordinaten und freute mich darüber, dass dieser Tag zumindest einen sichtbaren Fortschritt erbracht hatte. Das Ausprobieren der W-LAN-Verbindung und das Konfigurieren meines Notebooks verschob ich auf den nächsten Tag. Die von den Technikern zurückgelassenen Dokumente mit der Angabe von Schlüsseln und Kennwörtern würden dies hoffentlich ermöglichen.

Über Brosis nachtschwarzen Ausführungen hatte ich ganz vergessen, ihn zu fragen, ob die Bürotür unverschlossen gewesen war oder ob er einen Schlüssel besaß, mit dem er sie geöffnet hatte. Aber ich hatte keine Lust, mir darüber jetzt den Kopf zu zerbrechen. Ich verließ den Raum, verschloss sowohl die Bürotür wie auch die Eingangstür des Verfügungsgebäudes und nahm mir vor, bei dem Italiener neben der Bäckerei eine Orata *alla griglia* zu genießen und den ganzen Abend nur an schöne Dinge zu denken. Auch Gabi Schüssler sollte meinen Seelenfrieden nicht stören. In die beiden neuen Container warf ich keinen erneuten Blick – nicht nur meine jahrelange Beschäftigung mit Sterbetafeln gab mir die Zuversicht, dass ein weiterer Todesfall in so kurzer Zeit höchst unwahrscheinlich war.

12

Als ich am darauffolgenden Vormittag mein Appartement verlassen wollte, wäre ich beinahe auf ein Päckchen getreten, das vor meiner Tür auf dem Boden lag. Ich hob es auf und sah, dass der Umschlag mit einem Wort beschriftet war – »FISCHKOPP« stand da in Großbuchstaben, die mit einem dicken blauen Filzstift auf das braune Papier geschrieben worden waren. Ich ging in mein Zimmer zurück und wunderte mich darüber, dass sich diese ominöse Sendung recht kalt anfühlte. Mir war nicht bekannt, dass Briefbomben in Kühlfächern aufbewahrt oder transportiert wurden, und ich hatte daher keinerlei Bedenken, den Umschlag zu öffnen.

Er enthielt ein Päckchen, das in der Tat nur allzu gut zu der Empfängerbezeichnung passte – eine offenbar unversehrte Packung Fischstäbchen, von der mir der bekannte Werbebotschafter entgegenglotzte, der sich mit einem angeklebten weißen Bart und einer zu großen Kapitänsmütze die Aura eines Seebären anzumaßen versuchte. Hießen solche Witzfiguren in der Sprache der Werbebranche nicht Avatare? Das könnte ich bei Gelegenheit einmal meinen für Marketing zuständigen Kollegen Günther Specht fragen.

Dringlicher erschien es mir aber, diese unerwünschte Gabe zu entsorgen. Ich ging also den Flur entlang zur Küche hin, wo es auch zu dieser frühen Vormittagsstunde schon nach exotischen Spezereien und angebrannter Milch duftete, und warf meinen Fund in die braune Biotonne. Ich hätte wohl noch die Packung und deren Inhalt trennen sollen, aber ich beruhigte mein schlechtes Gewissen damit, dass der Biomüll ein wenig Pappe vertragen konnte und ich auf diese Weise die Ausbreitung eines weiteren olfaktorischen Phänotyps in diesem Raum zumindest vorübergehend verhinderte.

Vor meinem Büro wartete eine junge Dame auf mich. Als sie mir ihr Gesicht zuwandte, konnte ich feststellen, dass es sich nicht um Gabi Schüssler handelte, und ich war mir nicht sicher, ob ich darüber eher enttäuscht oder erleichtert sein sollte. Wir wünschten uns zunächst gegenseitig einen guten Tag, und als ich sie fragend anschaute, vergewisserte sie sich zunächst »Herr Rieger?« Das erinnerte mich daran, dass auf dem Schild neben meinem Büro noch kein Name stand. Ich nahm mir vor, dort zunächst einmal provisorisch einen Zettel anzubringen und beim Dekanat ein offizielles Schild zu beantragen. Bei der Gelegenheit konnte ich mir auch überlegen, wann ich eine Sprechstunde anbieten wollte, und diesen Hinweis zusätzlich anbringen lassen.

Ich antwortete »Der bin ich. Und Sie wollen zu mir?« – »Ja. Mein Name ist Annika Dobler. Ich bin Studentin im fünften Semester und arbeite bei dem Info-Magazin der Studierenden mit. Wir möchten Sie in der nächsten Ausgabe unseren Lesern als neues Mitglied des Lehrkörpers vorstellen, und ich wollte Sie fragen, ob Sie uns für ein Interview zur Verfügung stehen würden. Ein Foto von Ihnen hätten wir auch gern, wir können aber auch während des Interviews eins anfertigen.«

Ich bat sie in mein Büro, entschuldigte mich für dessen Zustand und bot ihr einen Stuhl an. Währenddessen überlegt ich, ob ich ihrem Begehren entsprechen sollte. Grundsätzlich hatte ich keine Bedenken. Aber die Ereignisse und Erkenntnisse der letzten Tage hatten mich vorsichtig, um nicht zu sagen: bösgläubig, gemacht. Sie schien mein Zögern zu bemerken, denn sie modifizierte ihr Angebot, noch bevor ich antworten konnte. »Wenn das für Sie jetzt ein wenig zu schnell kommt, dann können wir das Interview gern auf die übernächste Ausgabe verschieben. Ich habe auch noch eine Liste schriftlicher Fragen, die dem berühmten Fragebogen von Marcel Proust nachempfunden ist – stark verkürzt und auch ein wenig modernisiert

natürlich. Wenn Sie diese Fragen beantworten würden, dann können wir damit schon mal in die nächste Ausgabe gehen und Appetit auf das später folgende Interview machen.«
Sie langte in ihre Mappe und reichte mir ein Blatt herüber. Es enthielt zehn Fragen – bei Proust waren es meiner Kenntnis nach mehr als dreißig -, die ich so oder ähnlich schon von verschiedenen anderen zeitgenössischen Proust-Epigonen kannte. Die Fragen waren überwiegend harmlos, und ich traute mir zu, bei den möglicherweise verfänglichen auf harmlose Formulierungen ausweichen zu können. Also willigte ich ein, und sie gab mir ein Kärtchen, auf dem neben persönlichen Angaben auch die Internet-Adresse ihrer Studentenorganisation verzeichnet war. »Sie können den Fragebogen online ausfüllen und uns direkt zusenden. Es wäre schön, wenn wir Ihre Antworten bis zum Wochenende hätten – am nächsten Montag ist Redaktionskonferenz.« Ich erklärte ihr, dass ich ohnehin als nächstes klären wollte, ob mein Internet-Zugang im Büro funktionierte, und dass ich den Fragebogen als Testobjekt möglichst noch im Laufe des Tages ausfüllen würde, was sie mit einem Lächeln quittierte. »Erscheint Ihr Magazin in gedruckter Form oder nur elektronisch?«, fragte ich noch, und sie antwortete: »Wir drucken auch weiterhin, Auflage tausend Stück. Die gehen immer weg wie warme Semmeln. Der Vater eines Kommilitonen, der eine Druckerei besitzt, macht es zum Selbstkostenpreis. Dann also – vielen Dank! Ich bin gespannt auf Ihre Antworten.« Huschte da eine leichte Röte über ihr Gesicht? Ich entschied mich dafür, dass ich mir dies nur einbildete, und rief ihr »Gern! Ihnen noch einen schönen Tag!« hinterher, doch da hatte sie schon die Tür hinter sich geschlossen. Es war mir aber nicht entgangen, dass sie sehr schlanke Beine hatte und eine Tätowierung auf der linken Wade, deren Motiv ich aber nicht identifizieren konnte.

Ich riss mich von dem reizvollen studentischen Gesamtkunstwerk los, um mich der schnöden Technik zuzuwenden, wurde aber davon zunächst abgehalten, weil mein Mobiltelefon klingelte. Es war Frau Ammeyer, die mir ohne große Umschweife mitteilte, dass das Sekretariat von Direktor Kramer mich zu sprechen wünschte. Ich möge mich dort umgehend melden. Der Kommandoton von Frau Ammeyer erschien mir völlig unangemessen, und der Name Kramer sagte mir gar nichts. Trotzdem bemühte ich mich, in möglichst verbindlichem Tonfall zurückzufragen: »Frau Ammeyer, wer ist Herr Kramer? Und unter welcher Nummer kann ich sein Sekretariat erreichen? Und wissen Sie, warum man mich sprechen will?« – »Herr Kramer ist der Chef und Mehrheitsaktionär der GFP GmbH – das ist das größte Finanzdienstleistungsunternehmen am Ort. Er ist Ehrensenator und ein großzügiger Förderer unserer Hochschule.« Sie gab nicht zu erkennen, ob sie meine Wissenslücke für entschuldbar hielt oder nicht, nannte mir die Telefonnummer des Sekretariats des Herrn Kramer und verabschiedete sich, ohne meine Frage nach dem Anlass des Gesprächswunsches zu beantworten.

Ich überlegte kurz, ob ich mir vor dem Rückruf noch ein paar Informationen über die GFP GmbH aus dem Internet besorgen sollte, entschied mich dann aber dafür, den Sprung ins kalte Wasser zu wagen. Vermutlich würde ich ja ohnehin nur mit der Sekretärin sprechen und dafür noch nicht den Geschäftsbericht und die wichtigsten Bilanzkennzahlen des Hauses Kramer im Kopf haben müssen.

Ich wählte also die von Frau Ammeyer genannte Nummer und erlebte sogleich eine völlig unerwartete Attacke auf mein rechtes Trommelfell. Denn kaum war der erste Piepton verklungen, da schmetterte auch schon ein Blasorchester los, das eine dröhnende, völlig übersteuerte und dazu noch reichlich schräge Version von »A Banda« zum Besten gab. Dann unterbrachen die drittklassigen Herb-Alpert-Adepten ihre akustische Folter, und es ertönte die Stimme eines Mannes, der mit dem Brio eines Kirmeshändlers ausrief »Die GFP GmbH – Ihr starker Finanzplaner!«. Und wieder setzte die Katzenmusik in gesundheitsschädigender Lautstärke ein.

Doch dann wurde die Tortur unterbrochen, und ich vernahm die Stimme einer Dame, die sich in angenehm moderatem Tonfall mit »GFP GmbH, Chefsekretariat Direktor Kramer« meldete. Ich hatte mich bereits auf den zweiten Ausruf des Werbebuffos eingestellt und dabei kurz den unsäglichen Text der von France Gall gesungenen Version des Liedes rekapituliert, so dass ich meine Antwort leicht stockend vorbrachte. »Rieger hier, äh, mein Name ist Jürgen Rieger von der Hochschule für …« Hier musste ich tatsächlich einen Moment überlegen – der Name meines neuen Arbeitgebers war mir noch nicht in Fleisch und Blut übergegangen.

Meine Gesprächspartnerin enthob mich der Peinlichkeit, indem sie mir ins Wort fiel: »Ach ja, Herr Dr. Rieger, schön, dass Sie so schnell zurückrufen. Ich darf Sie sehr herzlich von Herrn Direktor Kramer grüßen und Ihnen ausrichten, dass er sich schon sehr auf ein erstes Treffen mit Ihnen freut. Und hierfür hat er auch einen konkreten Vorschlag. Sie wissen sicherlich, dass am Wochenende wieder das traditionelle Hallenturnier von Grün-Weiß stattfindet, bei dem wir als Hauptsponsor agieren und im VIP-Bereich vertreten sind. Direktor Kramer wird das Turnier am Samstag Nachmittag besuchen und würde sich freuen, Sie dort gegen 15 Uhr in der GFP-Lounge begrüßen zu können. Sie benötigen keine Tickets – im Eingangsbereich wird eine Hostess auf Sie warten und Sie in die Lounge führen, wo Herr Kramer Sie und einige andere Gäste erwartet.« Sie hielt inne, vermutlich, weil sie nun mit einer Reaktion von mir rechnete.

Statt einer Antwort lagen mir diverse Fragen auf der Zunge – in welcher Halle sollte das traditionelle Turnier stattfinden, um was für einen Verein handelte es sich und in welcher Sportart wurde das Turnier ausgetragen? In Anbetracht des einladenden Hauptsponsors dachte ich zuallererst an Golf, aber in einer Halle hätte man wohl nur Minigolf spielen können, was für die GFP GmbH mit Sicherheit mehrere Nummern zu klein war. Reitsport? Hießen die entsprechenden Vereine nicht eher St. Georg oder St. Hubertus? Tennis? Da kannte ich nur die Namenszusätze Rot-Weiß und Blau-Weiß. Aber Grün-Weiß? Ging es vielleicht um ein Hallenfußballturnier?

Ich traute mich nicht, meine Ahnungslosigkeit zu offenbaren, und dankte stattdessen herzlich für die freundliche Einladung, welche ich, wie ich mit nun wieder gefestigter Stimme vortrug, sehr gern annahm. »Da wird Herr Kramer sich aber freuen!«, kommentierte die Dame am anderen Ende der Leitung ein wenig gönnerhaft. Ich hatte meine Befangenheit nun endgültig abgelegt und war daher geistesgegenwärtig genug, mich vor dem Auflegen noch rasch nach ihrem Namen zu erkundigen. »Mein Name ist Corinna Meister. Ich bin die persönliche Assistentin von Herrn Direktor Kramer.« Und mit den üblichen Floskeln beendeten wir das Gespräch.

Es gehörte zu den bestgehüteten Geheimnissen der örtlichen Upper Class, dass Frau Meister die Mutter von Hahnes Tochter Manuela, neuerdings Halbwaise, war. Die Chefsekretärin hatte keinen Grund gehabt, sich mit mir über Hahnes Tod auszutauschen. Ihre pikante, wenn auch mir zu diesem Zeitpunkt noch völlig unbekannte Beziehung zu dem Gemeuchelten hielt sie aber vermutlich erst recht davon ab, auf den Todesfall zu sprechen zu kommen, der in diesen Tagen ansonsten sicherlich bei fast jeder Gelegenheit aufs Tapet gebracht wurde.

13

Doch auch in völliger Unkenntnis der ganz speziellen Mutterschaft der Corinna Meister fühlte ich mich gedrängt, eine Art Zwischenbilanz der Abfolge merkwürdiger Ereignisse zu ziehen, die sich in den letzten Tagen zugetragen hatten.

Hierzu legte ich eine Liste an, beginnend mit der Ermordung von Hahne und dem Umstand, dass die Leiche in einem der Container abgelegt worden war, die der Hausmeister für mich bereitgestellt hatte. War die Leiche schon vorher im Container gewesen, oder war sie erst in dem Container deponiert worden, als dieser schon vor meiner Tür stand? Hatten der Mord und seine näheren Umstände überhaupt etwas mit mir zu tun? Ich war geneigt, dies zu verneinen.

Als nächstes notierte ich die merkwürdigen Anrufe von Kettler. Auch wenn diese offenbar unter Alkoholeinfluss zustande gekommen waren – es musste ja einen Grund haben, dass ihre Botschaft im wesentlichen darin bestand, Kollegen schlechtzumachen und Hahne geradezu zu verteufeln.

Dies führte direkt zu den Bemerkungen von Brosi. Auch dieser hatte Hahne als eine Persönlichkeit geschildert, die durch ihr Wirken und ihren Einfluss Feindschaften auf sich zog. Als eines der Opfer von Hahne hatte er einen gewissen Tiburtius genannt. Diesem Namen musste ich noch nachgehen.

Auch Gabriele Schüssler hatte Hahne als brutalen Machtmenschen charakterisiert. Ach ja, Gabi! Zwar hatte ich die Gedanken an sie für ein paar Stunden erfolgreich verdrängt, aber mir war nur allzu klar, dass ich im Grunde neugierig, ja, gespannt darauf war, ob und wie sie sich wieder bemerkbar machen würde. Auch ihr ungewöhnlicher Auftritt in der vorvorigen Nacht gehörte zu den zahlreichen Rätseln meines

Lebens in diesem neuen Umfeld, für die ich noch nicht einmal den Ansatz einer Lösung gefunden hatte.

Einen Ausgangspunkt konnte ich vielleicht in den in meinem Büro herumliegenden Unterlagen finden: das Foto der anonymen nackten Dame, das Gruppenbild, auf dem Frau Ammeyer und Hahne so verdächtig nahe beieinander standen, das mit heftigen Strichen unkenntlich gemachte Konterfei auf dem Blatt des alten Stenogrammblocks und nicht zuletzt der Umstand, dass Brosi diese Unterlagen durchsucht hatte, ohne mich um mein Einverständnis zu bitten, und obwohl er zuvor gesagt hatte, dass ich sämtliche Unterlagen entsorgen könnte.

Diese Auffälligkeiten würden mir aber nur weiterhelfen, wenn ich herausfand, welche Personen den Raum und das Mobiliar vor mir genutzt und ihre Unterlagen hier deponiert hatten. Auch Hahne mochte zu diesem Kreis gehören – da er mit Füllfederhalter geschrieben hatte, konnten die Tintenkleckse auf dem Schreibtisch von ihm stammen.

Und nicht zu vergessen das Päckchen, das am Morgen vor meiner Tür gelegen hatte – wer kam auf die Idee, mich als Fischkopp zu titulieren, und machte sich auch noch die Mühe, dies mit einer Packung Fischstäbchen zu unterstreichen? Sollte ich diese Aktion als Verspottung oder als Warnung verstehen? Ein Dummejungenstreich konnte es eigentlich nicht sein – welchen dummen Jungen kannte ich denn hier? Keinen einzigen, aber um so mehr verkorkste Erwachsene.

Als ich schon glaubte, dass die Auflistung aller Merkwürdigkeiten vollständig war, fiel mir noch der Umschlag mit der Karte von Gabi Schüssler ein. Wer hatte den wohl vor mir schon einmal geöffnet?

Ich beschloss, eine längere Pause zu machen, diese für einen ausgiebigen Spaziergang zu nutzen und anschließend eine Mittagsmahlzeit einzunehmen. Es war höchste Zeit, auf andere Gedanken zu kommen.

Aber spätestens, als ich im Da Vinci, einem bei Hochschulangehörigen sehr beliebten, einige Wochen vor Beginn der Vorlesungszeit aber fast leeren Restaurant »mit mediterraner Küche« die dort ausliegende aktuelle Ausgabe des »Anzeigers« in die Hand nahm und die Berichterstattung zum, wie es nun hieß, »Fall Hahne« überflog, traten die anderen Gedanken schon wieder in den Hintergrund.

Der Bericht enthielt so gut wie keine neuen Fakten zur Tat, aber er stellte zu meiner nicht geringen Bestürzung meine Rolle beim Auffinden der Leiche nun ausdrücklich so dar, als hätte ich die Container von ihrem Stellplatz persönlich abgeholt und sie bis zu meinem Anruf bei der Polizei auch nicht mehr aus den Augen gelassen. Ein unbefangener Leser musste annehmen, dass ich entweder selber der Täter oder zumindest ein Mittäter war oder mit großer Wahrscheinlichkeit den oder die Mörder bei der Tat oder der Ablage der Leiche beobachtet hatte, denn zwischen dem Zeitpunkt, zu dem Hahne von nicht genannten Zeugen angeblich letztmals lebend gesehen worden war, und der Zeit meines Anrufes sollten weniger als dreißig Minuten vergangen sein.

Da ich auch noch namentlich erwähnt wurde – »der neuberufene Professor Rieger« -, fühlte ich mich zugleich und in jeder Hinsicht zu Unrecht an den Pranger gestellt oder auf den Schild gehoben: Für die Jünger Hahnes war ich womöglich der Königsmörder, für seine Gegner hatte ich eventuell die Hochschule vom Tyrannen befreit. Ich notierte mir den Namen des Verfassers dieses Artikels – Kaspar Matschke – sowie die Rufnummer und die E-Mail-Adresse der Redaktion.

Mir war der Appetit vergangen, und die Penne Arrabiata blieben mir fast im Halse stecken. Ich spülte sie mit den letzten Tropfen des frischgepressten Orangensafts hinunter, verzichtete auf den Cappuccino, zahlte und verließ die Osteria.

Auf dem Weg zurück zur Hochschule traf mich ein weiterer Schicksalsschlag: Zum ersten Mal begegnete ich bei einem Gang außerhalb des Campus einem Menschen, den ich bereits kannte, und dieser war niemand anderes als mein Kollege Kettler. Sowohl sein forscher Gang wie auch der Umstand, dass er mich offenbar schon von weitem erkannte, ließen darauf schließen, dass er schlimmstenfalls angetrunken, möglicherweise aber auch stocknüchtern war. »Rieger!« rief er mir entgegen, und als er mir gegenüberstand, verzichtete er auf jede Art der Begrüßung und überfiel mich mit seiner neuesten Botschaft. »Wissen Sie, wie man die Mitglieder unseres famosen Lehrkörpers am besten charakterisieren kann?« Ich war nicht wenig überrascht, dass er das »Charakterisieren« ohne die geringsten Probleme mit der Artikulation herausbrachte. Und ohne eine Antwort von mir abzuwarten, fuhr er fort: »Dumm geboren, nichts dazugelernt und den Rest vergessen!« Dann brach er in bellendes Gelächter aus, schlug mir kräftig auf die Schulter und setzte seinen Weg fort, als wäre ich gar nicht vorhanden. Doch nach wenigen Metern drehte er sich noch einmal zu mir um und rief: »Brosi, diese Schlange! Dieser Totalversager! Kennt nicht einmal den Unterschied zwischen Präposition und Parkposition!« Dann ging er weiter, ohne eine Reaktion von mir abzuwarten. Kettler, der unangefochtene Großmeister der Schmähung und des Kalauers!

Merkwürdigerweise hatten diese Begegnung mit Urban Kettler und seine erneuten verbalen Ausfälle gegen den Lehrkörper eine entspannende Wirkung auf mich. Hatte Kettler vielleicht in mir einen Geistesverwandten entdeckt? Bestand der mentale Unterschied zwischen ihm und mir möglicherweise vor allem darin, dass bei ihm Ironie und Spott nur allzu leicht in Sarkasmus und Zynismus umschlugen und er seine Bosheiten mit reichlich Alkohol befeuerte?

Mein Ärger über den Zeitungsartikel und meine Besorgnis darüber, was er auslösen könnte, waren jedenfalls weitgehend abgeklungen, als ich mein Büro betrat. Ich unterdrückte den Impuls, mich sofort an die Redaktion des »Anzeigers« zu wenden, und machte stattdessen das, was am vordringlichsten war und was ich nun schon einige Zeit vor mir hergeschoben hatte – ich überprüfte meinen W-LAN-Anschluss.

Das Ergebnis dieser Inspektion fiel außerordentlich erfreulich aus – es schien sich um eine sehr komfortable Highspeed-Verbindung zu handeln. Der mir zur Verfügung gestellte Rechner funktionierte einwandfrei, und auch mein eigenes Notebook ließ sich problemlos anschließen und schien die schnelle Leitung zu goutieren.

Und es gab noch mehr Erfreuliches: Erst jetzt entdeckte ich in einer Ecke des Raumes einen großen Karton, der, mit den Worten meines Kollegen Hunger, tatsächlich »alles« enthielt – »von der Tesa-Rolle bis zur Büroklammer.«

14

Ich beschloss, mit dem Schwung des Erfolges bei der Erprobung meiner neuen Infrastruktur die Redaktion des »Anzeigers« anzurufen und auf die Fehler in dem Hahne-Bericht hinzuweisen. Ich landete zunächst in der Telefonzentrale und war überrascht, dass meinem Anliegen, Herrn Matschke sprechen zu wollen, völlig unkompliziert mit einem »Ich stelle Sie mal durch!« entsprochen wurde. Während ich nun wartete, hörte ich wie schon nach dem Anwählen einen Jingle, der entfernt an den Ruf eines Kuckucks erinnerte, und dazu eine Männerstimme, die »Guck mal in den Anzeiger!« sagte – mit einem drohenden Unterton, als würde der Sprecher bei Zuwiderhandlungen vom Faustrecht Gebrauch machen.

Zum Glück wurde ich ganz rasch von der Wartemelodie mit der einschüchternden Aufforderung erlöst – »Matschke hier, was gibt's?« lautete die saloppe Begrüßung, die nicht ganz im Einklang stand mit den Grundregeln professionellen Telefonierens. »Guten Tag, Herr Matschke. Mein Name ist Rieger, von der hiesigen Hochschule für Finanzen, Geld und Währung. Ich …« – »Weiß schon, weiß schon«, unterbrach er mich, wiederum nicht ganz comme il faut, und fuhr fort: »Sie rufen an wegen des Gesprächs. Da hat sich was überschnitten, tut mir leid.«

»Ich verstehe nicht ganz … Ich rufe an wegen des Artikels über den Mord an Professor Hahne.« – »Ach so! Und ich dachte, die Hollmann … Äh, wir wollen natürlich über den neuen Lehrstuhlinhaber berichten. Frische Gesichter sind immer gut! Es war noch nicht ganz klar, welches Ressort das bei uns übernimmt – Lokales, Wirtschaft oder Kultur. Ich bin hier der Lokalredakteur – kennen Sie den Spruch aus dem Lied von den Gebrüdern Blattschuss?« Und dann fing er tatsächlich zu singen an: »Da sagt er, dass er von der Zeitung wär'. Und da wär' er der Lokalredakteur.«

»Ja, ja«, erwiderte ich und zitierte, allerdings ohne Gesang: »Eins von den dreißig Bierchen gestern war wohl schlecht.« – »Genau, ge-nau! Also wegen der Hollmann rufen Sie nicht an. Wo brennt's denn dann? Ach so, Hahne. Ja, das ist ein gefundenes Fressen für den Boulevard. Aber wir als bürgerliches, staatstragendes Blatt …« Er seufzte unüberhörbar.

»Es geht mir um den Bericht zum Mord an Hahne in Ihrer heutigen Ausgabe. Ich bin nicht empfindlich, wissen Sie, aber meine Rolle beim Auffinden der Leiche wird so missverständlich, um nicht zu sagen: unzutreffend, dargestellt, dass ich dies gern Ihnen gegenüber richtigstellen und Sie zugleich darum bitten möchte, bei der zukünftigen Berichterstattung zum Fall Hahne eine korrekte Darstellung zu geben.«

»Verstehe, verstehe. Ich weiß gar nicht, was für die morgige Ausgabe vorgesehen ist, das macht heute ein Kollege, aber … – wissen Sie, was? Haben Sie heute Abend Zeit? Wollen wir uns nicht irgendwo treffen und die Angelegenheit in Ruhe besprechen? Sagen wir – 20 Uhr, Kleiner Keller?« – »20 Uhr passt mir gut. Wo ist der ›Kleine Keller‹?« – »Das ist ein schwer angesagtes Weinlokal, das Sie sowieso als Reingeschmeckter möglichst bald kennenlernen sollten. Bahnhofsnähe, Waldstraße, Nummer weiß ich nicht auswendig, aber das Ding ist unübersehbar, allein schon, weil um diese Zeit die Massen der ›Wirtschaftspolitiker‹ hineinströmen, wenn Sie wissen, was ich meine.«

Der Mann gefiel mir – er schien unkompliziert zu sein und eine ordentliche Portion Humor zu besitzen. Vielleicht konnte ich bei einem Gespräch mit ihm sogar den Spieß umdrehen und, anstatt nur Auskünfte über mich zu geben, von ihm Informationen über meine neue Umgebung und deren Personal erhalten. Matschke wollte sich schon verabschieden, da fiel mir gerade noch ein, ihn zu fragen, woran ich ihn denn in dem voraussichtlich vollen Lokal erkennen könne.»Weil ich den ›Anzeiger‹ lese! Sie wissen doch – dahinter steckt immer ein kluger Kopf! Oder? Nein, im Ernst – das erste Erkennungszeichen wird sein, dass ich solo an einem Tisch sitze – ein absolutes Alleinstellungsmerkmal im ›Keller‹. Außerdem habe ich eine Halbglatze und die stattliche Größe von einsachtundsechzig. Auch auf Grund dieser Kombination bin ich hier ein Unikat.« Wir verabschiedeten uns voneinander, und ich freute mich auf das Treffen mit ihm.

Mir stellte sich nun die Standardfrage »Was fange ich mit dem angefangenen Nachmittag an?« Als erstes nahm ich eine Karteikarte aus dem Altbestand des Büros, um ein provisorisches Türschild anzufertigen: »Jürgen Rieger. Lehrstuhl für Versicherungs- und Bausparmathematik. Sprechstunde Freitag 10 – 12 Uhr.« Auf den Zusatz »nach Anmeldung« wollte ich vorerst verzichten – so groß würde der Andrang in den ersten Wochen meiner Tätigkeit hier sicherlich nicht sein. Dass ich die Sprechstunde auf den Freitag legte, hatte zwei Gründe – zum einen würde ich an diesem Wochentag keine Lehrveranstaltungen haben, und zum anderen wollte ich ein wenig dem Trend entgegenwirken, dass Studierende von auswärts schon am Donnerstag den Studienort verließen, um möglichst viel Zeit in der Heimat und im »Hotel Mutti« verbringen zu können. Ich kannte diese Neigung aus meiner eigenen Studienzeit. Bis Freitag Mittag sollten sie es schon an der Hochschule aushalten, wenn sie von einem Privatissimum bei mir profitieren wollten.

Als ich nach einem geeigneten Stück Pappe für das Türschild gefahndet hatte, war mir der Fragebogen in die Finger gekommen, den Annika Dobler mir überreicht hatte. Die Vorstellung, dass es Menschen gab, die sich für einigermaßen private Angaben zu meiner Person interessierten, hatte etwas Verführerisches, und der Reiz, mit der Beantwortung der Fragen vielleicht ein paar »Aha«-Effekte auszulösen, entfachte in mir ein kleines Feuerwerk der Eitelkeit. Warum sollte ich nicht die Generalprobe für meine neue Internet-Umgebung mit diesem Fragebogen absolvieren? So hatte ich es der jungen Dame ja auch versprochen.

Ich überlegte kurz, ob ich die Fragen zunächst »mit Papier und Bleistift« beantworten und das Ergebnis nach gründlicher Überprüfung in das elektronische Formular übertragen sollte. Aber ich entschied mich dafür, sofort online zu gehen. Auf diese Weise konnte ich auch gleich testen, wie gut ich mit den einfachen Funktionen des neuen Notebooks zurechtkam – es war ja zu erwarten, dass nicht jede Eingabe sofort fehlerfrei war, und sogar zu befürchten, dass ich manche Antwort mehrfach umschreiben musste, weil sie kritischen Überprüfungen nicht standhielt.

Einige der Fragen konnte ich ohne Zögern beantworten, bei anderen musste ich nachdenken. Nach etwa zwanzig Minuten und einigen zwischenzeitlichen Korrekturen hatte ich die folgenden Eintragungen vorgenommen:

Welches waren oder sind Ihre Vorbilder?
In meiner Kindheit haben mir Fritz Walter, Old Shatterhand und mein Großonkel Gustav imponiert. Später trat John Lennon an ihre Stelle. (Sollte ich wirklich Onkel Gustav erwähnen? Aber die Angabe traf zu und setzte ihm ein kleines, hochverdientes Denkmal.)

Welche Bücher würden Sie auf eine einsame Insel mitnehmen?
Alles von Franz Kafka, Thomas Mann und John Updike, »Hundejahre« und »Die Blechtrommel« von Günter Grass, fast alles von Georges Simenon. (Nichts von Marcel Proust? Wenn ich ehrlich sein wollte, kam er tatsächlich erst nach den Genannten.)

Welche Musik hören Sie am liebsten?

Sinfonien von Brahms, Bruckner, Mahler; alles, was Jascha Heifetz gespielt hat, Beatles (außer »Obladi-oblada«), John Lennon, Beach Boys, die frühen Rolling Stones, Elvis vor 1970, Bob Dylan. (Nein, ich hatte Mozart und Beethoven nicht vergessen!)

Welches ist Ihr Lieblingsfilm?

»Le samouraï« (Der eiskalte Engel) von Jean-Pierre Melville. (»Spiel mir das Lied vom Tod« und »Es war einmal in Amerika« rangierten ein kleines Stück dahinter. Ebenso »Wenn die Gondeln Trauer tragen«. Auch »Heaven's Gate« hätte ich nennen können.)

Mit welchem Bild möchten Sie Ihr Wohnzimmer schmücken?

Mit einem von Edward Hopper, es muss aber nicht unbedingt »Night Hawks« sein. (Oder sollte ich mich explizit für eins der New-York-Motive entscheiden?)

Wem möchten Sie nicht in der Sauna begegnen?

Too numerous to mention. (Geschickt ausgewichen?)

Welche Sportarten betreiben Sie?

Langlauf, Radfahren, Fußball – wenn man mich mitspielen lässt.

In welcher Stadt möchten Sie leben?

Berlin, Paris, New York City. (Nein, den Hochschulstandort konnte ich hier beim besten Willen nicht aufführen!)

Welches sind Ihre größten Fehler und Schwächen?

Siehe Antwort »Sauna«. (Klang das zu kokett?)

Welches sind Ihre größten Stärken?

Too few to mention. (Eitles Understatement?)

Ich überflog alle Antworten noch einmal, und bei fast jeder fiel mir eine Änderungsmöglichkeit ein, bei einigen gleich mehrere. War es blöd, dass ich das »too few to mention« aus dem Schmachtfetzen »My Way« von Frank Sinatra geklaut hatte? Einem Evergreen zumal, der nach Angaben des Bundesverbandes Deutscher Bestatter seit Jahren das meistgespielte Stück bei Trauerfeiern für männliche Verstorbene ab dem Alter 60 war?

Andererseits hatte ich bei der Frage nach meinen Fehlern und Schwächen die Standardantwort der erfolgreichen Männer über 40 vermieden – »Ungeduld«.

Ich entschied mich dafür, nichts mehr zu ändern – somit behielten meine Antworten etwas Spontanes, was bei derartigen Befragungen ja meist ausdrücklich erwünscht ist.

15

Es war schon dunkel, als ich kurz vor 20 Uhr beim »Kleinen Keller« eintraf. Vor dem Gebäude standen mehrere Bistrotische, um die sich Raucher gruppierten, die sich angeregt und ziemlich lautstark miteinander unterhielten. Als ich die Eingangstür öffnete, schlug mir aber ein noch viel kräftigerer Lärm entgegen – es handelte sich offenbar um die übliche akustische Eskalation: Jemand redet, am Nachbartisch will sich auch jemand Gehör verschaffen und redet entsprechend lauter, ein Dritter erhebt seine Stimme noch mehr, um verstanden zu werden – am Ende brüllt jeder und ist froh, wenn zumindest der unmittelbare Tischnachbar ihn versteht. Ein Grund für mich, derartige Kneipen, die in der Regel auch noch automatisch das Prädikat »urgemütlich« verliehen bekommen, zu meiden.

Mir war schleierhaft, wie in diesem Hexenkessel das vertrauliche Gespräch mit Matschke funktionieren sollte, aber zunächst einmal musste ich ihn überhaupt finden. Ich sah mich um. In dem Teil der Räumlichkeiten, die ich überblicken konnte, saßen, grob geschätzt, ungefähr vierzig Gäste, die Mehrzahl männlich, die meisten wohl älter als dreißig und jünger als sechzig. Soziographisch schien mir die Gruppe der akademisch gebildeten, politisch ambitionierten mittelstädtischen Genussmenschen zu überwiegen, viele davon sicherlich unkündbar und mit lebenslangem Pensionsanspruch. Zu jener Gruppe gehörte ich ja auch, fiel mir bei dieser Gelegenheit ein.

Während ich noch meine küchensoziologischen Studien anstellte, kam mir aus dem Hintergrund des Raumes ein kleines Männchen entgegen. War das wirklich Woody Allen? Dicke Hornbrille vor großen, traurig blickenden Augen, schütteres, langes, wenig gepflegtes Haar (eine regelrechte Halbglatze konnte ich allerdings nicht feststellen), ausgebeulte graue Cordhose, ausgeleierter, mindestens drei Nummern zu großer brauner Pullover – da stimmte doch alles! Ich hatte Woody Allen tatsächlich schon einmal in Manhattan getroffen, als er in Chinatown Szenen des Filmes »Alice« drehte. Er stand am Bordstein und beobachtete Mia Farrow, die gerade die Straße zur Praxis des Dr. Yang überquerte – jenes Dr. Yang, der nicht nur die magischen Mixturen für Alice zubereitete, sondern bereits lange vor der Erfindung von Viagra mit einer Wurzel renommierte, die er stolz mit den Worten »Keeps Mr. Yang young!« anpries. Der edle Pelz, in den Mia alias Alice gehüllt war, stand im starken Kontrast zu Woodys Markenzeichen, dem schlabbrigen olivgrünen Parka, den er, anders als seinerzeit am Set, natürlich in dieser Weinstube nicht trug.

Das Männchen streckte mir die Hand entgegen und sagte »Matschke – Sie sind Dr. Rieger?« – »Ja, antwortete ich«, und während ich noch überlegte, ob ich mit »Angenehm!« oder »Freut mich, Sie zu sehen!« oder mit der Frage, ob er ein Zwillingsbruder von Woody Allen sei, fortfahren sollte, klingelte mein Mobiltelefon. Also sagte ich stattdessen »Entschuldigen Sie bitte!« und nahm das Gespräch an.

Es meldete sich Urban Kettler. »A pro pos lange Wörter – wissen Sie, was Mark Twain dazu geschrieben hat? In ›A Tramp Abroad‹ hat er ›The Awful German Language‹ folgendermaßen charakterisiert – ich zitier mal auf Deutsch: ›Einige deutsche Wörter sind so lang, dass sie eine Perspektive aufweisen. Man beachte folgende Beispiele: Freundschaftsbezeigungen, Dilettantenaufdringlichkeiten, Stadtverordnetenversammlungen. Diese Dinger sind keine Wörter, sie sind alphabetische Prozessionen.‹ Ha! Da sehen Sie mit Ihrem Ziegenbocksbeindingsbums aber ziemlich alt aus, Rieger, oder?« Dann legte er auf. Er hatte vollkommen nüchtern geklungen.

»Ein Kollege«, erklärte ich Matschke, der direkt neben

mir stand, aber vermutlich bei dem Lärm, der um uns herum herrschte, nichts von dem Kettlerschen Wortschwall verstanden hatte. »Klang so, als ob er viel redete, aber Sie nicht zu Wort kommen ließ – typisch Professor, oder? Aber kommen Sie, gehen wir nach hinten.« Er durchquerte den Raum, der am hinteren Ende in ein kleineres Zimmer überging, in dem nur vier Tische in großem Abstand zueinander standen. Auf dem einzigen Tisch, an dem niemand saß, befanden sich ein großer, fast leerer Weinkrug und ein ganz leeres Glas sowie ein kleiner Stapel Papier. Matschke schritt darauf zu und bot mir einen Platz an.

»Falls Sie sich darüber wundern, dass ich Sie erkannt habe – wir haben selbstverständlich längst ein kleines Dossier inklusive Fotos über Sie angelegt, aber das wäre gar nicht nötig gewesen – so einen Preußen identifiziert man hier natürlich sofort. Der Kellner wird gleich kommen. Ich kann Ihnen den Müller-Thurgau empfehlen, auch wenn der generell nicht den besten Ruf hat. Wollen Sie auch noch was essen?«

»Vielleicht später«, entgegnete ich, »und Ihrer Weinempfehlung schließe ich mich gern an.« Der Kellner betrat tatsächlich in diesem Moment den kleinen Raum, Matschke orderte »Zwei Viertele, Peter!« und wandte sich dann wieder mir zu. »In diesen Teil kommen nur Stammgäste, die sich in Ruhe unterhalten oder ungestört Zeitung lesen wollen. Hier können wir frei miteinander reden, ohne uns dabei anbrüllen oder befürchten zu müssen, dass jemand etwas mitbekommt.« Dann fuhr er unvermittelt und in etwas gedämpfterem Tonfall fort: »Ihr Start hier bei uns war ja nicht der allerschönste, oder? Kaum ein paar Tage vor Ort, und schon liegt eine Leiche vor der Tür – und dann auch noch eine so prominente!«

Der Kellner brachte den Wein, wir prosteten uns zu, und Matschke legte los, als träfe auch auf ihn seine Charakterisierung der Professoren zu, die ihre Gesprächspartner nicht zu Wort kommen lassen. Mir war es ganz recht so.

»Also, der Hahne – der war hier der König. Nicht nur der König der Hochschule – er war der König in der Stadt. Sogar den Oberbürgermeister hat er gemacht und danach in die Tasche gesteckt. Und alle anderen waren mehr oder weniger seine Hofnarren. Er soll in seiner Bundeswehrzeit bei den Panzerjägern gewesen sein. Wenn er nicht schon vorher ein Berserker gewesen ist, dann ist er es wohl da geworden. Seine Devise lautete ›Sieg oder Sarg!‹ Der hatte so viele Feinde – da haben Sie keine Chance, auf die Liste der Mordverdächtigen zu kommen! Und wenn unser Bericht über das Auffinden von Hahnes Leiche noch so missverständlich war, wofür ich mich natürlich in aller Form entschuldige!«

Er trank hastig einen Schluck Wein und fuhr dann fort: »Hahne kannte eigentlich nur zwei, oder sagen wir: drei Arten von Mitmenschen: Das waren zum ersten die nützlichen Idioten der gehobenen Art – Unternehmer, Politiker, einflussreiche Leute, die er brauchte, um seine strategischen Ziele durchzusetzen, zum zweiten seine Jünger wie z. B. Brüggemann. Typische Formulierung: ›Martin, Du bist doch auch der Meinung, dass …‹ Dann wusste der andere, was er zu denken, zu sagen und wie er abzustimmen hatte. Und schließlich diejenigen, die er als seine Feinde identifiziert hatte, z. B. Kettler. Den brüllte er schon mal in einer Sitzung an: ›Also Urban, Du gehörst doch zu den Menschen, die sich die Socken ausziehen, wenn sie die Schuhe noch anhaben!‹«

Plötzlich hielt Matschke inne, rief »Dieses verdammte Miststück« und verschwand fast vollständig unter dem Tisch, der im selben Moment zu ruckeln begann. Kurz darauf erschien sein von der Anstrengung des Bückens und Tischrückens leicht gerötetes Gesicht wieder oberhalb der Tischplatte, und als der Redakteur meinen erstaunten Gesichtsausdruck sah, erklärte er: »Dieser blöde Tisch wackelt, seitdem ich zum ersten Mal hier gesessen habe. Ich stopf immer ein paar Bierdeckel unter das kürzere Bein, aber das hilft nur vorübergehend. Sie glauben nicht, wie viel Wein ich schon wegen dieser dummen Wackelei verschüttet und wie viele Zeitungsseiten ich dabei vollgesaut habe!«

Ich wunderte mich weniger über diesen Ausbruch als über die zuvor offenbarte Detailkenntnis eines Journalisten aus der Lokalredaktion in Sachen Hahne und wollte ihn gerade dazu befragen, da legte er schon wieder los: »Na ja, und das i-Tüpfelchen auf Hahnes Vita sind natürlich seine Weibergeschichten. Hahne war der größte Schürzenjäger, den ich kenne, und als Pressefritze lernt man so manchen Frauenhelden kennen, das können Sie mir glauben! Wenn man hinter die Kulissen der Hochschule blickt, entdeckt man lauter Ex-Geliebte sowie die zugehörigen von Hahne düpierte Ehemänner und Lebensabschnittsgefährten. Ich habe schon zu Küchle gesagt, wenn es sich um einen Mord aus Eifersucht handelt, dann könnte ich ihm aus dem Stehgreif mehrere Dutzend Verdächtige aus dem Hochschulbereich und darüber hinaus benennen.«

Der Kellner tauchte wieder auf, und Matschke unterbrach erneut seinen Redefluss. »Peter, noch ein Viertele!« und, nach einem Blick auf mein geleertes Glas: »Sie nehmen doch auch noch eins, Herr Rieger?«

Matschkes Mitteilungsbedürfnis schien grenzenlos. In den folgenden Minuten bombardierte er mich mit weiteren Interna der Hochschule und der Fakultät, die ich mir allein schon deswegen nur teilweise merken konnte, weil ich viele der von ihm benannten Personen nicht kannte und er bei seinen Erzählungen Kenntnisse über Vorgänge an der Hochschule unterstellte, über die ich zu diesem Zeitpunkt noch nicht verfügte. Ich wurde aber hellhörig, als er den Namen Tiburtius erwähnte.

»Am übelsten hat er aber dem Tiburtius mitgespielt, der armen Sau.« Mit zunehmendem Weinkonsum hatte sich Matschke offenbar in Rage geredet, was seiner Diktion nicht unbedingt guttat, aber immerhin mein Interesse wachhielt. »Tiburtius war ein Relikt von Finke – für Hahne schon Grund genug, ihn nicht zu mögen. Finke hatte Tiburtius von Semester zu Semester auf irgendwelchen befristeten Stellen durchgeschleppt, und als Hahne nach Finkes Emeritierung das Kommando übernahm, hat er ihn nicht nur auf dem schnellsten Wege entsorgt, sondern ihm auch noch die Frau ausgespannt. Frau Renate Tiburtius – ein Luder, kann ich Ihnen sagen! Nennt sich Hahne-Tibutius, obwohl Hahne sie wohlweislich niemals geehelicht hat. Wenn Hahne sie nicht testamentarisch bedacht hat, ist sie nun allein auf die schmale Witwenrente ihres verstorbenen Ehemannes angewiesen. Geschieht ihr ganz recht!«

Ich war ein wenig verwirrt. »Wieso ›verstorbenen Ehemanns‹?«, fragte ich. »Sie haben doch gerade gesagt, dass sie nicht mit Hahne verheiratet war. Und wieso …« Matschke ließ mich nicht ausreden. »Tiburtius hat sich das Leben genommen, nachdem Hahne ihm erst die Stelle und dann die Ehefrau geklaut hatte. Kennen Sie nicht das Verwaltungshochhaus der Stadtwerke, im Volksmund auch Sprungturm genannt? Siebzehn Stockwerke, fünfzig Meter. Wenn Sie unten ankommen, sind Sie, na ja, denken Sie nur an meinen Namen.«

Ich wollte noch etwas über die zeitlichen Zusammenhänge wissen, aber Matschke schien plötzlich das Interesse an unserem Gesprächsgegenstand zu verlieren. Oder hatte er Angst, zu viel gesagt zu haben? Er wechselte jedenfalls abrupt das Thema. »Und Sie sind von Haus aus Mathematiker? Was hat ein Mathematiker mit Geld, Banken, Versicherungen zu tun?«

Es war spät geworden, und der Wein hatte auch mir ein wenig zugesetzt, zumal mir eine Grundlage in Form einer Abendmahlzeit fehlte – ich hatte gar nicht mehr daran gedacht, mir etwas zum Essen zu bestellen. Darum antwortete ich: »Darüber können wir vielleicht ein andermal sprechen. Heute Abend nur soviel: Ein Mathematiker kann beweisen, dass man einen wackligen Tisch auch ohne Bierdeckel stabilisieren kann. Jeder vierbeinige Tisch steht fest, wenn man ihn hinreichend lange dreht!«

Matschke schien verblüfft. Einen Moment lang dachte ich, er würde mich auffordern, diese Behauptung sofort am konkreten Beispiels unseres Tisches zu beweisen. Aber dann rief er doch nur »Peter, zahlen!«

16

Wir standen vor der Tür des »Kleinen Kellers«, und ich überlegte kurz, ob ich gleich ein weiteres Treffen oder zumindest ein Telefonat vorschlagen sollte, denn Matschke schien eine hervorragende Quelle für Interna aus dem Hochschulbereich zu sein, die ich als Newcomer gern weiter sprudeln lassen wollte. Da drehte er noch einmal auf: »Kennen Sie Veronica Ferres?« – »Diese blonde, pausbäckige Schauspielerin?« – »Ja, genau, die mit dem Puppengesicht, die immer so wahnsinnig glaubwürdig Trümmerfrauen und andere vom Schicksal schwer gebeutelte Sozialfälle oder ähnliche Opfer zu spielen vorgibt. Ist die jetzt nicht auch mit so einem Versicherungsheini liiert? Ein Kollege aus der Medienredaktion hat gerade eine prima Glosse über sie geschrieben. Ich les Ihnen mal den ersten Absatz vor!«

Er nestelte in seinem Papierbündel, zog ein Blatt heraus und begann dann, im Schein der Lampe, die über dem Eingang hing, zu lesen: «Veronica Ferres sitzt bei Stern TV und sagt: ‚In meinem nächsten Zweiteiler spiele ich eine jüdische, von al-Qaida verfolgte, halbseitig gelähmte und geschiedene Deutsch-Russin, deren Mann bei einem Bombenangriff verbrennt.‘ Dabei sieht sie sehr ernst aus. – Ist das nicht toll?«- »Ja, schon«, pflichtete ich ihm bei, »aber auch ganz schön makaber.« – »Hahne hätte sich darüber kaputtgelacht und sich zugleich überlegt, wie er die Ferres wohl mal ins Bett bekommen könnte. Vielleicht nach einem Empfang für Kulturschaffende beim Herrn Ministerpräsidenten? Alsdann – bis demnächst einmal!« Er war schneller um die nächste Ecke verschwunden, als ich ihm einen Abschiedsgruß zurufen konnte.

Seine Ähnlichkeit mit Woody Allen war wirklich verblüffend. Mir fiel eine Schlagzeile ein, die ich vor einiger Zeit am

Bahnhofskiosk auf einem Titelblatt gelesen hatte: »Woody Allen der Schwiegersohn von Anne-Sophie Mutter?« Immerhin war Woody Allen 28 Jahre älter als seine Schwiegermama. Ich wusste, dass es da eine Verbindung über Mia Farrow, André Previn und eine gewisse Soon-Yi gab, aber es fehlten mir doch die Detailkenntnisse, um den Stammbaum dieser Großfamilie zu durchschauen. Ob es bei Richard Hahne ein ähnliches Durcheinander von Kind und Kegel gab? Zuzutrauen war es ihm wohl.

Ich musste mich in der Dunkelheit erst ein wenig orientieren, bevor mir wieder einfiel, in welche Richtung ich zu gehen hatte. Eine knappe halbe Stunde später erreichte ich den Campus und bog kurz darauf in die Richtung zum Gastdozentenhaus ein. Als ich noch etwa hundert Meter vom Eingang entfernt war, meinte ich eine schattenhafte Gestalt zu sehen, die sich vom Haus entfernte. »Wieder Gabi Schüssler?«, dachte ich bei mir – aber dann schien es mir doch zu unwahrscheinlich zu sein, dass sie mir schon wieder zu später Stunde auflauerte.

Ich sah und hörte nichts Auffälliges, als ich das Gebäude betrat und die Treppe zu meinem Appartement hinaufstieg. Aber es roch auffällig nach Fisch! Sollten die Fischstäbchen immer noch im Abfalleimer in der Küche liegen und nach dem Auftauen einen derart penetranten Geruch verbreitet haben, dass die sonstigen Wohlgerüche aus der Küche davon locker überboten wurden?

Der Geruch wurde stärker, als ich in meinem Stockwerk angekommen war und mich meiner Tür näherte. Davor lag ein Päckchen, das in eine Zeitung eingewickelt war. Der Gestank, der von diesem Gebinde ausging, war bestialisch. Ich entschloss mich reumütig, diesmal nicht die Küche, sondern meine Toilette zur Entsorgung zu benutzen, und wollte gerade den Schlüssel in das Türschloss stecken, als das Flurlicht erlosch. Ich eilte zum nächsten Lichtschalter, die Neonröhren an der Decke flackerten und flammten wieder auf, aber ich hätte auch ohne Beleuchtung den Weg zu meiner Tür zurückgefunden – nur immer der Nase nach.

In dem Zeitungspapier befand sich der halb verfaulte Kopf eines Fisches – möglicherweise ein Dorsch -, und quer über der Zeitungsseite stand in großen, mit dickem schwarzem Edding-Stift aufgetragenen Buchstaben »FISCHKOPP«. Es handelte sich um die Zeitungsseiten, auf denen über die Ermordung von Hahne berichtet wurde.

Eine gute halbe Stunde später saß ich mit einem Becher dampfenden Kaffees an den zum Park hin weit geöffneten Fenstern meines Wohnraumes, erfreute mich an der von draußen herein strömenden frischen Luft und dem Aroma meines Instant-Kaffees und fragte mich, wer es wohl auf mich abgesehen haben könnte, aus welchem Grund und mit welchen zukünftigen Eskalationsstufen. Ich hatte nicht die allerkleinste Idee.

Ich wunderte mich, dass ich den ganzen Abend weder einen Anruf noch eine SMS noch eine E-Mail erhalten hatte, und warf einen Blick auf das Mobiltelefon und das BlackBerry. Natürlich waren Nachrichten für mich eingegangen – ich hatte dies nur nicht bemerkt, weil ich auf beiden Geräten die Ruftöne und sonstigen akustischen Signale auf »lautlos« gestellt hatte. Im Display des Mobiltelefons wurde eine Sprachnachricht annonciert, und auf dem BlackBerry waren nicht weniger als ein Dutzend E-Mails eingegangen.

Ich rief zunächst die Voicemail auf. Sie war von 21:30 Uhr. Hatte ich nicht die schwache Hoffnung, Gabi Schüsslers Stimme zu vernehmen? Doch erst einmal hörte ich gar nichts und war schon im Begriff, auf den Aus-Knopf zu drücken, da setzte ein homerisches Gelächter ein, das dann abrupt überging in ein prustendes »Na, Rieger, was haben Sie eben wohl gedacht, hm? Geben Sie's zu, Sie haben an Helmut Qualtinger gedacht, nicht wahr? Sie haben gedacht, dass es nichts Schöneres gibt, als dem Schweigen eines Dummkopfes zuzuhören, stimmt's? Aber ich war es, der da geschwiegen hat, und ich bin kein Dummkopf, ist das klar? Gute Nacht, Herr Kollege!«

Kettler. Seine Stimme hatte leicht verzerrt, aber ansonsten absolut klar geklungen – betrunken konnte er nicht gewesen sein bei der Verkündigung seiner obskuren Botschaft. Ich fragte mich wieder, was ihn wohl dazu treiben mochte, mich bis in den Abend hinein mit seinen doch offenbar immer sinnloseren Tiraden zu verfolgen. Ob er auch andere Personen beglückte, oder ob ich das einzige Ziel seiner verbalen Anschläge war?

Ich wendete mich den E-Mails zu. Elf davon waren weder dringlich noch wichtig. Ein Elektronik-Markt schwindelte im Betreff von einem »Late Night Angebot, ganz speziell für Dich, Jürgen!« – dabei handelte es natürlich um eine nur scheinbar individualisierte Offerte. Ich wusste, dass dieser Laden über eine Datei mit einer sechsstelligen Anzahl von Kunden verfügte, die nun alle erfuhren, dass ihr Lieferant nur darauf wartete, sie mit einem ganz allein für sie persönlich konfigurierten Notebook zu erfreuen.

Ein anderer Anbieter, bei dem ich noch nie etwas bestellt hatte, pries schon im Betreff »Sensationell günstige Markenschuhe für unsere Top-Kunden« an. Diejenigen, die von diesem Angebot Gebrauch machten, würde man schon bald daran erkennen, dass sie mit viel zu großen Schuhen durch die Gegend stolperten – das sensationell günstige Schuhwerk gab es nämlich in der Regel nur in sonst unverkäuflichen Größen, die meine Oma immer als Geigenkästen, oder, als ich den Kinderschuhen entwachsen und emotional etwas robuster geworden war, als Kindersärge bezeichnet hatte.

Die einzige E-Mail, die mich interessierte, war von Gabi Schüssler, kurz nach 22 Uhr eingegangen. »Hallo, Jürgen, keine Leiche heute? Können wir uns morgen treffen? Am besten nach 8. Hab Dich beim »Keller« gesehen. Hab Neuigkeiten. Liebe Grüße, Gabi.«

Ich überlegte kurz, ob ich sofort antworten sollte, kam dann aber zu dem Schluss, dass ich sie ruhig ein wenig zappeln lassen konnte – sie sollte keinesfalls denken, dass eine E-Mail von ihr bei mir sofort einen Pawlowschen Reflex auslösen würde. Aber tat sie das etwa nicht? Nun ja – Gabi selber hatte mir ja eine kleine Rechtfertigung geliefert: Ich hatte einen legitimen Grund, sie treffen zu wollen, denn sie hatte ja »Neuigkeiten« für mich.

Ich spürte nun auch die Nachwirkungen des wiederholten, für mich ungewohnten Alkoholkonsums – am Vorabend bei Hunger und an diesem Abend im »Kleinen Keller«. Oder galt für den von Matschke empfohlenen Müller-Thurgau, dass »eins der Gläschen schlecht« gewesen war, wie das von den Gebrüdern Blattschuss besungene Glas Bier? Ich fiel rasch in einen tiefen Schlaf. Den Versuch eines Anrufs auf meinem Mobiltelefon nahm ich nicht wahr – ich hatte den Rufton wieder auf »stumm« gestellt.

17

Als ich aufwachte, drangen schon die Strahlen einer immer noch kräftigen Oktobersonne durch die verschlissenen Vorhänge vor meinen Fenstern. Ich schaute auf das Display meines Telefons – es war bereits acht Uhr dreißig, ich hatte also mehr als sieben Stunden ohne Unterbrechung geschlafen. Und, oh Wunder, der Wein aus dem »Kleinen Keller« hatte keine Spuren in Form von Kopfschmerzen oder Unwohlsein hinterlassen – möglicherweise hatte ich ihm sogar meinen langen, ruhigen Schlaf zu verdanken.

Zugleich sah ich, dass ein Anruf gemeldet wurde. Mit zwei Klicks fand ich heraus, dass Kettler der Anrufer gewesen war und kurz nach eins versucht hatte, mich zu erreichen. Er hatte aber nicht auf meine Mailbox gesprochen. Bei Kettler konnte mich ja nichts mehr überraschen, und sein nächster Anruf würde sicherlich nicht lange auf sich warten lassen.

Ich hatte mir für diesen Tag noch keinen Plan gemacht – es gab nichts, was ich unbedingt zu erledigen hatte, und nach den Erfahrungen der vergangenen Tage konnte es ohnehin genügend viele und hinreichend markante Ereignisse geben, die jede Planung über den Haufen werfen würden.

Mir fiel die E-Mail von Gabi Schüssler wieder ein, die mich »am besten nach 8« – womit sie vermutlich die Zeit nach 20 Uhr gemeint hatte – treffen wollte. Ich beschloss, nicht von mir aus die Initiative zu ergreifen, sondern abzuwarten, bis sie sich wieder meldete, wollte aber versuchen, den Abend für ein mögliches Treffen zu blockieren. Natürlich hatte sie mit der Ankündigung von Neuigkeiten mein Interesse zusätzlich stimuliert, aber nicht in dem Maße, dass ich mir davon den Tagesablauf diktieren lassen wollte.

Ich musste an Sabine denken, die fast fünf Jahre lang meine

Freundin gewesen war. Die Beziehung war passé, die Trennung, die sich über mehrere Monate hingezogen hatte, war längst abgehakt, aber ein Gefühl des Schmerzes und die Trauer über den Verlust waren immer noch geblieben. Es hatte keinen konkreten Anlass für das Ende der Beziehung gegeben. Sabine war zu der Erkenntnis gelangt, dass ich einfach zu anstrengend, zu einengend für sie geworden war, dass sie mein Bedürfnis, den Dingen auf den Grund zu gehen, und meine Bemühungen, jeden Punkt so lange zu diskutieren, bis alles mit mathematischer Strenge widerspruchsfrei geklärt war, zunehmend als Belastung und schließlich als unerträglich empfunden hatte. »Das wird mir jetzt zu kompliziert!«, war eine ihrer häufigen Klagen über meine Impertinenz gewesen.

Ich konnte dem nicht widersprechen, und ich hatte auch nicht den geringsten Grund, ihr meinerseits irgendwelche Vorwürfe zu machen. Wir hatten uns tatsächlich im gegenseitigen Einvernehmen getrennt und wurden damit dem Motto von Turnvater Jahn »Ein guter Abgang ziert die Übung« absolut gerecht. Es versetzte mir dann aber doch einen schmerzhaften Stich, als Sabine ein knappes halbes Jahr nach unserer Trennung mit dem von mir wenig geschätzten Betriebsratsvorsitzenden unseres Unternehmens, dessen Assistentin sie war, auch eine private Beziehung einging. Ich hatte viele Nächte zu wehmütigen Liedern aus dem Repertoire von Frank Sinatra – »You belong to me«, »I'm a fool to want you« und ähnliche Rührstücke – getrauert und mit mir gehadert, doch allmählich bekam ich mich wieder in den Griff.

Seitdem hatte ich meinem latenten Hang zum Eigenbrötlertum gefrönt und vermochte mir noch nicht recht vorzustellen, dass ausgerechnet Gabi Schüssler ein Bollwerk auf meinem Weg zum Sonderling und Hagestolz sein könnte.

Nachdem ich am Vorabend auf eine Mahlzeit verzichtet hatte, konnte ich ein deutliches Hungergefühl nicht verleugnen und beschloss, mich zu überwinden und den Frühstücksraum des Gastdozentenhauses aufzusuchen, um dort durch Essen und Trinken Leib und Seele zusammenzuhalten und mich auf diese Weise für die noch unbekannten Herausforderungen des neuen Tages zu wappnen.

Als ich den Raum betrat, saßen dort zwei Gäste, die mir bis dahin noch nicht begegnet oder gar aufgefallen waren. Sie wandten ihre Gesichter in meine Richtung, und ich grüßte kurz, was aber nur bei einem der beiden eine Reaktion in Form eines kurzen Kopfnickens hervorrief. Der andere zeigte durch einen beleidigten Gesichtsausdruck, dass er mich für einen störenden Eindringling und meinen Auftritt für eine Belästigung hielt, und wandte sich wieder seiner Zeitung zu, deren Blätter er so über seinem Tisch ausgebreitet hatte, dass bis auf eine Thermoskanne alles andere, was zu seinem Frühstück gehören mochte, darunter verschwand.

Ich wählte einen Tisch aus, der mir eine Äquidistanz maximalen Ausmaßes von den Tischen meiner beiden temperamentvollen Kollegen sicherte, und versorgte mich am fast noch unberührten Buffet mit Brötchen, Belag und einem Becher Joghurt. Der Kaffee erwies sich wieder als ungenießbar, und den Orangensaft probierte ich gar nicht erst. Dieser stammte, wie ich festgestellt hatte, aus voluminösen Tetra Pak-Kartons, die vor dem Umfüllen ihres Inhalts in die Glaskrüge nicht geschüttelt wurden, so dass sich jeweils in den ersten Krügen eine wässrige Flüssigkeit, in den letzten an Stelle des Saftes ein matschiger Brei aus Orangenfruchtfleisch befand.

Die Tür zum Flur hatte bei meinem Eintreffen offen gestanden, und ich hatte sie nicht zugezogen. Daher war deutlich zu hören, dass jemand über den Gang herangestürmt kam, aber nicht den Frühstücksraum, sondern die Küche ansteuerte. Von dort konnte man dann durch die Durchreiche ein mehrstimmiges, auf- und abschwellendes Getuschel hören. Den Inhalt der Botschaft und die verbalen Reaktionen des Personals darauf vermochte ich jedoch nicht zu verstehen. Die beiden anderen Insassen des Frühstücksraums schienen das Gerede von nebenan komplett zu ignorieren.

Es musste aber etwas sehr Wichtiges oder Spektakuläres sein, das die nach meiner Wahrnehmung ansonsten eher phlegmatischen Küchenkräfte derart in Wallung versetzt hatte. War möglicherweise der Mörder von Hahne überführt und dingfest gemacht worden? Ich verweilte etwas länger als nötig bei meinem zweiten Brötchen und nahm doch noch einen weiteren Schluck von dem Kaffee, aber es kam niemand aus der Küche, dem man vielleicht den Grund für die Unruhe hätte entlocken können.

Auf dem Rückweg vom Frühstücksraum hielt ich nach der aktuellen Ausgabe des »Anzeigers« Ausschau, aber diese lag erwartungsgemäß nicht an der vorgesehen Stelle, so dass ich nicht einmal dessen inzwischen möglicherweise sogar schon überholte Berichterstattung zum Fall Hahne verfolgen konnte. Eine weitere »Fischkopp«-Attacke blieb mir zu meiner Erleichterung erspart, jedenfalls lag vor der Tür meines Appartements kein neues Päckchen mit dieser Aufschrift.

Als ich die Tür öffnen wollte, stutzte ich jedoch: Ich pflegte den Schlüssel beim Abschließen gewohnheitsmäßig zweimal im Schloss umzudrehen, aber jetzt ließ sich die Tür schon nach einmaligem Drehen öffnen. Irgendjemand musste während meiner Abwesenheit die Tür geöffnet und, anders als ich, nicht vollständig wieder verschlossen haben. Es wäre höchst ungewöhnlich gewesen, wenn das Personal des Gastdozentenhauses schon am frühen Vormittag zur Reinigung oder zum Wäschewechsel mein Appartement betreten hätte. Ein Blick in die Räume zeigte mir, dass dies in der Tat auch nicht der Fall gewesen war.

Ich hatte beim Verlassen des Appartements überhaupt nicht

an die Möglichkeit gedacht, dass während meiner Abwesenheit irgendjemand die Räumlichkeiten betreten könnte. Entsprechend unvorsichtig war ich mit meinen Wertsachen verfahren: Portemonnaie und Brieftasche steckten in der nicht verschlossenen Aktentasche, BlackBerry und Mobiltelefon befanden sich auf dem Schreibtisch und waren ebenso wenig ausgeschaltet oder in einem passwortgeschützten Modus wie das danebenliegende Notebook. Welcher bodenlose Leichtsinn! Aber zum Glück waren alle diese Gegenstände noch vorhanden.

Ich überprüfte kurz den Inhalt von Portemonnaie und Brieftasche – auch da schien nichts zu fehlen. Ein Blick in den Schrank und in die Fächer des Schreibtisches sowie ins Bad erbrachte das gleiche negative Ergebnis. Daher stellte sich mir nun die unangenehme Frage, was denn wohl der Eindringling in meinem Appartement gewollt oder angerichtet hatte. Und noch mehr brannte mir natürlich die Frage unter den Nägeln, wer der ominöse Besucher gewesen war und wie er sich in den Besitz eines Schlüssels gebracht hatte.

Mit einem äußerst unbehaglichen Gefühl kramte ich meine Utensilien für den Gang ins Büro zusammen, verschloss die Tür wie gewohnt und prüfte dabei, ob es am Schloss irgendwelche Spuren gab, die darauf hindeuten konnten, dass die Tür unsachgemäß, möglicherweise mit einem Dietrich oder sogar mit Gewalt, geöffnet worden war. Es gab zwar zahlreiche kleine Kratzer, aber die schienen nicht frisch zu sein und eher dafür zu sprechen, dass frühere Bewohner des Appartements oder die Putzfrauen beim Anvisieren des Schlüssellochs nicht immer sehr zielsicher gewesen waren.

Bender saß in der Pförtnerloge, hatte vor sich auf dem Tisch einen Kaffeebecher stehen und blätterte in einer Zeitung, vermutlich dem aktuellen »Anzeiger«. Er blickte auf, als er mich über den Flur herankommen sah. Ich wollte ihm eigentlich nur im Vorbeigehen ein »Guten Morgen!« zurufen, aber als er die

Zeitung aus der Hand legte, sich mir zuwandte und aufstand, blieb ich doch an der geöffneten Tür zu seiner Klause stehen. Er hielt sich nicht lange mit einer Begrüßung auf, sondern fragte mich zu meiner nicht geringen Überraschung: »Kennen Sie den Professor Kettler?« Als ich antwortete: »Ja, ist doch ein Kollege von mir – was ist mit ihm?«, huschte über Benders Gesicht ganz kurz ein Ausdruck von Befriedigung und Überlegenheit, und dann ließ er mich genüsslich und mit einem Schuss Herablassung an seinem Herrschaftswissen teilhaben, indem er in absolut beiläufigem Ton sagte: »Kettler ist tot.«

»Tot?«, fragte ich ungläubig. »Ist das wahr?« – Bender setzte zur Abwechslung eine strenge Miene auf. »Damit scherzt man nicht!«, belehrte er mich. »Und wie …?«, wagte ich trotz seiner einschüchternden Attitüde zu fragen. »Wahrscheinlich Selbstmord. Hat sich letzte Nacht vor einen ICE geworfen.« Und fügte dann noch hinzu: »Soll der ICE ›Lutherstadt Wittenberg‹ gewesen sein. Da haben wir's mal wieder – diese gottlosen Protestanten!«

Ich hätte ihn gern darüber informiert, dass ich aus einer Familie gottloser Protestanten stammte, sagte mir aber, dass es nach dieser Nachricht wichtigere Themen für mich gab, und wünschte ihm nur noch kurz einen guten Tag.

Vermutlich war also die Meldung von Kettlers Tod der Anlass für die Unruhe während meines Frühstücks gewesen! Hatte Kettler nicht selber von »Mord und Totschlag, mal was Neues!« gesprochen, nachdem ich die Leiche von Hahne aufgefunden hatte? Ich entschloss mich, zu Hungers Büro hinüberzugehen, um dort möglicherweise weitere Informationen zu diesem Todesfall, dem zweiten innerhalb weniger Tage, zu erhalten. Hunger war sicherlich noch nicht im Hause, aber Frau Ammeyer pflegte morgens früh – »pünktlich«, wie sie es nannte – zu erscheinen.

Ich klopfte an die Tür des Vorzimmers von Hungers Reich,

und nach einer kurzen Pause hörte ich eine Frauenstimme eher zaghaft »Herein!« antworten. Das war doch nicht Frau Ammeyer! Ich öffnete die Tür – und mein Blick fiel auf Gabi Schüssler, die vor einem Sideboard stand und einen Stapel Unterlagen in der Hand hatte. Ich vermochte nicht zu entscheiden, wessen Überraschung angesichts dieser unerwarteten Begegnung größer war – in jedem Fall hatte die junge Dame sich schneller wieder gefasst als ich.

»Hallo, Jürgen«, sagte sie, wobei vor dem »Jürgen« eine winzige Verzögerung entstand – weil mein Name ihr noch nicht vertraut war, oder weil es ihr doch nicht ganz leicht fiel, mich mit dem Vornamen anzureden? »Guten Morgen, Gabi«, antwortete ich ohne Umschweife, aber dennoch ein wenig befangen, zumal die Tür zum Nebenzimmer aufstand und ich nicht wusste, ob sich dort jemand aufhielt, der unsere zaghafte Begrüßung mithören konnte. Dann fügte ich hinzu: »Was machst Du denn hier?«

»Ich bin studentische Hilfskraft am Lehrstuhl Hunger – wusstest Du das nicht? Deswegen war ich doch quasi auch in Deine Berufungskommission abkommandiert. Ich …« – »Ach so«, unterbrach ich sie, »und ich hatte gedacht, Du hast da meinetwegen mitgemacht!« – »Dich kannte ich doch noch gar nicht, als das Verfahren eröffnet wurde«, entgegnete sie ganz ernst auf meine ironisch gemeinte Anspielung und fügte, weil sie wohl meine leichte Verunsicherung bemerkte, hinzu: »Nein, es ist niemand hier außer uns beiden. Frau Ammeyer hat einen Arzttermin und kommt erst gegen Mittag, und Hunger erscheint heute möglicherweise gar nicht.«

»Und – weißt Du schon, was mit Kettler passiert ist?«, fragte ich sie. Sie schien von dieser Frage völlig überrascht zu sein. »Kettler? Was ist mit Kettler?« Ich erzählte ihr, was ich vom Hausmeister erfahren hatte. »Das darf doch wohl nicht wahr sein! Wirklich? Schon wieder ein toter Prof!?« – »Ja, aber diesmal war es wohl Selbstmord. Hat sich angeblich vor einen Zug geworfen.« Und dann brach sich wieder der Spötter in mir Bahn: »Kettler hat auf mich einen so verwirrten Eindruck gemacht, dass ich ihm eher zugetraut hätte, sich hinter statt vor einen Zug zu werfen. Insofern spricht vielleicht doch etwas dafür, dass da jemand nachgeholfen hat … Na ja. Kennst Du Johann Christian Günther?« – »Nee.« – »Ein Lyriker aus Striegau in Niederschlesien, jetzt, glaub ich, Strzegom geheißen. Von dem stammt der schöne Satz ›Oft ist ein guter Tod der beste Lebenslauf.‹ Gilt vielleicht auch für Kettler.«

»Und wie ist es nun mit heut Abend?«, wechselte sie abrupt das Thema. »Ach ja – Du hast ja Neuigkeiten für mich! Und die willst Du mir nicht schon jetzt offenbaren?« – »Nein«, antwortete sie, und ihre Mimik ließ erkennen, dass es ihr überhaupt nicht gefiel, dass ich offenbar mehr an ihren in Aussicht gestellten Neuigkeiten als an einem abendlichen Rendez-vous mit ihr interessiert war. »Ich schlage vor, dass wir einen kleinen Spaziergang im Schlosspark machen und uns danach vielleicht noch ins Schloss-Café setzen.« – »Einen Spaziergang im Schlosspark bei Dunkelheit? Wird der Schlosspark nicht sogar nachts abgesperrt? Und wie ich das Nachtleben hier einschätze, schließt das Schloss-Café spätestens um zwanzig Uhr, damit alle – Gäste und Personal – noch die letzte Bahn in die Vororte erreichen.«

Sie lächelte mitleidig. »Es gibt einen gut beleuchteten Weg außen an der Schlossmauer entlang. Und das Café ist ein sehr beliebter Treffpunkt für Leute, die nicht ins Bett finden, und hat mindestens bis Mitternacht geöffnet. Und ist berühmt für seine exzellenten Cocktails.«

Ich gab mich geschlagen. »OK. Willst Du gegen acht zum Gastdozentenhaus kommen? Den Weg dahin kennst Du ja bestens …!« Dieser Zusatz schien sie ein wenig zu irritieren – als enthielte er mehr als nur den leichten Spott, mit dem ich darauf anspielen wollte, dass sie mir nach meinem Besuch bei Hunger vor dem Eingang aufgelauert hatte. »Ja, OK – und zieh Dich warm an. Ich meine – es ist zwar tagsüber in der Sonne noch schön warm, aber nachts kann es richtig kalt werden.«

18

Auf dem Weg zu meinem Arbeitsraum plagten mich erneut Skrupel. Auf was ließ ich mich da ein? War noch gar nicht in meiner neuen Umgebung heimisch geworden und verabredete mich schon mit einer jungen Dame – einer Studentin meiner Fakultät zumal und einer Mitarbeiterin eines Kollegen, wie ich gerade eben erst erfahren hatte. Bei diesem Gedanken stutzte ich: Wenn Gabi Schüssler als Hilfskraft am Lehrstuhl Hunger tätig war – wie viel Einblick hatte sie dann in meine Personalien nehmen können? Was wusste sie über mich, meinen Lebenslauf, meinen beruflichen Werdegang, welche Kenntnisse über mich hatte sie sich verschaffen können – über den Umstand hinaus, dass sie Mitglied der Berufungskommission gewesen war und daher beispielsweise die zu meiner Person angefertigten Gutachten hatte lesen können?

Als ich an meiner Bürotür angelangt war, hörte ich drinnen das Telefon klingeln, schloss rasch auf und ergriff den Hörer. Der Anrufer hatte noch nicht aufgelegt. Es war Küchle.

Er fiel ohne Vorrede gleich mit der Tür ins Haus: »Herr Rieger, wir haben den Container ausgiebig untersucht und so gut wie kein verwertbares Material gefunden – außer jeder Menge Fingerabdrücke von vermutlich ein und derselben Person sowie ein paar DNA-Spuren. Dass wir nur so wenige aussagekräftige Spuren gefunden haben, überrascht uns nicht wirklich – die meisten Leute, die mit solchen Containern herumhantieren, insbesondere die Müllmänner, tragen bei ihrer Arbeit Handschuhe, der Hausmeister möglicherweise auch. Und der Griff an der Containerklappe ist so verschmiert, dass wir damit nichts anfangen können. Wir müssen als nächstes feststellen, ob die wenigen Spuren, die wir haben, von Ihnen stammen. Können Sie möglichst umgehend ins Präsidium kommen?

Albstraße 14 bis 18, ein großer roter Kasten. Nehmen Sie ein Taxi, die Fahrtkosten erstatten wir Ihnen. Ich sitz im ersten Stock, der Pförtner wird Ihnen den Weg zeigen.«

Ich bin nicht unbedingt ein Freund von solchen überfallartigen Aufforderungen, aber da ich für diesen Tag noch kein Programm und – bis auf das späte Date mit Gabi – auch noch keine Termine hatte, willigte ich ein. Was hätte es auch gebracht, wenn ich auf Zeit gespielt hätte? Ein schlechtes Gewissen hatte ich ja ohnehin nicht – ich hatte Hahne schließlich nicht umgebracht und mich, nachdem ich seine Leiche gefunden hatte, nach meiner Einschätzung sehr vernünftig und kooperativ verhalten. »OK, ich marschier dann gleich mal los«, gab ich also zur Antwort, und von Küchle kam wieder ein »Ade!«, womit er das Gespräch schlagartig beendete.

Seit meinen ersten Aufenthalten an der Hochschule aus Anlass meines Vorstellungsvortrages und der Berufungsverhandlungen hatte ich die Telefonnummer einer Taxizentrale auf meinem Mobiltelefon gespeichert. Ich rief dort an, bestellte ein Taxi «für sofort« zur nächstgelegenen Zufahrt zum Campus und wollte schon aufbrechen, als mir Bedenken kamen, meine Aktentasche, die am Schreibtisch lehnte und verschiedene Wertsachen enthielt, zurückzulassen. Ich wusste ja, dass es mehreren Leuten möglich war, sich Zutritt zu dem Zimmer zu verschaffen – sei es, dass sie einen Schlüssel besaßen, sei es, dass sie sich einen besorgen konnten, zum Beispiel vom Hausmeister Bender.

Bei dieser Gelegenheit fiel mir auf, dass in diesem Raum offenbar weiterhin nicht gereinigt wurde. Die Staubschichten auf den verschiedenen Flächen genossen weiterhin Artenschutz, und der Papierkorb war auch noch kein einziges Mal geleert worden. Ich beschloss, während der Taxifahrt bei Bender anzurufen und ihn zu bitten, einen Reinigungsauftrag zu erteilen. Dadurch erhielten zwar noch mehr Personen Zutritt zu meinem Büro, aber ich hegte kein grundsätzliches Misstrauen gegen die Putzleute, obwohl ich schon einmal schlechte Erfahrungen gemacht hatte. An meiner früheren Arbeitsstätte waren über einen längeren Zeitraum hinweg über Nacht gewisse Dinge aus den Büros verschwunden – Brieföffner in größerer Zahl, Stifte, vor allem bunte Filzstifte, und Zigaretten und Süßigkeiten, die auf den Schreibtischen herumlagen, einmal sogar eine 500-Gramm-Packung feinster Pralinen, die ein Mitarbeiter zum Geburtstag geschenkt bekommen hatte. Der Anführer der Putzkolonne, vom Verwaltungschef zur Rede gestellt, schwor Stein und Bein, dass keine seiner Mitarbeiterinnen diese Diebstähle begangen hatte. Dann stellte sich heraus, das eine der Putzfrauen gelegentlich ihren sechsjährigen Sohn mit zur Arbeit brachte, der offenbar aus der Art der Tätigkeit seiner Mutter das Recht ableitete, sich wie zu Hause zu fühlen und sich daher auch in den Besitz der für ihn besonders attraktiven Gegenstände setzen zu dürfen.

Die Vorsicht siegte, ich ergriff meine Aktentasche, verließ mein Arbeitszimmer und verschloss sorgfältig die Tür. Das Taxi wartete tatsächlich schon an der vereinbarten Stelle, ich stieg hinten ein und grüßte den Fahrer. Dieser brummte etwas zurück, was man bei wohlwollender Interpretation als »Grüß Gott!« verstehen konnte, und tat ansonsten gar nichts. Mich stach wieder einmal der Hafer. Anstatt mein Fahrziel zu nennen, wartete ich auch ab. Der Fahrer drehte seinen Kopf ein kleines Stück nach hinten und sagte »Und …?« Nun hatte ich ihn da, wo ich ihn haben wollte. »Wohin Sie wollen. Ich werde überall gebraucht.«

Ein kurzes Schweigen. Mir tat meine Frechheit schon wieder leid, und so beeilte ich mich hinzuzufügen: »Entschuldigung! Ein Scherz! Das soll Herbert von Karajan tatsächlich zu seinem Chauffeur gesagt haben.«

Aber der Fahrer ignorierte meinen Versuch, ihn milde zu stimmen, ließ auch nicht erkennen, ob er den großen Maestro kannte, und sagte mit leicht drohendem Unterton: »Wissen Sie, was ich normalerweise antworte, wenn ein Fahrgast mir dumm kommt? Ich sage ihm, dass ich früher Metzger war und mit Beilen umgehen kann. Und dass er bei der nächsten Frechheit nur noch auswählen darf, ob ich die scharfe oder die stumpfe Seite der Klinge nehmen soll, wenn ich zuschlage.«

Ich beeilte mich, der Klügere zu sein, der ja bekanntlich nachgibt, und sagte rasch: »Polizeipräsidium, Albstraße!« Da dreht sich der Taxifahrer nochmals zu mir herum, musterte mich gründlich und fragte dann: »Aber zahlen können Sie?« Das saß. Ich gab erneut klein bei und antwortete: »Ich bin nicht vorgeladen. Gegen mich liegt nichts vor, wenn Sie das meinen. Ich bin Zeuge in einem Mordfall.«

Er wusste sofort Bescheid. »Ach, der Uni-Rektor im Müllcontainer? Sie sind also bei der Müllabfuhr?« Damit hatte er es nach meinem Geschmack etwas zu weit getrieben mit seinen Retourkutschen, und ich gab nur kurz zurück: »So ähnlich. Sie können jetzt losfahren.«

Er startete tatsächlich ohne eine weitere Gegenrede, der offensichtlich uralte Dieselmotor stöhnte laut auf und tat dann mit den üblichen nagelnden Geräuschen seinen Dienst. Ich musste an das Lied »Taxi« der deutsch-österreichischen Gruppe DÖF aus dem Jahre 1983 denken: »I steh in der Költ'n und woat auf a Taxi, oba es kummt net. I woat auf des Brummen von am Mercedes Diesel, oba es brummt net.« Leider hatten es die drei DÖF-Protagonisten nur auf eine LP gebracht und waren danach, trotz ihres großen Erfolges, wie so viele Interpreten in jener Zeit getrennte Wege gegangen.

Der Taxifahrer riss mich aus meinen Reminiszenzen. »Den Hahne hab ich oft gefahren. War ein feiner Kerl. Vor allem für die Weiber, denk ich. Ich glaube, der war kein Mal mit ein-

und derselben bei mir im Wagen. Den hat bestimmt ein eifersüchtiger Ehemann um die Ecke gebracht. Oder die Ehefrau hat ihn umbringen lassen.« Auch wenn ich nicht vorhatte, in Bezug auf den Frauenverschleiß in die Fußstapfen von Hahne zu treten und damit ähnliche Enthüllungen zu provozieren, fand ich diesen eklatanten Verstoß gegen die – zumindest informelle – Schweigepflicht eines Dienstleisters ein wenig degoutant und verzichtete daher darauf, nachzubohren und vielleicht noch weitere Indiskretionen über Hahne aus ihm herauszulocken.

Ich gab ihm, am Ziel angekommen, nur ein bescheidenes Trinkgeld und antwortete auf seine Frage, ob ich wohl auch eine Rückfahrt bräuchte, dass man mich möglicherweise gleich dabehalten oder mit einer Grünen Minna in die Justizvollzugsanstalt bringen würde. Daraufhin sagte er gar nichts mehr – ob wegen meiner Knauserigkeit, wegen meiner zugleich spöttischen und abweisenden Antwort oder weil er den Begriff »Grüne Minna« nicht kannte, vermochte ich nicht zu erkennen.

Am Empfang im Polizeipräsidium saßen gleich drei Herren, die so mit sich, miteinander oder mit den Monitoren, die sie vor Augen hatten, beschäftigt waren, dass sie mich entweder gar nicht wahrnahmen oder sich berechtigt fühlten, mich zu ignorieren. Ich glaubte nicht, dass sich diese Form der Missachtung gegen mich persönlich richtete, aber es störte mich, dass hier drei Beamte mit lebenslangem Pensionsanspruch offenbar ihren Job nicht ernst nahmen. Daher war ich schon nahe daran, irgendeine Dummheit zu begehen – beispielsweise durch die Empfangshalle zu rufen: »In meiner Aktentasche befindet sich eine scharf geschaltete Bombe. Wenn Sie nicht augenblicklich alle eingekerkerten Tiere des Städtischen Zoos freilassen, lasse ich das Ding hochgehen!« Da wandte sich einer der drei Helden der Arbeit von seinem Monitor ab und mir zu und fragte mich zu meiner Verblüffung »Kennen Sie sich mit Getreide aus?«

Mit leichter Verzögerung antwortete ich: »Ja, schon. Also – Hafer und Gerste kann ich wohl gerade noch auseinanderhalten.« – »Dann schauen Sie mal.« Er drehte den Monitor so weit herum, dass ich das Bild auf dem Schirm betrachten konnte. Ich erkannte – das Schema eines Kreuzworträtsels, in dessen Mitte die Ähre einer Getreideart abgebildet war. »Das ist doch ganz klar Roggen, oder? Aber damit ergibt sich kein Lösungswort!« – »Nein, da fehlen die Grannen. Das ist Dinkel! Passt das?«- »Mal sehen … ›Etwas Festliches zur späten Stunde‹ ist gesucht. Fängt mit ›ABE‹ an, dann kommt Ihr Dinkel, dann noch ein Buchstabe, den hab ich aber auch noch nicht. Und die Buchstaben von Dinkel müssen vorher in die passende Reihenfolge gebracht werden.« – »Wissen Sie was? Finden Sie mal den fehlenden Buchstaben heraus, und ich bring Ihnen einen dann hoffentlich passenden Lösungsvorschlag mit, wenn ich nachher von Herrn Küchle zurückkomme. Zu dem will ich nämlich. Mein Name ist Jürgen Rieger.«

»Aha, zu Küchle! Ich ruf da an, dann werden Sie abgeholt. Moment.« Er tippte eine Nummer in sein Telefon, und als sich eine Stimme meldete, sagte er: »Mädel, hier ist ein Herr Rieger, der will zu Deinem Chef. Kommst Du rasch ›runter?« Er hatte anscheinend eine positive Antwort erhalten, denn er legte auf und ließ mich wissen, dass das Fräulein Treichel gleich erscheinen werde. »Fräulein« und »Mädel«, dachte ich und fühlte mich in das Biedermeier des Altbundeskanzlers Kohl zurückversetzt.

19

Die beiden Kollegen hatten sich durch mein Gespräch mit dem Rätselfreund in keiner Weise stören lassen. Der eine hatte immerhin ganz kurz den Blick von seinem Bildschirm erhoben, als der Name Küchle fiel. Ich vermutete, dass die beiden mit Computerspielen oder Sudoku beschäftigt und damit komplett ausgelastet waren. Erstaunlicher Weise hatte die ganze Zeit über kein einziges Mal ein Telefon geklingelt – waren nach dem Mord an Hahne erst einmal alle Schwerstkriminellen der Stadt auf Tauchstation gegangen und wagten nicht einmal den kleinsten Kaufhausdiebstahl? Aber was trieben die Exhibitionisten, die Tierquäler, die Graffiti-Sprayer, die Schwarzfahrer, die Autoknacker?

Ein lautes Klack-klack riss mich aus diesen Gedanken – Küchles Sekretärin näherte sich auf lauten Sohlen. Da ich die einzige Person war, die vor der Pförtnerloge stand, fiel es ihr nicht schwer, mich zu identifizieren. Sie reichte mir die Hand und sagte mit leiser Stimme, als teilte sie mir ein Geheimnis mit: »Gesine Treichel, die Assistentin von Herrn Polizeioberrat Küchle. Sie sind Herr Dr. Rieger?« – »Ja, Jürgen Rieger, freut mich!«, gab ich etwas steif zur Antwort. »Herr Küchle lässt sich entschuldigen. Er ist leider nicht im Hause – ein kurzfristiger Termin. Bitte kommen Sie mit nach oben.« Sie nickte den drei Bildschirmarbeitern zu und schritt eilig und mit dem gleichen Klack-klack wie zuvor den Gang hinunter.

Die Abwesenheit von Küchle war mir gar nicht lieb. Ich hatte gehofft, von ihm ein paar Neuigkeiten zum Fall Hahne zu erhalten, und konnte mir nicht vorstellen, dass die so korrekt und diszipliniert auftretende Assistentin irgendetwas ausplaudern würde. Ich schätzte sie auf Anfang dreißig, sie war schlank, mittelgroß, hatte kurze blonde Haare und trug ein eng geschnittenes dunkelblaues Kleid, das so kurz war, dass ich auf keinen Fall die Treppe hinter ihr »nach oben«, wie sie es genannt hatte, hinaufgehen durfte. Aber sie enthob mich dieses Problems, indem sie einen Fahrstuhl ansteuerte. »Wir fahren nach ganz oben!«, erklärte sie, »da sitzt die Technik!«

Im Aufzug fiel mir wieder eine Sottise eines ehemaligen Vorgesetzten ein, der auf Mathematiker nicht gut zu sprechen war und diese gern in der Weise schmähte, dass er sie typologisch in extrovertierte und introvertierte einteilte: Erstere schauten beim Small Talk auf die Schuhspitzen ihres Gegenübers, letztere auf die eigenen Schuhspitzen.

Mit Frau Treichel als Gegenüber war es mir eine ganz besondere Freude, diesem Klischee nicht zu entsprechen. »Und was haben Sie nun mit mir vor?«, fragte ich sie und schaute dabei ohne Scheu in ihr freundliches, dezent geschminktes Gesicht. »Na ja, das Übliche, das sie vermutlich aus tausend Fernsehkrimis kennen – Speichelprobe und Fingerabdrücke. Und wenn Sie das gleiche Jackett tragen wie an dem Tag, als Sie den Toten gefunden haben …« – »Ja, tu ich«, konnte ich bestätigen, ohne lange nachzudenken, denn es handelte sich um das einzige Jackett, das ich außer dem zu einem dunklen Anzug gehörigen als Erstausstattung mitgebracht hatte, und einen Pullover hatte ich bisher nur in meinem Appartement getragen. »Dann nehmen wir auch noch eine Faserprobe«, sagte sie so bestimmt, dass mir trotz meines absolut reinen Gewissens ein leichter Schauer über den Rücken lief.

Die erkennungsdienstlichen Prozeduren verliefen dann in der Tat genau so, wie ich es schon oft in Kriminalfilmen gesehen hatte. Frau Treichel, die offenbar über weit mehr Qualifikationen verfügte als nur die einer Schreibkraft, erledigte alle erforderlichen Schritte mit freundlicher Routine, so dass es mir nicht einmal etwas ausmachte, als sie mit einem Wattestäbchen in meinem Mund herumfuhr. Sie benötigte auch nicht die

Hilfe des merkwürdigen Faktotums, das sich in dem Labor aufhielt und mich in seinem mit Flecken übersäten, ursprünglich wohl einmal weißen Kittel entfernt an einen meiner früheren Chemielehrer erinnerte. Es handelte sich aber um ein weibliches Wesen, was ich ganz gewiss nicht vermutet hätte, wenn es von Frau Treichel nicht mit »Helga« angesprochen worden wäre, als wir nach der Abnahme der Fingerabdrücke Tücher zum Reinigen meiner Hände benötigten. Die Faserprobe hatte sie mit größter Vorsicht an der Innenseite des Jacketts, wo das Futter einen Stoffrand freiließ, abgeschabt.

»Haben Sie Ihren Personalausweis dabei?«, fragte sie mich schließlich. »Ja, klar«, antwortete ich, »und ich hab mich auch schon ein wenig darüber gewundert, dass ich mich überhaupt nicht ausweisen musste – weder am Empfang noch bei Ihnen!« Sie ging über diese zwar nicht ganz unberechtigte, aber doch arg altkluge Bemerkung hinweg und sagte nur: »Dann möchte ich Sie noch kurz in mein Büro bitten, um eine Kopie anzufertigen.« Für den Weg nach unten verzichteten wir auf den Aufzug, so dass nun ihr Klack-klack durch das ganze Treppenhaus hallte.

Ich hatte es schon die ganze Zeit bemerkt, aber nun, an ihrem Arbeitsplatz, war es überdeutlich: »Davidoff, Cool Water Woman?«, fragte ich. Sie schaute mich erstaunt an. Eine derart intime Frage war ihr im Rahmen des Parteienverkehrs offenbar noch nicht gestellt worden. Aber dann konterte sie sofort: »Und Sie?« – »Eau Sauvage«, antwortete ich, wobei ich mir den Zusatz »Dior« verkniff, weil er mir allzu prätentiös erschien. Der Preis für diesen exklusiven Wohlgeruch überstieg auch deutlich das Budget, das ein Professor der Besoldungsgruppe W3 für Duftwässer abzweigen kann, und leider gab es diese Produkte auch nie als Sonderangebote. Man konnte allenfalls aus eher traurigem Anlass gelegentlich ein Schnäppchen machen, wenn nämlich wieder einmal eine Drogerie oder Parfümerie, die nicht zu einer der großen Ketten gehörte, in die Knie ging und wegen Geschäftsaufgabe einen Ausverkauf durchführte.

Ich reichte ihr meinen Ausweis hin und sagte: »Schauen Sie sich das Foto bitte nicht allzu genau an. Es entspricht genau der Charakterisierung von Ephraim Kishon.« Gesine Treichel blickte mich fragend an – sie war offenbar zu jung für diese Anspielung. »Ein israelischer Satiriker. Der hat mal gesagt, wenn man beginnt, seinem Passfoto zu ähneln, dann ist es höchste Zeit, in Urlaub zu fahren.«

Während sie den Ausweis kopierte, wagte ich dann doch, die Frage zu stellen, die ich eigentlich an Küchle richten wollte: »Gibt es denn eigentlich schon Erkenntnisse oder Ergebnisse bei der Fahndung nach dem Mörder von Hahne?« Dieses Ansinnen trug mir einen ziemlich strengen Blick von Frau Treichel ein, und sie antwortete ganz kurz: »Nicht, dass ich wüsste.« Und ich ergänzte im Geist den Zusatz »Und wenn ich etwas wüsste, dürfte ich es Ihnen nicht sagen.«

Sie gab mir den Ausweis zurück und reichte mir dann noch ein Formular, das ich für den Antrag auf Erstattung meiner Auslagen verwenden sollte. Ich bat sie, Herrn Küchle meine Grüße auszurichten, und verabschiedete mich von ihr mit einem »Auf Wiedersehen, Frau Treichel!«, allerdings ohne zu wissen, ob ich mir selber wirklich ein Wiedersehen wünschen sollte – zumindest wohl nicht unbedingt im Polizeipräsidium und im Zusammenhang mit einem Mordfall.

Unten in der Pförtnerloge saßen nur zwei Drittel des dreiköpfigen Höllenhundes Zerberus. Einer der beiden Schwerstarbeiter sah mich kommen und rief mir zu: »Der Kollege steht draußen!« Ich antwortete »Danke!« und fragte mich, woher diese plötzliche Mitteilungsfreude kommen mochte, doch als ich die Nummer 3 mit einer Zigarette im Mundwinkel vor der Tür stehen sah, fiel es mir wieder ein – das Kreuzworträtsel!

Er nahm die Zigarette lässig aus dem Mund und sagte mit

der Herablassung eines Menschen, der gerade in einem Quiz die Millionen-Frage geknackt hat, ohne auch nur die vorgegebenen Antworten abzuwarten oder gar einen Joker zu verwenden, »Abendkleid! Es fehlte nur noch das D am Ende.« – »Ja, stimmt«, antwortete ich und ließ dabei offen, ob ich auch selber schon auf diese Lösung gekommen war. Er konnte ja nicht ahnen, dass das fachkundige, resolute und attraktive »Mädel« mir für ein paar Minuten alle Gedanken an Kreuzworträtsel ausgetrieben hatte.

Es ging mich zwar nichts an, dass sich der hiesige Polizeiapparat drei offensichtlich unterbeschäftigte Pförtner leistete, während unbescholtene Bürger beleidigt und mit verdorbenen Meeresfrüchten behelligt wurden, weniger unbescholtene sogar in Müllcontainern endeten. Um zumindest ein wenig gegen diesen Missstand aufzubegehren, fragte ich den Rätselspezialisten scheinheilig: »Wie heißt eigentlich Andie mit Nachnamen?« Erwartungsgemäß fragte er zurück: »Andie? Welcher Andie?« – »Ach, jetzt fällt es mir wieder ein: Arbeit heißt er! Also: An die Arbeit!«

Ein wenig schämte ich mich für diesen unsäglichen Kalauer. Aber allein die Miene des Pförtners, in der sich Ratlosigkeit und Empörung widerspiegelten, war mir diesen Unsinn wert.

20

Ich entschied mich, trotz der in Aussicht gestellten Erstattung der Transportkosten den Rückweg zu Fuß durchzuführen – es gab ja keinen Zeit- oder Termindruck, der schöne Herbsttag lud förmlich zu ein paar Schritten an der frischen Luft ein, und es konnte auch nicht schaden, wenn ich bei einem Fußmarsch meine neue Umgebung ein wenig besser kennenlernte. Außerdem war es inzwischen Mittag geworden, und vielleicht kam ich an einem Restaurant vorbei, in dem ich etwas Schmackhaftes zu mir nehmen konnte.

Angst, mich zu verlaufen, hatte ich keine – aber ich war doch einigermaßen erstaunt, als ich mich vor dem Eingang zum »Kleinen Keller« wiederfand. Auf einer Tafel neben der Eingangstür wurde mit Pilzgerichten geworben. Es gab also mehrere gute Gründe, hier einzukehren: Ich mag Pilze, und ich hatte die leise Hoffnung, Matschke eventuell auch zu dieser Zeit in seinem Stammlokal anzutreffen und vielleicht etwas Neues von ihm zu erfahren. Bei ihm hätte ich erheblich weniger Skrupel als bei Frau Treichel, ganz unverblümt nach Hahne und auch nach dem neuen Fall Kettler zu fragen.

Leider wurde meine Erwartung enttäuscht – das Lokal war zwar sehr gut besucht, aber Matschke konnte ich nicht entdecken. Da sein Stammplatz nicht besetzt war und sich auf dem Tisch auch kein Hinweis auf eine Reservierung befand, nahm ich dort Platz. Kurz darauf betrat ein Kellner den Raum – es war derselbe, der Matschke und mich am Vorabend bedient und den Matschke Peter genannt hatte. Er sah mich, runzelte die Stirn und schien mich dann wiederzuerkennen. »Heute solo?«, fragte er, als er mir die Speisenkarte reichte. »Ja«, erwiderte ich, »Ihre Pilzgerichte haben mich angelockt.« – »Dann schauen Sie auf die Wochenkarte gleich am Anfang. Ich empfehle die Tagliatelle mit Steinpilzen.«

Dann räumte er den Nebentisch ab, ließ aber die Zeitung, die ich auf einem der zugehörigen Stühle entdeckte, liegen. Ich nahm sie mir und stellte zu meiner Freude fest, dass es sich um die aktuelle Ausgabe des »Anzeigers« handelte. Bevor ich darin nach Meldungen über Hahne und Kettler suchte, warf ich rasch einen Blick in die Speisenkarte – die Angabe »Tagliatelle ai funghi porcini freschi« klang so verlockend, dass ich mich entschloss, der Empfehlung des Kellners zu folgen. An Matschkes Weinempfehlung vom Vorabend wollte ich mich aber mitten am Tag aber lieber nicht halten.

Das Ergebnis meiner Recherche in der Zeitung war mehr als enttäuschend. Zu Kettler gab es keine einzige Meldung, und mir fiel ein, dass sein angeblicher Selbstmord und die Entdeckung und Identifizierung seiner Leiche ja auch erst nach Redaktionsschluss stattgefunden hatten. Zu Hahne gab es nur eine ganz kurze Notiz, die im wesentlichen besagte, dass es noch keine neuen Erkenntnisse zu seiner Ermordung gäbe. Es waren auch noch keine Traueranzeigen abgedruckt.

Während meines Herumblätterns in der Zeitung war der Kellner noch kein einziges Mal wieder in meinem Blickfeld erschienen und bestätigte damit ein Gesetz von allgemeiner und weltweiter Gültigkeit: Sobald man ein Anliegen an das Bedienungspersonal hat, ist dieses wie vom Erdboden verschluckt und taucht auch nicht sobald wieder auf. Die Zeitungslektüre vermochte mich von diesem traurigen Befund nicht abzulenken, denn der Inhalt des Blättchens war von bestürzender Belanglosigkeit. Höhepunkte der Berichterstattung, jeweils mit großen Fotos garniert, waren Artikel über den ersten Spatenstich zu einer Müllverbrennungsanlage in einer Nachbargemeinde, die Jubiläumsfeier einer Volks- und Raiffeisenbank, bei der für die jüngsten Sparer eigens eine Hüpfburg aufgestellt worden war, der umjubelte Auftritt einer angeblichen Kammersängerin im Städtischen Theater und der erneute Riss des

Syndesmosebandes bei einem Ersatztorwart der lokalen Drittligamannschaft.

Ich wollte gerade beginnen zu zählen, auf wie vielen Fotos der Herr Oberbürgermeister abgebildet war – beim Durchblättern hatte ich mindestens fünf davon wahrgenommen -, um vielleicht Matschke bei unserer nächsten Begegnung mit dieser liebedienerischen Form des Personenkults in seinem Blatt aufzuziehen, als überraschend doch noch der Kellner erschien. »Ich nehm die Tagliatelle und ein Glas frisch gepressten Orangensaft!«, rief ich ihm eilig zu, bevor er wieder verschwinden konnte. Seine Mimik ließ erkennen, dass er missbilligte, in dieser Form zum Handeln aufgefordert zu werden, und er verließ den Raum ohne ein Zeichen dafür, dass er meine Bestellung wahrgenommen hatte und umsetzen würde.

Mein BlackBerry zeigte an, dass sieben ungelesene E-Mails vorlagen. Davon erwies sich nur eine als wichtig. Sie kam von Brosi, der im Namen des Herrn Dekans zu einer Besprechung einlud, die um 15 Uhr s. t. im Besprechungszimmer der Fakultät beginnen sollte. Einziger Tagesordnungspunkt sei die Lage der Fakultät nach den beiden tragischen Todesfällen. Er erwähnte weder weder den Namen des Dekans noch die Namen der beiden Toten. Ich wusste nicht, wer der amtierende Dekan war, aber diese Unkenntnis war sicherlich weit weniger schlimm als die durch Brosis Mitteilung ausgelöste Bestürzung bei denjenigen Empfängern der E-Mail, die noch nicht über den Tod Kettlers informiert gewesen waren.

Der Kellner namens Peter brachte mir ein Besteck und den Orangensaft und kurze Zeit darauf den Teller mit dem Pilzgericht. Ich genoss die wirklich vorzüglichen Tagliatelle und nahm mir auch noch die Zeit für einen Cappuccino, dessen mickriger Schaum leider nicht höchsten Ansprüchen genügte. Aber der »Kleine Keller« war eben kein italienisches Restaurant, und an der Kaffeemaschine stand vermutlich auch kein professioneller Barista, trotz der großspurigen Terminologie der Speisenkarte.

Die beiden Müllcontainer, die ich wieder auf dem Weg zu meinem Büro passieren musste, waren einerseits ein »memento mori«, andererseits aber auch eine Mahnung, dass ich endlich die gründliche Entrümpelung des Raumes durchführen musste. Im Büro erwartete mich eine Überraschung – ein Stapel Post auf meinem Schreibtisch. Ich war also offenbar in den Verteilerkreis der Poststelle aufgenommen worden, und der zuständige Bote hatte mein Domizil tatsächlich aufgespürt. Oder hatte Frau Ammeyer die Post vorbeigebracht, die sie bisher immer bei sich aufbewahrt hatte, bis ich sie abholte? Oder hatte sie jemanden beauftragt, mir die Post zu bringen?

Ich musste an Gabi Schüssler denken – und da fiel mir ein, dass sie, Gabi, natürlich auch schon andere Aufträge, die mich betrafen, erledigt haben konnte. Hatte sie möglicherweise auch vor meinem Einzug den Schlüssel für mein Appartement neben dem Klingelbrett deponiert? Und wie lange hatte sie den Schlüssel davor schon bei sich gehabt? Hatte sie eventuell auch in den letzten Tagen Zutritt zu meinem Büro oder meinem Appartement gehabt?

Das Klingeln des Telefons unterbrach meine Grübeleien. Der Anrufer war Brosi. »Herr Rieger, ich wollte bloß sichergehen, dass Sie über die Besprechung nachher informiert sind. Haben Sie meine E-Mail gelesen?« Ich bejahte und fragte, worüber denn gesprochen werden sollte und ob auch Beschlüsse zu fassen waren. »Nun ja, der Dekan will über die beiden Todesfälle und den ihm dazu vorliegenden Erkenntnisstand informieren und damit natürlich auch gegen alle möglichen Gerüchte vorgehen, die hier auf dem Campus herumschwirren. Und es …« Ich konnte mich nicht beherrschen und unterbrach ihn. »Entschuldigung – welche Gerüchte? Ich bin noch so neu an der Fakultät und sitze hier fernab von allen Informationskanälen, dass ich weder zutreffende noch unzutreffende Gerüchte kenne und zwischen beiden möglicherweise nicht einmal unterscheiden könnte.«

Brosi schien es nicht zu gefallen, dass ich ihn unterbrochen hatte und auch mit meiner Neugierde nicht hinterm Berg hielt. »Ich kann und will dem Dekan nicht vorgreifen«, antwortete er in geschäftsmäßigem Ton. »Was ich aber eigentlich hatte sagen wollen – es sind zwar keine Beschlüsse zu fassen, was bei dieser kurzfristigen und formlosen Einladung auch kaum machbar wäre, aber die Professoren sollten sich möglichst schon einmal darüber verständigen, wer für die Nachfolge von Kettler in diversen Gremien in Frage kommt. Der hatte einige Ämter inne, für die möglichst rasch ein Nachfolger benannt werden sollte. Bei Hahne sieht es etwas anders aus. Der war zwar weiterhin Mitglied unserer Fakultät, hatte aber alle oder fast alle Ämter und Positionen qua Rektorenamt inne. So, ich muss noch weitere Anrufe tätigen, bis gleich!«

Er hatte aufgelegt, ohne mich noch einmal zu Wort kommen zu lassen. Ich fragte mich, ob seine etwas ruppigen Umgangsformen mir gegenüber dadurch bedingt waren, dass er mich als Novizen und Youngster an der Fakultät noch nicht für voll nahm, oder ob er eine solche Machtposition an der Fakultät innehatte, dass er sich ein solches Gebaren auch anderen gegenüber erlauben konnte.

Ich sah rasch meine Post durch. Ein etwas protzig wirkender Umschlag wies als Absender die GFP GmbH aus – das war vermutlich die schriftliche Bestätigung der Einladung für den kommenden Samstag. Mehrere Sendungen kamen von der Hochschulverwaltung, und ein Umschlag wies als Absender das Dekanat aus. Diesen öffnete ich rasch und sah auf dem Briefkopf die Angabe »Prof. Dr. Siegbert Kraus, Dekan«. Da hatte ich also just in time die Information erhalten, die ich brauchte, um den Herrn Dekan nicht drucksend mit »Guten

Tag, Herr …« begrüßen zu müssen. Und tatsächlich war auch dieser Kraus ein Berti, wie der Fußballer. Aber dessen korrekter Vorname lautete Engelbert.

21

Als ich kurz vor drei das Besprechungszimmer der Fakultät betrat, war dieses schon gut gefüllt. Abgesehen von Brosi waren anscheinend nur Professoren anwesend. Ich wusste nicht, wie das übliche Begrüßungszeremoniell in einer solchen Runde ablief – ob etwa ein Neuankömmling sich grußlos oder nur mit grüßendem Kopfnicken einen Platz suchte und dann dort niederließ, ob man mit den Fingerknöcheln auf den Tisch klopfte oder ob man herumging und jedem Anwesenden die Hand schüttelte, sofern die Sitzung noch nicht eröffnet war. Ich entschied mich für letzteres – dies erschien mir für einen Debütanten wie mich unabhängig von den gängigen Ritualen angemessen. Außerdem konnte ich mich auf diese Weise bei jedem mit meinem Namen vorstellen und lernte umgekehrt die Namen der anderen kennen, auch wenn ich sie mir auf Anhieb nicht alle merken konnte.

Der an dem einen Kopfende des Raumes neben Brosi sitzende Kollege, den ich tatsächlich noch nicht gesehen hatte, musste der Dekan sein – eine ziemlich füllige Erscheinung, schätzungsweise Mitte fünfzig, mit schütterem Haar. Er trug als einziger einen Anzug und dazu eine Krawatte, von der der Nobelpreisträger John Nash behauptet hätte »Ich kann mathematisch beweisen, dass Ihre Krawatte hässlich ist!« Als ich auf ihn zutrat, stand er auf und streckte mir mit freundlichem Lächeln seine Rechte entgegen. »Willkommen in diesem Kreis, Herr Rieger!«

Da er sich nicht mit Namen vorstellte, war ich heilfroh, so gut vorbereitet zu sein. »Guten Tag, Herr Kraus!«, antwortete ich, als sei er ein alter Bekannter oder als würde ich seinen Namen regelmäßig im Munde führen. Und dann erfüllte er doch tatsächlich die Vorhersage von Kettler: »Es ist ja, wie gesagt, ein trauriger Anlass, der uns heute hier zusammenführt. Aber man kann sich das ja, wie gesagt, nicht aussuchen!«

Um Punkt drei – es waren knapp zwanzig Personen, ausschließlich männlichen Geschlechts, anwesend – eröffnete Kraus die Sitzung. Er begrüßte alle Anwesenden, » ... insbesondere, wie gesagt, den neuen Kollegen Jürgen Rieger!«, und wünschte mir viel Erfolg bei meiner zukünftigen Tätigkeit. Die Fakultät freue sich, mit mir einen renommierten Aktuar mit großer Praxiserfahrung gewonnen und damit, wie gesagt, ihre Kompetenz und ihr Angebot in Lehre und Forschung arrondiert zu haben.

Der Grund für diese kurzfristig einberufene Besprechung, bei der, wie gesagt, keine Beschlüsse zu fassen seien, läge in den beiden plötzliche Todesfällen der Kollegen Richard Hahne und Urban Kettler. »Darf ich Sie bitten, sich zu Ehren der beiden Verstorbenen von Ihren Plätzen zu erheben.«

Anschließend berichtete er von einem Kondolenzbesuch, den er Frau Tiburtius abgestattet hatte. »Sie ist erstaunlich gefasst. Ich konnte ganz offen mit ihr über die Umstände des Todes des Kollegen Hahne sprechen. Sie hat keinerlei Erklärung dafür und kennt niemanden, dem sie einen Mord an Hahne zutrauen würde. Ich habe auch über den Selbstmord von Kettler mit ihr sprechen können. Sie sieht keinerlei Verbindung zum Tod ihres Mannes und vermutet das Motiv in den, wie sie es nannte, persönlichen Lebensumständen des Kollegen.«

Es entstand eine allgemeine Unruhe, weil diverse Anwesende mit ihren Nebenmännern zu tuscheln begannen. Kraus stoppte das Gemurmel, indem er mit erhobener Stimme fortfuhr: »Es ist uns noch nicht gelungen, mit Angehörigen von Kettler Kontakt aufzunehmen. Herr Brosi kümmert sich darum und ist, wie gesagt, auch mit der Polizei in Verbindung, insbesondere mit dem ermittelnden Beamten, Herrn Küchle. Bei dieser Gelegenheit möchte ich dringend an Sie alle appellieren, sich mit

Spekulationen zu den beiden Todesfällen sehr zurückzuhalten, vor allem nach außen hin, Wir kennen alle die Geschwätzigkeit der hiesigen Presse. Bitte halten Sie sich zurück!«

Ob er mit der hiesigen Presse zum Beispiel Kaspar Matschke meinte? Sollte ich ihm mitteilen, dass ich bereits mit diesem gesprochen hatte? Aber Kraus war schon beim nächsten Punkt: »So, und nun komme ich zum wichtigsten Thema für heute. Wir haben, wie gesagt, mal eine Liste von Mandaten aufgestellt, die Hahne und Kettler im Namen oder Auftrag unserer Fakultät wahrgenommen haben. Das geht von der Hochschulgesellschaft über die Konrad-Adenauer- und die Studienstiftung sowie das Studentenwerk bis zum Bibliotheksausschuss. Die gute Nachricht ist: Für fast alle Gremien stehen ohnehin Neuwahlen an, die üblicherweise bis zum Jahresende durchgeführt werden. Über die Wahlvorschläge können wir in der ersten Sitzung des Fakultätsrates entscheiden und die Wahlen ohnehin vorher nicht durchführen ...«

»Voraussichtlich am 27. Oktober!«, unterbrach ihn Brosi.

»Ja, danke, Eckart! Wir werden die zu besetzenden Mandate schon in den nächsten Tagen bekanntgeben und auch geeignet erscheinende Kandidaten direkt ansprechen. Am besten wäre es aber natürlich, wenn sich Interessenten von sich aus melden würden.« – »Ich schlag Martin für die Adenauer-Stiftung vor«, warf Specht ein, womit er ein allgemeines Gelächter auslöste. Vermutlich meinte er Martin Brüggemann, und dieser war anscheinend für diesen Posten gerade nicht prädestiniert.

Siegbert Kraus ließ nicht erkennen, ob er diesen Scherz goutierte oder nicht. »Nur eine Personalie ist eilbedürftig, und für die brauchen wir auch nicht den Fakultätsrat. Es geht um den Wohnheimausschuss des Studentenwerks. Laut Satzung bestimmt der Vorsitzende des Studentenwerks, und das ist kraft Amtes der Rektor, diejenigen Mitglieder des Wohnheimausschusses, die aus dem Kreis der Professoren kommen. Die erste

Sitzung des Ausschusses findet bereits am kommenden Montag statt. Ich habe mit dem Prorektor besprochen, dass ich ihm bis spätestens morgen einen Nachfolger für Herrn Kollegen Kettler vorschlagen werde.«

Wieder setzte ein Murmeln und Getuschel ein. Dann meldete sich Hunger zu Wort. »Kollegen, was haltet Ihr von dem folgenden spontanen Vorschlag.« Dabei schaute er zunächst zu Kraus und dann in meine Richtung, und ich sollte auch sogleich erfahren, warum. »Ich würde mich freuen, wenn unser neuer Kollege Jürgen Rieger unsere Fakultät im Wohnheimausschuss vertreten würde. Das wäre meines Erachtens auch für ihn ein guter Einstieg in die Selbstverwaltung der Hochschule. Außerdem können ein paar frische Ideen in der Wohnheimpolitik sicherlich nicht schaden, und dafür dürfte es nach dem Tod von Richard Hahne wieder mehr Spielraum geben.«

Der neben ihm sitzende Günther Specht klopfte auf die Tischplatte und sagte: »Find ich gut!«, und auch andere Anwesende begannen zu klopfen. Brüggemann, der rechts von mir saß und zwischenzeitlich eingenickt war, zuckte zusammen, war aber geistesgegenwärtig genug, schon im Aufwachen besonders heftig auf den Tisch zu trommeln. Siegbert Kraus schien von diesem Vorschlag genauso überrascht zu sein wie ich. Er wandte sich an mich: »Herr Rieger, was sagen Sie dazu?« Ja, da war er nun wieder, der Sprung ins kalte Wasser! Ich war aus meiner bisherigen beruflichen Umgebung an hierarchische Entscheidungsprozesse gewöhnt: Der Vorstand entschied darüber, welche Mitarbeiter in Arbeitsgruppen und Kommissionen mitwirken mussten oder durften. Das hier praktizierte Kooptationsprinzip war mir fremd, und leider war ich nicht souverän genug, um dieses Fremdeln zu überspielen.

»Ja, wenn Sie mir das zutrauen ...«, war das Einzige, was ich hervorbrachte. »Tun wir!«, half mir Hunger aus der Patsche, und Kraus fragte in die Runde: »Gibt es Einwände gegen die Nominierung des Kollegen Rieger für den Wohnheimausschuss?« Offenbar gab es keine, und da auch ich nicht widersprach, war die Sache entschieden. Ich konnte nicht ahnen, dass diese Entscheidung für mich ganz andere Folgen haben würde als nur den unbeabsichtigten Einstieg in das Gremienwesen der Hochschule.

22

Während der Sitzung war auf meinem auf »stumm« geschalteten Mobiltelefon ein Anruf eingegangen. Auch mehrere E-Mails hatte ich erhalten, wie das Display meines BlackBerry verriet. Auf dem Rückweg zu meinem Büro wollte ich zunächst feststellen, wer der Anrufer gewesen war, aber ich kannte die angezeigte Rufnummer nicht. Während ich das Telefon noch in der Hand hielt, ging ein weiterer Anruf ein, den ich nun aber gleich entgegennehmen konnte. »Brosi hier«, meldete sich die Stimme des Fakultätsgeschäftsführers, »warum sind Sie denn so schnell verschwunden nach der Sitzung?«

Der von Brosi angeschlagene Ton behagte mir wieder nicht, aber ich musste mich wohl damit abfinden, dass er an der Fakultät eine starke Stellung innehatte, die es ihm erlaubte, Professoren zu maßregeln oder wie Schulbuben zu behandeln. Ich bemühte mich gegenzuhalten, und antwortete in leicht gereiztem Ton: »Herr Brosi, in ein paar Tagen beginnt die Vorlesungszeit, und ich habe Wichtigeres zu tun, als mir mit Small Talk die Zeit zu vertreiben.«

Brosi schien einen Moment zu schlucken, doch dann fuhr er, offenbar unbeeindruckt, fort: »Sie müssen sich aber daran gewöhnen, dass die wichtigsten Dinge oft nicht während einer Sitzung, sondern davor oder danach besprochen werden, wenn sozusagen die Mikrophone ausgeschaltet sind.« – »OK, da mögen Sie Recht haben. Dann sagen Sie mir doch bitte, was ich verpasst habe.« Doch so leicht ließ Brosi sich nicht bezirzen. Er wechselte in einen geschäftsmäßigen Tonfall und sagte knapp: »Der Dekan hat noch mitgeteilt, dass es Traueranzeigen für Richard Hahne erst in ein paar Tagen geben wird. Es sind umfangreiche Abstimmungen mit allen sozusagen betroffenen Personen und Institutionen erforderlich, die Nachrufe veröffentlichen wollen. Außerdem stehen die Termine für die Bestattung und etwaige Trauerfeiern noch nicht fest. Das ist das eine. Und dann sind Sie doch in den Wohnheimausschuss gewählt worden. Ich dachte, es interessiert Sie, was da auf Sie zukommt und was Sie dabei beachten müssen.«

Bei den beiden letzten Sätzen hatte er wieder auf Angriffsmodus umgeschaltet. Ich musste kurz an die Kettlersche Typologie mit den, wie er sie genannt hatte, »sozusagen«-Heinis denken, die er aber nicht einzeln genannt hatte. War Brosi so einer? Dieser fuhr nun fort: »Am besten lassen Sie sich in Kettlers Sekretariat die entsprechenden Ordner geben. Und Sie können ja auch die Frau Schüssler mal fragen, welches momentan die Big Points sind. Die kennen Sie doch, oder?«

Ich war perplex. Ich hatte zwar durchaus angenommen, dass das Dekanat auch eine Tauschbörse für Klatsch und Tratsch war, aber dass Brosi von meinem Kontakt zu Gabi Schüssler wusste und sich auch nicht scheute, mir dieses Wissen en passant unter die Nase zu reiben, übertraf doch deutlich meine diesbezüglichen Mutmaßungen. Es lag mir auf der Zunge, mit »Woher wissen Sie das denn?« zu antworten, aber ich verkniff mir diese Gegenfrage und erkundigte mich stattdessen nach der Lage des Kettler-Sekretariats und dem Namen der Sekretärin.

»Kettler hat sich mit Specht das Sekretariat sozusagen geteilt, es liegt direkt neben dem von Hunger, und die Dame heißt Ulrich, Evi Ulrich«, beschied mich Brosi. Ich bedankte mich und legte auf, ohne ein weiteres Wort des Geschäftsführers abzuwarten. Es hatte nicht den Anschein, dass wir innige Freunde werden würden.

Von den während der Sitzung eingegangenen E-Mails stammte eine von Annika Dobler und lautete: »Hallo, Herr Rieger, da ich Sie telefonisch nicht erreicht habe: Vielen Dank für den Fragebogen. Ich finde Ihre Antworten toll. Sie mussten wohl auch nicht lange überlegen. Ich hoffe, dass wir Ihre Schwächen, die Sie verschwiegen haben, bei dem geplanten Interview aus Ihnen herauslocken können. Wir haben kurz überlegt, ob wir den Abdruck des Fragebogens verschieben und uns in der kommenden Ausgabe auf die beiden Todesfälle konzentrieren sollten. Aber dieser Gedanke wurde schnell verworfen. Wegen eines Termins für das Interview melde ich mich wieder bei Ihnen. MfG, Annika Dobler.«

Ich konnte auch keinen Grund dafür erkennen, den Abdruck des Fragebogens wegen Hahne und Kettler aufzuschieben. Es würde doch wohl niemand auf die Idee kommen, zwischen dem von mir genannten Filmtitel »Spiel mir das Lied vom Tod« und den aktuellen Ereignissen an der Hochschule einen Zusammenhang herzustellen ...

Die anderen bei mir eingegangenen E-Mails waren unwichtig, und daher entschloss ich mich, Brosis Rat zu befolgen und mich wegen der Wohnheim-Unterlagen an Evi Ulrich zu wenden. Auf dem Weg zu ihr traf ich auf kein mir bekanntes Gesicht, und die Tür zu Hungers Sekretariat war geschlossen, so dass ich ohne Verzug nebenan an die Tür klopfen konnte. »Herein!« rief eine energische Frauenstimme, und als ich die Tür öffnete, erblickte ich die Dame, die ich bereits nackt gesehen hatte. Es war kein Zweifel möglich – Evi Ulrich war die Frau auf dem Schwarz-Weiß-Foto, das ich in einer Broschüre in meinem Büro gefunden hatte. Sie trug das lange dunkle Haar, das auf dem Foto einen großen Teil ihres Gesichts verdeckt hatte, immer noch in derselben Weise wie auf dem erotischen Schnappschuss. Und auch ihr Körperbau und die Haltung, in der sie jetzt vor einem Aktenschrank stand, entsprachen genau den Eindrücken, die ich von dem Foto in Erinnerung hatte.

Es war eine skurrile und für mich verwirrende Situation – noch nie in meinem Leben hatte ich einer Frau gegenübergestanden, die mir bis dahin nur von einem Nacktfoto bekannt gewesen war. Ich gehöre ja zu einer hoffnungslos altmodischen Generation, die nicht gelernt hat, auch intimste Dinge ununterbrochen mit Myriaden von Gleichgesinnten zu »teilen«. Und so starrte ich Evi Ulrich derart verstört an, dass diese mit einigem Recht annehmen durfte, dass ihr Anblick mich komplett verwirrte. So schmeichelhaft dies einerseits auch für sie sein mochte, so starke Zweifel an meiner Zurechnungsfähigkeit musste es andererseits bei ihr hervorrufen, auch wenn sie in ihrer Tätigkeit als Sekretärin an einer Hochschule sicherlich daran gewöhnt war, mit weltfremden, wunderlichen und gelegentlich sogar lebensuntüchtigen Persönlichkeiten konfrontiert zu werden. Immerhin war sie ja auch die Mitarbeiterin des extrem schrulligen Urban Kettler gewesen.

Mit einigem Aufwand an Selbstbeherrschung gelang es mir, mich wieder soweit zu fassen, dass ich, ohne zu stottern oder sonstige weitere Anzeichen von Verwirrung zu zeigen, zum Normalton wechseln konnte: »Guten Tag, Frau Ulrich! Mein Name ist Jürgen Rieger. Ich bin der neue Kollege von Herrn K…,« – hier stockte ich ein wenig, aber das lag weniger an meinem Geisteszustand als an der Tatsache, dass mir das Be- oder Entstehen einer kollegialen Beziehung zu dem bereits verblichenen Kettler zweifelhaft zu sein schien. Und die Bezeichnung »Ex-Kollege« wäre vielleicht noch weniger schlüssig und wohl auch ein wenig pietätlos gewesen.

Frau Ulrich war souverän genug, mir aus der Patsche zu helfen. »Ich weiß schon«, sagte sie freundlich, und fügte hinzu: »Wir hätten uns wohl beide gewünscht, dass Sie unter anderen Umständen Ihren Antrittsbesuch in diesem Sekretariat hätten machen können.« Ich hatte mich doch noch nicht vollständig gefangen und musste bei dieser Aussage sofort wieder an das Foto denken. Und, ja, Evi Ulrich gab auch vollständig bekleidet eine gute Figur ab, und noch mehr pralle Weiblichkeit hätte ich im Moment sowieso nicht verkraftet.

»Ja, da haben Sie Recht«, antwortete ich schlicht und fühlte mich dann zu einem kleinen Scherz genötigt. »Man sagt ja manchmal, die freie Wirtschaft ist ein Haifischbecken, während umgekehrt den Universitäten der Ruf einer staatlichen Wohlfühloase anhaftet. Und nun zwei Tote in drei Tagen – da bekommt der Ausdruck »Mord und Totschlag« eine ganz reale Bedeutung.« Meine Gedanken schweiften schon wieder ab – mir lagen auch noch Zustandsbeschreibungen wie »Kabale und Liebe« oder »Sodom und Gomorrha« auf der Zunge, aber ich bekam gerade noch die Kurve und fuhr ganz sachlich fort: »Frau Ulrich, ich bin gerade zum Nachfolger von Herr Kettler im Wohnheimausschuss bestellt worden und möchte Sie auf Anraten von Herrn Brosi bitten, mir die Unterlagen – zumindest die aktuellen – auszuhändigen.«

»Das mach ich gern, Herr Rieger, aber da hab ich nicht viel zu bieten«, gab sie zur Antwort, ohne auch nur zu ahnen, dass diese zweideutige Formulierung mich schon wieder an ein gewisses Foto erinnerte. »Herr Kettler hat sich immer sehr rasch von Unterlagen, von denen er annahm, dass er sie nicht mehr brauchen würde, getrennt. Ganz im Gegensatz zu Herrn Specht. Ich schätze mal, dass mindestens neunzig Prozent der Unterlagen hier im Sekretariat von ihm stammen.« Die meisten Sekretärinnen haben wenig Freude an der Dienstaufgabe, die verharmlosend »Ablage« genannt wird. Frau Ulrich war also vermutlich ganz zufrieden damit, dass Kettler ihr diesbezüglich so wenig aufgebürdet hatte – es sei denn, er pflegte sie anschließend für das Fehlen von Unterlagen verantwortlich zu machen, die er selber entsorgt hatte.

Was sie mir dann aushändigte, ließ aber sogar ihr »nicht viel zu bieten« aber als reinen Euphemismus erscheinen: Es handelte sich um einen äußerst schmalen Leitz-Ordner, in dem sich sage und schreibe vier Blätter befanden: die Einladung zur letzten Zusammenkunft im vergangenen Sommersemester samt zweiseitigem Protokoll sowie die Einladung zur bevorstehenden Sitzung, an der ich als Nachfolger Kettlers teilnehmen sollte. Noch mehr als über die Kargheit dieses Ordners staunte ich aber über die Kritzeleien, die auf den wenigen vorhandenen Seiten zu sehen waren. Kettler hatte sich offenbar in der letzten Sitzung ziemlich gelangweilt und den Rand sowie die Rückseite des Einladungsschreibens mit einem Kuli graphisch bearbeitet. Und eine dieser Graphiken stellte offenbar ein Gesicht dar, das nach Fertigstellung mit einer Vielzahl von Strichen unkenntlich gemacht worden war. Hatte ich eine solche Illustration nicht vor ein paar Tagen in den Hinterlassenschaften in meinem Büro entdeckt?

Frau Ulrich führte meine offensichtliche Überraschung wohl darauf zurück, dass ich statt der vier Blätter eher ein dickes Konvolut erwartet und für angemessen gehalten hatte, und hielt meine Reaktion vermutlich für ein wenig übertrieben. »Soll er doch froh sein, dass er nicht so viel wegzuschleppen und durchzuarbeiten hat«, schien ihre Miene auszudrücken. Andererseits qualifizierte ich mich mit meinem vermeintlichen Anspruch auf einen voluminösen Ordner voller Belanglosigkeiten vielleicht in ihren Augen in puncto Wunderlichkeit als würdiger Nachfolger ihres dahingeschiedenen Chefs.

Ich verabschiedete mich dankend von der Dame mit dem so zutreffenden paradiesischen Vornamen. Wer war wohl der Adam in ihrem Garten Eden gewesen? Und wer war die Schlange, die ihr einen Apfel vom Baum der Erkenntnis angeboten hatte?

23

Cherchez la femme!«: Im Wortsinn, aber nicht in seiner korrekten Bedeutung hatte ich das im Kopf, als ich zu meinem Büro zurückging. Die Frau, also das Motiv, hatte ich ja bereits gefunden, aber welcher Person – und ich dachte dabei in erster Linie an einen Mann – das Foto zuzurechnen war, das konnte ich allenfalls ahnen. Das Verfügungsgebäude lag im Dunkeln, aber ein Teil der Fassade wurde von den näherstehenden Straßenlampen immerhin schwach beleuchtet. Und es schien mir, als huschte jemand am Haus entlang, als ich mich der Eingangstür näherte.

Ich wollte meinen Augen nicht trauen, als die Neonröhre in meinem Büro nach dem anfänglichen Flackern mit ihrem kalten Licht den Raum erhellte – der größte Teil der Regale war leer. Von dort, wo sich bis vor noch nicht einmal einer Stunde Stapel von Altpapier befunden hatten, starrte mir eine Leere entgegen, die nur noch durch die staubfreien Flächen auf den Regalbrettern erkennen ließ, dass dort kürzlich etwas entfernt worden war.

Bösgläubig, wie mich die Ereignisse und Eindrücke der letzten Tage nun einmal gemacht hatten, vermochte ich mir nicht vorzustellen, dass ein dienstbarer Geist mir beim Aufräumen hatte helfen wollen. Ich riss die Bürotür auf und blickte beide Seiten des Flurs hinunter – keine Spur. Ich rannte vor das Gebäude, denn ich war mir sicher, dass in der kurzen dafür zur Verfügung stehenden Zeit die Papierberge nicht weit hatten transportiert werden können. Mein Blick fiel auf die beiden Container – der näherstehende für den Restmüll war nicht ganz geschlossen. Ich schob die Klappe vollständig auf, sah in den Container hinein, und da erkannte ich sie, die Altpapiersammlung aus meinem Arbeitszimmer.

Natürlich stellte ich mir die Frage, wer der Entrümpler gewesen war, der mir einerseits Arbeit abgenommen, dadurch aber andererseits die Suche nach dem Aktfoto der Frau Ulrich erheblich erschwert hatte. Ich war mir sicher, dass nur einer der Täter sein konnte – Eckart Brosi.. Natürlich kam auch ein von Brosi beauftragter Handlanger in Frage, aber das erschien mir sehr unwahrscheinlich. Und dass er einen Komplizen hatte, der in seine Machenschaften eingeweiht und daran beteiligt war, glaubte ich auch nicht.

Brosi hatte einen Schlüssel zu dem Raum. Er wusste sowohl über frühere Nutzer – zu denen er selber gehörte – wie auch über die hier abgelegten Unterlagen Bescheid. Ja, er hatte sogar schon einmal in meiner Abwesenheit in den Papieren herumgesucht, nachdem er einen Tag zuvor noch erklärt hatte, dass »alles weg könne«. Und er hatte gewusst, dass ich mein Büro verlassen würde, um mir bei Frau Ulrich die Unterlagen des Wohnheimausschusses abzuholen.

Andererseits: Gerade weil alles dafür sprach, dass Brosi der Eindringling gewesen war, und weil er dies natürlich in seinen Kalkül hätte einbeziehen müssen – war es da nicht doch zweifelhaft, dass er eine solche Tat begangen hatte? Und wenn, dann vielleicht aus Panik, weil ihm eingefallen war, dass in dem Altpapier etwas schlummerte, was ihn kompromittieren konnte?

Mir fiel ein, dass es ja noch ein weiteres Dokument gab, nach dem ich schauen wollte – der Stenoblock mit dem bekritzelten Blatt. Dieser lag immer noch auf dem Schreibtisch. Auch die Seite mit dem durchgestrichenen Konterfei war noch vorhanden, und als ich dieses mit der Darstellung auf dem Blatt in Kettlers Ordner verglich, hatte ich keinen Zweifel: Das Kunstwerk im Stenoblock stammte vom selben Urheber.

Mein Telefon klingelte. Als ich den Hörer aufnahm, erscholl daraus ein lauter Knall, der sicherlich im Wortsinne ohrenbetäubend gewesen wäre, wenn ich das Gerät schon am Ohr gehabt hätte. Auf den Lärm folgten laute Flüche, und schließlich meldete sich der Anrufer. »Küchle hier! Herr Rieger, ich hoffe, dass Ihnen nicht auch gleich der Hörer aus der Hand fällt. Wir haben ein Problem. Es ist leider nicht nur so, dass fast alle verwertbaren Spuren am Container von Ihnen stammen. Es ist vorhin ein anonymer Anruf eingegangen, und der Anrufer behauptet, dass Sie sich im Gegensatz zu Ihrer eigenen Aussage schon an den Containern zu schaffen gemacht hätten, bevor bevor diese zu Ihrem Bau gebracht worden sind.« Er hatte ohne Punkt und Komma gesprochen, so dass ich bisher überhaupt nicht zu Wort gekommen war. Nun machte er zwar eine Atempause, aber ich war auf Grund seiner Ausführungen förmlich sprachlos. »Ja, äh …«, war alles, was ich zunächst herausbrachte.

Da er weiterhin eine Pause machte, konnte ich noch einmal, und diesmal ein wenig gefasster, einsetzen. »Das stimmt natürlich nicht, Herr Küchle, das ist eine glatte Lüge. Haben Sie den Anrufer denn noch nicht identifizieren können?« – »Nee, der hat von einer öffentlichen Telefonzelle aus angerufen. Ein paar davon stehen hier ja noch herum, und der Anruf kam von einer Zelle in der Nähe des Schlosses. Also aus Ihrer Gegend. Vielleicht war es ja sogar jemand aus Ihrem Laden!« Ich konnte jetzt wieder halbwegs logisch denken. »Dafür spricht in der Tat einiges. Nicht nur, dass er sich zur Tatzeit hier in der Gegend aufgehalten haben müsste. Viel wichtiger: Der muss mich ja kennen. Und der muss ein Interesse daran haben, mich anzuschwärzen!« Mir fielen die »Fischkopp«-Sendungen ein, und ich fragte mich, ob ich Küchle davon berichten sollte. Ich entschied mich dafür, es vorerst nicht zu tun.

Küchle ging auf meine Ausführungen nicht ein, sondern sagte: »Herr Rieger – damit Sie mich nicht falsch verstehen: Ich verdächtige Sie nicht. Ich muss Sie aber bitten, sich in den nächsten Tagen zur Verfügung zu halten und insbesondere unser beschauliches Städtchen nicht zu verlassen. Es wäre schön, wenn ich Sie tagsüber jederzeit telefonisch erreichen könnte, auch am Wochenende.« Ich bestätigte, dass ich keine Reisepläne hätte, und verabschiedete mich von ihm, ohne abzuwarten, ob er noch etwas hinzufügen wollte. Ein »Vielen Dank für Ihren Anruf, Herr Küchle!« brachte ich nicht über die Lippen, sondern sagte nur »Einen schönen Abend!« Und legte auf.

Ich fühlte mich nicht in der Verfassung, jetzt noch irgendwelche Erledigungen vorzunehmen, die meine volle Konzentration oder auch nur eine größere Aufmerksamkeit erfordert hätten. Zwar war ich trotz der anfänglichen Ausführungen Küchles nicht ernsthaft alarmiert oder verängstigt, denn ich hatte ja ein reines Gewissen. Aber allein schon die Auflage, mich zur Verfügung zu halten, setzte mir schwer zu, schien sie doch die Unterstellung zu beinhalten, dass ich vielleicht doch zu dem Mord an Hahne fähig war oder zumindest in meinen bisherigen Einlassungen zu dieser Tat nicht die volle Wahrheit gesagt hatte.

Daher beschloss ich, einen Tapetenwechsel vorzunehmen, steckte neben den üblichen Utensilien nur noch Kettlers Ordner und den Stenoblock in meine Tasche, verließ das Büro und begab mich zu meinem Appartement, um einen Happen zu essen und mich auf das Rendezvous mit Gabi Schüssler einzustellen. Auf dem Weg dorthin begegnete mir kein Mensch, ich nahm auch keinen huschenden Schatten wahr, und es lag nicht einmal eine Sendung mit den verderblichen Resten von Meerestieren vor meiner Tür.

24

Um kurz vor acht klopfte es an der Tür. Das konnte eigentlich nicht Gabi sein, denn wir hatten uns doch vor dem Haus verabredet. Ich stand noch mit nacktem Oberkörper vor dem Waschbecken und putzte mir die Zähne. Daher rief ich zunächst einmal fragend und mit leicht unwirschen Unterton: »Ja, bitte …?« Und entsprechend zaghaft kam die Antwort: »Gabi. Ich weiß, ich bin etwas zu früh.«
Ich steckte in einem Dilemma. Sitte und Anstand verlangten, dass ich »Einen Moment, bitte!« rufen, meine Zähne zu Ende putzen und mir zumindest ein Oberhemd überziehen würde, bevor ich zur Tür ging, diese öffnete und frühestens dann Gabi hereinbat. Aber da ich nun schon einmal die Kriminalpolizei am Hals hatte, waren mir deren Kollegen von der Sitte und alle sonstigen Tugendwächter plötzlich egal, und ich entschied mich kühn, Gabi halb unbekleidet gegenüberzutreten. Ich konnte zwar weder mit einem Waschbrettbauch noch gar mit einem ausgeprägten Sixpack aufwarten, hielt mich aber, wenn ich den Bauch leicht einzog, zumindest für vorzeigbar. Natürlich war ich auch ein wenig gespannt darauf, wie die kecke Gabi auf eine Manifestation von sittlicher Verrohung meinerseits reagieren würde.
Zunächst einmal reagierte sie gar nicht darauf. Ohne einen Blick auf mich zu werfen, stürmte sie geradezu in das Appartement und schien erleichtert, als ich die Tür hinter ihr schloss. »Entschuldigung, ich bin noch nicht ganz fertig, wir waren doch auch vor dem Haus verabredet, ist irgendwas …?«, stammelte ich, mehr noch vor Überraschung als vor Verlegenheit, während sie offenbar nach einer freien Sitzgelegenheit suchte, meine Tasche vom Schreibtischstuhl nahm, diesen zu mir herumdrehte, sich setzte und mich mit einer Mischung aus Angst und Ratlosigkeit ansah, ohne auf meine Frage zu antworten.

»Ich mach mich dann mal rasch fertig«, sagte ich und ging zurück ins Bad. Auf die eigentlich vorgesehene Besprühung aus dem Eau-Sauvage-Fläschchen verzichtete ich angesichts des Umstandes, dass die Adressatin dieser Duftnote schon nebenan saß.

Als ich aus dem Bad herauskam, saß sie immer noch auf dem Schreibtischstuhl und blickte in Richtung Tür. Ich griff in den Schrank nach einem frischen Oberhemd, stopfte dies, um neuerliche Probleme mit der Schicklichkeit zu umgehen, einfach in die Hose hinein und setzte mich neben ihr auf die Schreibtischkante. »Ist irgendwas?«, wiederholte ich, ebenso hilflos wie unspezifisch, und jetzt antwortete sie mit einer Stimme, der die Verunsicherung deutlich anzumerken war. »Nein, nein, ist schon gut, vielleicht später ...« – »Und was machen wir jetzt? Kann ich Dir vielleicht etwas anbieten – ein Wasser, einen Kaffee?« – »Ja, bitte, ein Wasser wäre ganz gut.«

In meinem Luxusappartement gab es ja keinen Kühlschrank und erst recht keine Minibar, und ich hatte auch wohlweislich davon Abstand genommen, dem Kühlschrank in der Gemeinschaftskombüse irgendwelche Nahrungsmittel anzuvertrauen, aber immerhin verfügte ich über einige saubere Gläser und mehrere, wenn auch ungekühlte Flaschen Mineralwasser, und zwar ausschließlich mit Kohlensäure, so dass sich die Standardfrage »Mit oder ohne?« erübrigte.

Ich konnte nicht verhehlen, dass Gabi, wie sie da so saß, beklommen und verzagt, wie mir schien, massive Beschützerinstinkte in mir weckte. Ich traute mich jedoch nicht, sie in den Arm zu nehmen. Ich hatte auch Angst, dass mich bei einer solchen körperlichen Nähe noch stärkere Gefühle überkommen könnten, denn sie wirkte ausgesprochen anziehend auf mich – enge, hellblaue Jeans, ein schicker, knallroter Baumwollpullover, dessen Farbe gut zu ihrem Haar passte und sich in dem dezent aufgetragenen Lippenstift wiederfand, darüber eine weiße Daunenjacke, die sie nicht abgelegt hatte. Ich erkannte trotz meines wenig ausgeprägten Modebewusstseins die Marke Tommy Hilfiger, da deren Signet mir von meinen eigenen Oberhemden und Pullovern her einigermaßen vertraut war.

Sie nippte an dem Glas, schwieg weiterhin, und auch ich sagte eine Zeitlang nichts. Horchte sie vielleicht nach draußen, auf den Hausflur hinaus? Schließlich versuchte ich es noch einmal: »Und nun?« – »Nun können wir, wie geplant, ein Stückchen spazieren gehen«, antwortete sie unerwartet entschieden und setzte schnippisch hinzu: »Wenn Du Dich endlich vollständig anziehst!«

Ich tat wie befohlen, und wir verließen meine heimeligen vier Wände und traten in das Dunkel eines kühlen Oktoberabends hinaus, ohne dass uns im Haus oder davor jemand begegnete. »Welche Richtung?«, fragte ich, und sie zeigte nach rechts, Richtung Schloss. »Ist es da nicht zu dunkel und zu einsam um diese Zeit?« – »Nein, der Weg entlang der Schlossmauer ist beleuchtet. Und weil das Schlosscafé bis Mitternacht geöffnet ist, gehen hier auch sicher noch ein paar Leute entlang.«

Das schien mir eine gewagte Prognose zu sein, denn zunächst einmal begegnete uns lediglich eine Dogge samt Herrchen, dem es gar nicht recht zu sein schien, dass das riesige Tier so intensiv an mir herumschnupperte, als hätte ich eine der »Fischkopp«-Packungen in der Tasche. Zum Glück beließ der Riesenköter es beim Schnuppern und verzichtete auf den Einsatz seiner Zunge. »Lass das, Lappeduddel!«, rief der Hundehalter, und sofort ließ das Tier von mir ab. Ich blickte Gabi fragend an. »Lappeduddel?« – »Kenn ich auch nicht«, sagte sie, »ob der wirklich so heißt?« – »Bestimmt nicht! Solche Viecher heißen doch Rigobert von Donnersmarck oder so ähnlich.« – »Wirklich? Wir hatten hier tatsächlich einen Donnersmarck zum Festkolloquium aus Anlass des sechzigsten Geburtstags von Hahne. Das war ein Auftrieb, sag ich Dir – sogar der damalige ›Minischterpräsident‹ war da, der Herr ›Oberbürgermeischter‹ sowieso. Bei denen hat sich der Donnersmarck gleich eingeschleimt, indem er zu Beginn seines Vortrags sagte, seine Gesinnung sei schon aus Familientradition so kohlpechrabenschwarz, dass er sogar in einem finsteren, unbeleuchteten Keller noch einen Schatten werfen würde. Großes Gelächter, nur Kettler hat gemault und in den Beifall hineingerufen, dass es sich bei dem Referenten dann wohl um ein ähnliches Phänomen handeln müsse wie beim Schwarzen Loch in der Astronomie. Na ja, und dann hat der Donnersmarck in seinem Hotelzimmer die ganze Minibar leergesoffen. Das war teurer als die Übernachtung. Ich weiß das, weil ich Beate – Frau Ammeyer – bei der Abrechnung geholfen hab.«

Aber dann wechselte sie das Thema. Offenbar hatte sie sich vorgenommen, mir ihren Teil der Vorgeschichte zu diesem Abendspaziergang ausführlich und detailliert zu erläutern. Ich hörte ihren mit leiser Stimme und sehr hastig vorgebrachten Worten gespannt und mit größter Aufmerksamkeit zu.

Sie war Studentin der Betriebswirtschaftslehre im achten Semester und wollte sich auf das Gebiet Marketing spezialisieren. Fachlich gehörte sie also zu Specht, dessen Lehrstuhl aber miserabel ausgestattet war – er musste ja sogar sein Sekretariat mit Kettler teilen. Specht hatte sie daher als studentische Hilfskraft bei seinem Freund Hunger geparkt, der über üppige Personal- und Sachaversen verfügte, denn er hatte bei seiner Berufung gut verhandelt und war jahrelang der Lieblingsjünger von Hahne gewesen und für seine bedingungslose Loyalität reich belohnt worden.

Zu Frau Ammeyer hatte sich ein fast schon freundschaftliches Verhältnis entwickelt, und diese ließ sie nicht nur die für die sogenannten Hiwis typischen Aushilfstätigkeiten verrichten, sondern setzte sie – mit ausdrücklicher Billigung Hungers, wie sie betonte – wie eine Stellvertreterin ein. Gabi genoss diese Position, die ihr interessante und verantwortungsvolle Aufgaben und ein hübsches Salär bot und ihr darüber hinaus einen umfassenden Einblick in den Lehrstuhlbetrieb verschaffte.

Dagegen war ihr Verhältnis zu Specht ein wenig kompliziert. Da dessen Fachgebiet in Deutschland noch keine lange Tradition hatte, waren auf die neugeschaffenen Marketing-Professuren viele Statistiker berufen worden, die ihre Disziplin nicht als Teil der Betriebswirtschaftslehre, sondern als angewandte Mathematik betrieben.»Ich hatte mir vorgestellt, Dinge wie Meinungs- und Konsumforschung bei ihm zu lernen. Stattdessen quält er uns mit grauenvollen statistischen Modellen ohne jeden Anwendungsbezug.« Ich hoffte im Stillen, dass meine zukünftigen Studenten nicht eines Tages Ähnliches auch über meine Vorlesungen sagen würden.

Wir waren jetzt ein ganzes Stück an der Schlossmauer entlang spaziert, und die Strecke war tatsächlich gut beleuchtet. Alte oder auf alt getrimmte Laternen erhellten den Weg in Abständen von ungefähr dreißig Metern, und nicht weit vor uns ragte nun die von Scheinwerfern angestrahlte Fassade des Schlosses in den nächtlichen Himmel. Dennoch plagte mich die ganze Zeit das unbestimmte Gefühl, dass wir verfolgt oder zumindest beobachtet wurden. Ich hatte mich sogar, während Gabis Redefluss auf mich hernieder prasselte, mehrfach zur Seite und nach hinten umgedreht, ohne jemanden zu bemerken.

25

Wir hatten nun den Seitenflügel des Schlosses erreicht, in dem das Schlosscafé untergebracht war. »*Il caffè, per esser buono, deve essere nero come la notte, dolce come l'amore e caldo come l'inferno*«, wechselte Gabi unvermittelt die Sprache. Meine limitierten Italienisch-Kenntnisse reichten zum Glück aus, um mich diese Anforderungen an einen guten Kaffee verstehen zu lassen, so dass ich meine nicht geringe Überraschung über Gabis sprachliche Versiertheit mit der Bemerkung »Ja, das finde ich auch!« und der nachgeschobenen Frage »In Wahrheit studierst Du also Italienisch?« ein wenig kaschieren konnte. »Nein, Leistungskurs auf einem Gymnasium mit Schwerpunkt Romanistik«, antwortete sie. »Aber leider eingerostet. Gerade noch genug, um italienische Schlagertexte zu verstehen.« – »Na, dann schauen wir doch mal, ob uns vielleicht ›Una notte speciale‹ bevorsteht«, sagte ich in Anspielung auf den Hit der Sängerin Alice und kam mir gleich danach furchtbar dämlich vor ob dieser billigen Effekthascherei. Ich konnte ja nicht ahnen, dass ich mit dieser Mutmaßung ziemlich richtig lag, aber auf eine ganz andere Weise, als sie in diesem Moment gemeint und zu verstehen war.

Das Café war noch gut besucht – ich schätzte, dass etwa die Hälfte der Tische besetzt war. Das Interieur war nüchtern, fast kühl – weiße Wände, die nur mit einer Handvoll großformatiger Fotos geschmückt waren, schlichte runde Tische mit einfachen Stühlen aus Holz und Stahl, der Fußboden mit schwarz-weißen Kacheln gefliest. Hinter der Theke ein monumentaler, silbrig glänzender Kaffeeautomat, vor dem ein Barista wie aus dem Bilderbuch seiner Arbeit nachging.

»Und …, gefällt es Dir?«, fragte meine Begleiterin mich ungewöhnlich zaghaft, als ich nach einem freien Tisch Ausschau hielt. »Doch, ja«, antwortete ich rasch, »es strahlt zwar nicht gerade die Gemütlichkeit eines Wiener Kaffeehauses aus, aber mir gefällt die Einrichtung, und der intensive Duft von frischem, aromatischem Kaffee ist ja umwerfend.« Wir wählten einen Tisch in der Nähe eines Fensters, weit genug von der Kaffeemaschine entfernt, um nicht durch deren zischende Geräusche, die beim Aufbrühen des Kaffees unweigerlich entstehen, allzu sehr gestört zu werden.

»Die haben hier phantastische Petits Fours und Macarons«, unterrichtete mich Gabi, »bessere bekommst Du auch bei Ladurée auf den Champs Elysées nicht!« Sie schien vorauszusetzen, dass mir das Ladurée ein Begriff war, was auch tatsächlich zutraf, aber nach meinem peinlichen Ausrutscher mit der notte speciale verkniff ich mir eine weitere prahlerische Anmerkung. »Und welches koffeinhaltige Getränk empfiehlst Du?«, fragte ich stattdessen. »Jedes«, ließ sie mich wissen, »und auch die heiße Schokolade ist exzellent.«

Gabis Einweisung kam gerade noch rechtzeitig, bevor eine Bedienung an unseren Tisch trat. Diese passte äußerlich und auch mit der Frage »Haben die Herrschaften schon gewählt?« tatsächlich besser ins Hawelka oder Demel als in dieses progressive Ambiente. Wir bestellten eine Auswahl des von Gabi empfohlenen Feingebäcks, wobei Gabi für sechs Teile plädierte, ich mich aber mit dem Wunsch nach zehn Stückchen durchsetzen konnte. Sie wählte eine Latte macchiato, ich wollte den Kaffee testen und bestellte daher ein einfaches Kännchen Kaffee der Sorte Brasil Cerrado San Raffael, den die Kellnerin mir wärmstens empfahl.

Gabi ließ weder erkennen, ob sie diese Wahl guthieß noch ob sie es als spießig empfand, dass ich nach alter Großmütter Sitte ein Kännchen bestellt hatte. Mir fiel der Kellnerspruch aus meiner Kindheit »Draußen nur Kännchen!« wieder ein, den ich kürzlich auch als Buchtitel gesehen hatte. Ich wollte gerade eine

Bemerkung darüber machen, als ein Mann an unseren Tisch trat. »Hallo, Gabi, Du hier …?«, sprach er sie an, mich völlig ignorierend. »Du ja auch, Max!«, erwiderte sie, und fuhr ungewohnt förmlich fort: »Darf ich Dir Professor Rieger vorstellen, neuestes Mitglied unserer Fakultät?« – »Der Mathematiker? Der gerade unseren Fragebogen beantwortet hat? Maximilian Werner«, wandte er sich nun mir zu. »Lustige Antworten haben Sie gegeben!« – »Dann lachen Sie doch mal«, war ich geneigt, ihm zu antworten, denn er musterte mich keinesfalls erheitert, sondern mit einer ziemlich finsteren Miene.

Gabi schien die sich ankündigenden atmosphärischen Dissonanzen nicht nur zu bemerken, sondern auch zu fürchten, denn sie ging, sich an mich richtend, resolut dazwischen: »Davon wusste ich ja gar nichts. Müssen Sie mir mal erzählen!« Nach diesem Schwenk vom »Du« zum »Sie« wandte sie sich wieder an ihren Bekannten: »Wir sehen uns ja morgen beim Consilium, Max. Nicht vergessen, diesmal sind wir in der Schweine-Mensa!« Ich vermochte nicht zu erkennen, ob der auf diese Weise Hinwegkomplimentierte uns gern noch ein wenig Gesellschaft geleistet hätte, denn er drehte sich abrupt von unserem Tisch weg, ließ so etwas wie »Ade!« hören und strebte einer Gruppe junger Menschen zu, die an einem entfernten Tisch saßen und gerade ein lautes Gelächter anstimmten.

Ich hätte Gabi gern nach diesem Menschen und der Art ihrer Beziehung zu ihm befragt, wollte aber nicht neugierig erscheinen und stellte daher die weniger verfängliche Frage, worum es sich denn bei der von ihr genannten Schweine-Mensa handelte. »Ach, das ist die Kantine der Oberfinanzverwaltung, die wir auch benutzen dürfen. Und über die gibt es den Spruch: Die Reste vom Vorstandskasino der Stadtwerke kommen am nächsten Tag auf den Speiseplan von deren Kantine, und was dort an Ungenießbarem übrigbleibt bekommen dann die Mitarbeiter des Finanzamts aufgetischt, als nicht steuerpflichtigen geldwerten Nachteil sozusagen.« – »Und – ist das Essen dort wirklich so miserabel?« – »Du, ich hab da noch nie einen Bissen angerührt. Ich geh da immer nur zu den Sitzungen hin, die dort stattfinden, weil es bei uns immer noch zu wenige geeignete Räumlichkeiten gibt.« – »Tja, und mit jedem neuberufenen Professor und dessen Lehrangebot steigt die Raumnot weiter. Da bekomm ich ja ein ganz schlechtes Gewissen! Na ja, das werd ich einfach mit dem tollen Kaffee bekämpfen!«

In der Tat erschien jetzt die Kellnerin und lieferte das Gebäck, die Latte macchiato und meine Kaffeespezialität. Dieser war ein Kärtchen beigefügt, das die Qualität des Getränks pries. Ich las den Text vor: »Eine kühne Mischung aus Arabicas und einem Robusta, die durch eine besondere Verarbeitung eine dichte Textur und ein intensives Bouquet ohne zu starke Bitterkeit entwickelt.« An dieser Stelle, etwa bei der Hälfte des Textes, hörte ich auf, denn Gabi prustete laut los und hätte den zweiten Teil ohnehin nicht mehr mitbekommen.

»Bedien Dich!« sagte ich und zeigte auf das Tablett mit dem Feingebäck. Gabi nahm sich einen rosafarbenen Macaron. Ich wählte einen Mini-Eclair mit Karamell-Füllung aus. Er schmeckte köstlich. Während ich ihn mir im wahrsten Sinne des Wortes auf der Zunge zergehen ließ, sah ich, dass sich der Mensch namens Max wieder unserem Tisch näherte. Gabi, die gerade ein zweites Stück aussuchen wollte, bemerkte ihn erst, als er schon neben ihr stand. »Oh, was habt Ihr denn da Köstliches? Ich darf doch mal?« sagte er, griff im selben Augenblick auch schon nach einem Macaron und schob ihn sich in den Mund.

Bevor Gabi oder ich gegen diesen dreisten Mundraub protestieren konnten, fuhr er fort: »Kai hat einen tollen Witz erzählt: Läuft ein Mann händeklatschend durch die Straßen. ›Was machen Sie denn da?‹ – ›Ich vertreibe Elefanten!‹ – ›Aber hier gibt es doch gar keine Elefanten!‹- ›Sehen Sie!‹ Gut, oder?« Ich ignorierte seine beifallheischende Frage und sagte stattdessen mit gewollt sarkastischem Unterton: »Einem Mann wird ein Daumen amputiert. ›Herr Doktor, hab ich nun auch keinen Mittelfinger mehr?‹ Ganz schön makaber, oder?«

Der gewünschte Effekt trat ein – Max war perplex und für einen Moment sprachlos. Gabi nutzte die Chance und sagte mit sanftem Nachdruck: »So, Max, und bevor Du uns hier die Haare vom Kopf frisst, gehst Du jetzt ganz brav wieder zu Kai zurück, ja?« Der Angesprochene zögerte kurz, überlegte offenbar auch, ob er sich noch ein weiteres Gebäckstück nehmen sollte, wandte sich dann aber wortlos ab und verließ uns.

Es überraschte mich, dass Gabi diese Szene kommentarlos überging und stattdessen schwärmte: »Also, der Macaron war toll – mit einer ganz leckeren Canache gefüllt. Jetzt nehm ich mir mal …« Sie stockte und schaute in Richtung auf das Fenster neben uns. »Ist was?«, fragte ich und blickte nach draußen, sah aber nur das schwach beschienene Rasenstück vor dem Café. »Ich dachte, ich hätte da jemanden gesehen. Einen Mann, der hereinschaute«, antwortete sie. »Na ja, so toll, wie Du heute Abend aussiehst – da ziehst Du die Spanner natürlich an«, versuchte ich es mit einem Scherz, der sie aber offensichtlich weder erfreute noch beruhigte.

Unsere Stimmung war dahin – Max und der anonyme Fenstergucker hatten ganze Arbeit geleistet. Gebäck und Kaffee schmeckten mir weiterhin, aber es gelang uns nicht, den Faden für eine lockere, unverkrampfte Konversation wieder aufzunehmen.

In dieser Erkenntnis versuchte ich, zumindest noch ein wenig anderen Nutzen aus dem Treffen zu ziehen. »Sag mal, was denkst Du oder was weißt Du über die beiden Todesfälle? Welche Spekulationen gibt es über die möglichen Mörder von Hahne und die Motive für den Selbstmord von Kettler?« Gabi antwortete nicht sofort, und ich merkte ihr an, dass sie über dieses Thema nur sehr ungern mit mir sprechen wollte. »Es wird viel geredet und auch spekuliert, aber ich weiß nichts Handfestes. Hahne war ein Machtmensch und hat sich viele Feinde gemacht, und Kettler hatte irgendwelche privaten Probleme – persönliche, familiäre, was auch immer – und hat seinen Kummer zunehmend in Alkohol ertränkt, wie Du ja vermutlich gemerkt hast. Ja, und es menschelt eben ganz heftig in unserem Fachbereich.«

Dann schwieg sie, und ich wollte den Abend nicht vollends verderben, indem ich sie weiter bedrängte. Es war schon kurz vor Mitternacht, und im Café hielten sich nur noch wenige Gäste auf, als wir schließlich aufbrachen.

26

Es war kühl geworden, und Gabi nutzte dies, indem sie sich bei mir einhakte und sich dabei ein wenig an mich schmiegte, was mir nicht unangenehm war. Ich hätte mich aber nicht getraut, eine solche Initiative zur Herstellung körperlicher Nähe zu ergreifen. Der physische Kontakt verstärkte allerdings auch meinen Eindruck, dass Gabi angespannt, ja, geradezu ängstlich war.

Ich überlegte fieberhaft, wie ich den Gesprächsfaden wieder aufnehmen konnte, ohne auf den Fall Hahne zurückzukommen, aber auch ohne so zu tun, als sei dies Thema für mich abgehakt. Auch irgendwelche Flirtversuche wollte ich auf keinen Fall machen – zum einen aus Angst, mich dabei allzu ungeschickt anzustellen, zum anderen, weil das Risiko mir zu groß erschien, dass die Nacht dann möglicherweise ein Ende nehmen würde, für das die Zeit noch nicht reif war.

Doch dieser Sorge wurde ich komplett enthoben, als Gabi plötzlich neben mir zusammenzuckte und laut »Aua! Was soll das?« rief. Sie war im Rücken von einem harten Gegenstand getroffen worden, der nun hinter uns auf dem Boden lag und sich, als ich ihn aufhob, als Golfball entpuppte. »Tut es weh?«, fragte ich besorgt, aber sie beruhigte mich. »Es war mehr der Schreck! Ich bin ja dick angezogen!« Wir standen im Schein einer nahen Straßenlampe, und in einem bescheidenen Anflug von Geistesgegenwart zog ich Gabi ein paar Schritte ins Dunkel neben dem Fußweg.

In der Erwartung möglicher weiterer Wurfgeschosse suchten wir von hier aus mit unseren Blicken die Umgebung ab, entdeckten aber weder den Golfspieler noch neue Bälle. In meiner Hilf- und Ratlosigkeit verfiel ich auf die Idee, den Attentäter zu provozieren. »Bevor Du hier noch einmal einen Abschlag machst, solltest Du erst mal die Platzreife haben, Du Niete!«, rief ich in die uns umgebende Dunkelheit hinein. »Halt dei Lapp, Fischkopp!«, kam es prompt zurück – wie mir schien, aus einiger Entfernung.

Ich hatte keine Zeit, mich über diese neuerliche »Fischkopp«-Attacke zu wundern, und konnte mich auch nicht mit einer Übersetzung des ersten Teils der Antwort aufhalten, der mich an den »Lappeduddel« vom frühen Abend erinnerte, denn der Zuruf schien Gabi noch mehr erschreckt zu haben als der Aufprall des Golfballs. »Das ist Gregor!«, stammelte sie und wirkte in diesem Moment so hilflos, dass mich der Beschützerinstinkt übermannte und ich sie in die Arme nahm, sie an mich zog und meinen Kopf an ihren drückte.

»Wer ist Gregor?«, fragte ich. Sie schüttelte den Kopf. »Später«, flüsterte sie so leise, als fürchtete sie, dass der Grobian neben uns stand und sie hören konnte. Ich horchte in die Nacht hinein und suchte wieder die Umgebung ab, aber es war nichts und niemand zu sehen oder zu vernehmen. Es gab keinen Grund, länger an diesem Platz zu verharren, und so schlug ich vor, unseren Weg sogleich fortzusetzen. Wir gingen los, schneller als zuvor, und suchten dabei ununterbrochen mit unseren Augen die Gegend vor uns ab. Aber der Spuk schien vorüber zu sein.

Als wir in die Nähe des Campus kamen und die Beleuchtung unseres Weges sich verstärkte, versuchte ich es mit einem Scherz: »Ist Gregor die körperlich aggressive Version von Max?« Aber sie schüttelte wieder bloß den Kopf. »Jetzt nicht!« – »Soll ich Dich gleich nach Hause bringen, oder willst Du erst mal mit zu mir kommen?« Vor weniger als einer halben Stunde hätte ich mich gehütet, ein solches Ansinnen zu äußern, aber nach diesem Vorfall und ihrer o offensichtlichen Erschütterung darüber kam es mir über die Lippen, ohne dass ich auch nur die geringsten Skrupel oder Bedenken hatte. Ich ging vielmehr fest davon aus, dass sie in meinem Angebot zu Recht keinen Hintersinn vermuten würde.

»Bitte bring mich nach Hause«, antwortete sie, und so gingen wir hinüber zu den Gebäuden, in denen sie eine Wohnung oder ein Zimmer hatte – Genaues wusste ich ja nicht. Die Häuserreihe lag in tiefem Dunkel. Als wir näher kamen, leuchteten mehrere Lampen auf. »Den Rest schaff ich allein«, sagte sie mit leicht gequältem Lächeln, als wir den ersten Hauseingang erreicht hatten. »Danke für den Abend!« Sie öffnete die Tür, drehte sich noch einmal um, winkte mir kurz zu und verschwand dann hinter der ins Schloss fallenden Tür.

Ich hatte gehofft, an diesem Abend etwas mehr über die rätselhafte Gabi Schüssler zu erfahren, vor allem darüber, was sie von mir wollte. Aber die Motive für ihr Verhalten waren mir weiterhin schleierhaft. Auch wenn sie sich aus irgendeinem Grunde zu mir hingezogen fühlte, war es doch trotzdem ungewöhnlich und für mich auf alle Fälle eine völlig neue Erfahrung, dass sie so direkt auf mich zugegangen war.

Ein Flittchen war sie nicht, dessen war ich mir sicher. Aber das war, bei Licht besehen, eine trügerische Sicherheit – kannte ich denn überhaupt irgendeine Frau, die diese Bezeichnung meiner Meinung nach verdiente? Aber mich beschäftigte vor allem die Frage, ob sie aus eigenem Antrieb handelte oder ob sie irgendwie ferngesteuert war. Der Kosmos, zu dem ich seit ein paar Tagen auch gehörte, war ja nur nach außen hin eine, soweit ich das beurteilen konnte, halbwegs normale Fakultät einer noch relativ jungen Hochschule. Dahinter verbargen sich, so mein Eindruck, ein ebenso komplexes wie problematisches Geflecht zwischenmenschlicher Beziehungen, charakterliche Abgründe, wechselseitiger Abhängigkeiten sowie, last but not least, Kabale und Liebe.

Da erschien es nicht völlig ausgeschlossen, dass jemand auf die Idee gekommen war, die Studentin Schüssler auf mich anzusetzen – um mich zu testen, um mich auszuspionieren, am

Ende gar: um mich erpressbar zu machen? Misstrauisch, wie ich inzwischen nun einmal geworden war, fielen mir die bohrenden Fragen wieder ein, die mir die beiden Damen Hunger und Specht, fast schon in Form eines Verhörs, am vorletzten Abend gestellt hatten.

Andererseits: Gabi hatte meiner Erinnerung nach nicht den allergeringsten Versuch gemacht, mich auszuhorchen. Sie hatte nicht einmal eine einzige Frage nach meinen persönlichen Verhältnissen gestellt. Musste mich das andererseits nicht auch wieder misstrauisch machen – wäre es nicht eigentlich ganz normal und naheliegend gewesen, dass sie sich nach meinen familiären Umständen erkundigte?

Und was hatte es mit den beiden Herren auf sich, deren Bekanntschaft ich an diesem Abend unfreiwillig gemacht hatte? Der aufdringliche Max mochte ein ganz normaler Kommilitone sein, aber in welcher Beziehung stand Gabi zu dem für mich anonymen Golfballschützen namens Gregor? Und war dieser Gregor zugleich der Fischkopp-Attentäter der beiden vergangenen Tage?

Eine plötzliche Müdigkeit setzte diesen Grübeleien ein Ende. Kaum im Bett, verfiel ich rasch in einen tiefen Schlaf, der aber durch einen Albtraum beeinträchtigt wurde: Ich befand mich in einer verhörartigen Situation in einem Raum mit kahlen Wänden, gefesselt auf einem Stuhl, mir gegenüber ein unbekannter junger Mann mit Ganovenvisage. Er hielt in seinen Händen mehrere Golfbälle, mit denen er herumjonglierte und mich bedrohte für den Fall, dass ich ihm nicht korrekt erklären würde, was ein Birdie, ein Bogey und ein Eagle wären.

Kaum hatte mich um 7:30 Uhr der Wecker aus dem Schlaf gerissen, kehrten die peinigenden Gedanken zurück: Wer hatte – erfolgreich oder erfolglos – versucht, sich Zutritt zu meinem Appartement zu verschaffen? Hatte die Person gefunden, was sie suchte, oder getan, was sie geplant hatte? Und wer hatte den Umschlag mit der Mitteilung von Gabi geöffnet – sie selber, weil sie noch etwas prüfen oder ändern wollte, nachdem sie ihn bereits verschlossen hatte, oder ein neugieriger Dritter?

Nach dem kalorienreichen Abend im Schlosscafé – ich hatte mir auch noch eine Latte Macchiato grande gegönnt – hatte ich keinen Appetit auf ein reichhaltiges Frühstück, in welchem Etablissement auch immer, und begnügte mich mit einem frugalen Menü aus Bordmitteln. Die Einnahme dieser bescheidenen Mahlzeit wurde unterbrochen durch einen Anruf auf dem Haustelefon. »Bender. Hier ist ein Paket für Sie abgegeben worden«, ließ der Facility-Manager verlauten. »Danke! Ich komm gleich runter und hol es ab.«

Es handelte sich um eine Büchersendung, die ich auf Grund meines Ortswechsels mit etwas schlechtem Gewissen bei einem Versandhändler bestellt hatte. Aber als ausgemachter Bibliophiler würde ich noch viele Gelegenheiten haben, den örtlichen Buchhandel zu fördern, lautete meine Beschwichtigung. Und die Unterbrechung meines Frühstücks durch den Gang zur Pförtnerloge wurde noch zusätzlich belohnt – im Flur lag tatsächlich die druckfrische Ausgabe des »Anzeigers«!

Die beiden Todesfälle an der Fakultät wurden ausgiebig, aber auch sehr diskret und pietätvoll behandelt. Die wesentliche Erkenntnis für mich war, dass es keine neuen Erkenntnisse gab – zumindest nicht solche, die Matschke & Co kolportieren wollten oder konnten. Im Mordfall Hahne schien die Kripo weiterhin im Dunkeln zu tappen, und bei Kettler ging man offenbar von einem Selbstmord ohne eine Beteiligung, ja, sogar ohne Mitwissen Dritter aus.

Wenn das zutraf, war ich weiterhin der einzige Mensch, der mit Hahnes Tod in Verbindung gebracht wurde, auch wenn es keinen ernstzunehmenden Verdacht, ja, nicht einmal eine seriöse Mutmaßung zu meiner eventuellen Tatbeteiligung geben konnte.

Ich beendete die höchst unergiebige Zeitungslektüre mit einem Blick in den Sportteil. Auch da gab es nichts Neues. Während ich die Zeitungsseiten sorgfältig wieder zusammenlegte, hielt ich aus rein statistischem Interesse nach Fotos, die den Herrn Oberbürgermeister zeigten, Ausschau. Ich zählte bescheidene drei Abbildungen, von denen eine, die immerhin über mehrere Spalten ging, das Stadtoberhaupt beim Absolvieren des Kugelstoßens zum Zwecke der Erringung des Goldenen Sportabzeichens zeigte. Es blieb nicht unerwähnt, dass er dieses in den vergangenen Jahren bereits mehrfach erworben hatte. Das Foto offenbarte darüber hinaus, dass er bei seinem Kraftakt ein Trikot mit einem Firmenlogo und der Unterzeile »GFP – Ihr starker Finanzplaner« trug. Fungierte der OB als Markenbotschafter, oder war umgekehrt die GFP GmbH sein Exklusivpartner? War das die Art Marketing, die Gabi vorschwebte, die aber von meinem Kollegen Specht nicht angemessen gewürdigt, gelehrt und erforscht wurde?

27

Kaum hatte ich am Schreibtisch in meinem behelfsmäßigen Arbeitszimmer die Mailbox geöffnet, ging eine neue E-Mail ein – Absender: Gabi Schüssler. Natürlich klickte ich diese Nachricht sofort an und stellte als erstes fest, dass es sich um einen ziemlich langen Text handelte.

»Hallo Jürgen, ich hoffe, Du hast gut geschlafen. Der gestrige Abend mit Dir war, trotz einiger Misstöne, schön. Aber ich weiß auch, dass ich Dir einige Erklärungen schuldig bin. Das sollte natürlich am besten mündlich geschehen, aber, ehrlich gesagt, dazu fühle ich mich nicht stark genug. Ich möchte mich den Leuten an der Fakultät gegenüber nicht illoyal verhalten. Einigen davon verdanke ich eine ganze Menge, und mit einigen bin ich richtig befreundet. Zu Beate Ammeyer besteht sogar ein enges Vertrauensverhältnis.

Und Du bist, entschuldige, so ein Typ, der den Dingen immer auf den Grund gehen will. Du gibst Dich nicht mit einer Andeutung zufrieden und willst nichts im Unklaren lassen. Wenn ich Dir jetzt gegenüber säße, würde ich mich wie in einem Verhör fühlen, auch wenn Du das überhaupt nicht beabsichtigst.«

Ich konnte es nicht fassen. Da hatte mich diese junge Frau schon nach unserem ersten Date durchschaut und hielt mir nun das vor, was seinerzeit für Sabine ein wesentlicher Trennungsgrund gewesen war! Dabei hatte ich mich doch sogar bemüht, sie im Schlosscafé nicht zu bedrängen, aber offensichtlich hatte sie die wenigen Fragen und Nachfragen, die ich gestellt hatte, schon als belästigend oder einschüchternd empfunden. »I just can't fit. Yes I believe it's time for us to quit« – ich holte den alten Song »Just like a woman« von Bob Dylan aus der Mottenkiste, um vor mich hin brummend mein seelisches Gleichgewicht wieder herzustellen. Dann las ich weiter.

»Über Beate kann ich Dir immerhin soviel anvertrauen, dass sie ein total kaputtes Verhältnis zu Hahne hatte. Er hat sie erst ausgenutzt und dann bitter enttäuscht. Ich will Hahne nicht verteufeln, aber er hat, wenn auch nicht im üblichen Sinne, eine Menge Leute hier an der Uni auf dem Gewissen. Und ich wiederhole meine Warnung – Jürgen, sieh Dich vor! Lauf nicht in eins der vielen offenen Messer, die hier aufgestellt sind. Das klingt jetzt vielleicht ein bisschen übertrieben, aber zwei Todesfälle in wenigen Tagen sprechen ja wohl eine deutliche Sprache.

Nun noch zu Gregor. Ich fand es sehr nett von Dir, dass Du gestern Abend oder heute Nacht nicht versucht hast, eine Erklärung von mir zu bekommen. Die liefer ich jetzt in Kurzform nach. Gregor ist der Sohn eines der Uralt-Einwohner in diesem Wohnblock. Er lebt auch immer noch bei seinem Vater. Und er hasst die Hochschule und die meisten Professoren. Er hat sein Studium abgebrochen, verdient etwas Geld in einer Computer-Klitsche und hat mir auch schon einige Male geholfen, wenn mein Gerät die Grätsche gemacht hat. Wir waren auch mal etwas näher befreundet, aber das liegt schon einige Zeit zurück.

Der Hass auf die Hochschule rührt nicht in erster Linie daher, dass er mit seinem Studium gescheitert ist. Er kämpft gegen die Pläne, die Häuser hier in ein Studentenwohnheim umzuwandeln. Ich hab den großen Fehler gemacht, ihm zu viel von Dir und Deinem Berufungsverfahren zu erzählen und dabei vielleicht auch durchblicken zu lassen, dass ich Dich von der ersten Minute an gemocht habe. So bist wohl auch Du sofort ein Teil seines Feindbildes geworden. Ich hab aber nicht im Traum daran gedacht, dass sich das so auswirken würde, wie wir es heute Nacht erlebt haben.

Ach ja – das mit dem Golfball ist nicht zufällig. Er kämpft auch gegen Pläne, den Neun-Loch-Golfplatz am Stadtrand auf achtzehn Löcher zu erweitern. Und übrigens – natürlich war

Hahne auch ein prominentes Mitglied des Golfclubs, der mit Hilfe seiner Beziehungen diese Umwandlung durchdrücken wollte. Dass Gregor »Fischkopp« gerufen hat, ist nichts Besonderes – das ist hier ein gängiger Spitzname für Norddeutsche.

Ach Jürgen, mir tut das alles furchtbar leid … Ich hoffe, Du bist mir nicht böse. Ich lass Dich jetzt erst mal in Ruhe. Bitte melde Dich, wenn Dir danach ist.

Liebe Grüße, Gabi.«

Mein erster Gedanke war, dass der Windfall Profit an Erkenntnissen, den ich mir heimlich vom Treffen des vorangegangenen Abends versprochen hatte, sich nun immerhin auf diesem Wege eingestellt hatte. Allerdings beschränkte sich der Erkenntnisgewinn weitgehend auf dieses Herzchen namens Gregor, von dessen Existenz ich bis gestern noch gar nichts gewusst hatte. Ich zweifelte nicht daran, dass er auch hinter den beiden »Fischkopp«-Sendungen steckte, die ich erhalten hatte. Wusste Gabi davon?

Und damit war ich bei der Kernfrage – wie eng war die Beziehung zwischen den beiden? Sie waren laut Gabi »mal etwas näher befreundet« gewesen. Bedeutete diese Formulierung, dass sie jetzt nur noch locker befreundet waren, oder gar nicht mehr? Und, unabhängig davon, welchen Zugang hatte Gregor zu Gabis Informationen über die Fakultät? Welchen Zugriff hatte er auf Unterlagen analoger oder digitaler Art und möglicherweise auch auf andere Gegenstände? Mich durchzuckte ein Gedanke – Gabi hatte auf Grund ihrer Vertrauensstellung am Lehrstuhl Hunger die Möglichkeit, an alle möglichen Schlüssel zu gelangen, erlaubt oder unerlaubt. War sie vielleicht auch im Besitz eines Schlüssels zu meinem Appartement gewesen und, falls ja, hatte sie sich damit Zutritt verschafft, oder hatte sich möglicherweise Gregor vorübergehend diesen Schlüssel angeeignet? Und, horribile dictu, hatte er sich vielleicht sogar ein Duplikat anfertigen lassen und konnte damit jederzeit meine Räume betreten?

Ich verdrängte diesen privaten Problemkomplex zunächst einmal und wandte mich der noch viel größeren Herausforderung zu, nämlich der Frage, wer und was hinter den beiden Todesfällen stecken mochte. Aber abgesehen davon, dass mit Gregor ein Hahne-Hasser auf der Bildfläche erschienen war, der gleich mehrere Motive haben mochte, Hahne zu beseitigen, waren die Ausführungen von Gabi in dieser Hinsicht recht unergiebig.

Andererseits – es war doch ein gewaltiger Fortschritt, dass ich nun immerhin einen Menschen kannte, der des Mordes an Hahne verdächtig war! Doch der Dämpfer kam bei näherem Nachdenken auch gleich – war diesem golfballschleudernden Bürschchen wirklich ein Mord zuzutrauen? Dazu noch ein fast perfekter, bei dem nach meinem aktuellen Kenntnisstand keinerlei relevante Tatspuren entstanden oder zurückgeblieben waren?

Das Klingeln des Telefons erlöste mich aus diesen Grübeleien. »Hier ist Beate Ammeyer. Guten Tag, Herr Rieger. Ich wollte nur sichergehen, dass sie im Hause sind. Ich habe hier einen ganzen Berg Unterlagen für Sie – vom Rektorat und vom Ministerium. Es geht um Ihre Personalien – da Sie aus der Privatwirtschaft kommen, muss Ihre Akte von A bis Z neu erstellt werden.« Eine laute Stimme aus dem Hintergrund unterbrach sie – Hunger: »Hab ich auch alles durchgemacht! Sankt Bürokratius lässt grüßen! Und bei meiner Erstberufung galt auch noch der Radikalenerlass! Da stand sogar in meiner Akte, dass ich während meines Studiums mit einer Kommilitonin liiert gewesen war, die dem MSB Spartakus angehörte. Die heißt übrigens jetzt Susanne Hunger. Der Tag ist hin, Herr Kollege. Es sei denn, sie wollen sich lieber das Wochenende mit diesem Kram verderben,«

Bevor ich darauf reagieren konnte, fuhr Frau Ammeyer fort: »Wenn es Ihnen Recht ist, bringe ich Ihnen die Unterlagen gleich vorbei. Andere Post für Sie hab ich nicht.« – »Ja, bitte, kommen Sie! Die Postzustellung scheint sich ansonsten eingespielt zu haben. Jedenfalls hat es gestern schon geklappt.«

Wenige Minuten später klopfte sie an die Tür und deponierte dann einen in der Tat eindrucksvollen oder auch einschüchternden Stapel Papier auf meinem Schreibtisch. »Diese Sendungen waren tatsächlich noch an den Lehrstuhl Hunger adressiert. Ich hatte eigentlich überall in der Verwaltung Ihren jetzigen Standort bekanntgegeben, aber das scheint noch nicht jeder zur Kenntnis genommen zu haben.« – »Danke, Frau Ammeyer – wobei ich natürlich hoffe, dass der Status quo nicht von allzu langer Dauer sein wird. Haben Sie etwas darüber gehört, ob es Überlegungen im Dekanat zu meinem zukünftigen Domizil gibt?« Ich hatte diese Frage ganz spontan gestellt und war daher um so überraschter, dass Frau Ammeyer in für sie ungewöhnlich scharfem Ton und sehr knapp antwortete: »Das entzieht sich meiner Kenntnis. Da müssen Sie sich an Herrn Brosi wenden! Ade!«

Sie ging und ließ mich nicht nur mit dem großen Stapel lästiger Unterlagen zurück, sondern auch mit dem neuerlichen Eindruck, dass ihre Seele, sogar gemessen an den extremen Maßstäben dieser Fakultät, ganz besonders wund gescheuert sein musste.

Ich verbrachte tatsächlich den restlichen Teil des Tages fast ausschließlich mit dem Bearbeiten der Personalunterlagen, wobei ich zweimal telefonisch die Hilfe von Frau Ammeyer in Anspruch nehmen musste, weil weder meine Kenntnisse noch meine Phantasie ausreichten, um die Terminologie des Wissenschaftsministeriums zu entschlüsseln. Einmal hatte ich zunächst Gabi am Apparat, die das Telefonat aber sogleich an ihre Freundin Beate weiterreichte, wobei sie es vermied, mich mit Namen anzusprechen. Frau Ammeyer hatte sich offenbar wieder gefangen und antwortete mir so gefällig und kompetent, wie ich es von ihr gewohnt war.

28

Eingedenk der Tatsache, dass mir am Samstag Nachmittag in der Lounge der GFP GmbH voraussichtlich ein massiver kulinarischer Anschlag drohte, hielt ich es für ausreichend, mich morgens mit dem schmalen Angebot des Frühstücksraums im Gastdozentenhaus zu bescheiden. Und ich hatte mannigfaches Glück: Es war kein einziger Gast außer mir anwesend, das Buffet war bei meinem Eintreten noch fast unangetastet, und die aktuelle Ausgabe des »Anzeigers« lag unberührt und unbefleckt im Flur.

Die meisten Insassen des Gastdozentenhauses zogen es verständlicherweise vor, das Wochenende in einer ansprechenderen Umgebung zu verbringen, und die wenigen Kollegen, die wie ich zum Bleiben verdammt waren, verschmähten vermutlich das deutsche Frühstück und versorgten sich lieber selber mit den aromatischen und exotischen Genüssen ihrer Heimat.

Der »Anzeiger« enthielt nur ein kurzes, nichtssagendes Update zu Hahne und Kettler, das aber eher eine Pflichtübung als eine Aktualisierung darstellte. Es gab auch noch keine Todesanzeigen – damit wartete man vermutlich ab, bis die Leichen von der Gerichtsmedizin und der Staatsanwaltschaft freigegeben waren und die Termine für Trauerfeiern und Beisetzungen festgelegt und kommuniziert werden konnten. Ob wohl der Herr »Minischterpräsident« seinem alten Kumpel die letzte Ehre erweisen würde oder ob er, angesichts der nicht ganz blütenweißen Weste von Hahne, eine Rufschädigung befürchtete? Wie in solchen Fällen üblich konnte er eine unaufschiebbare Reise antreten und einen subalternen Minister oder gar nur einen Staatssekretär oder, schlimmste anzunehmende Schändung des toten Strippenziehers, sogar nur den lokalen Landtagsabgeordneten mit seiner Vertretung und der

Überbringung eines Kranzes mit der Trauerschleife der Landesregierung beauftragen.

Ich hatte den Rufton meines Mobiltelefons nicht ausgeschaltet, weil ich bis auf die gelegentlich auftauchende Bedienungskraft allein war und weil nicht ganz auszuschließen war, dass ich wegen der Veranstaltung am Nachmittag noch irgendeine Instruktion aus dem Hause Kramer erhalten würde. Der Hauptgrund war aber, dass ich auf keinen Fall einen möglichen Anruf von Gabi verpassen wollte.

Ich biss gerade in ein Brötchen, das ich mit einer als »Waldbeerenkonfitüre« beschriebenen zähen roten Masse bestrichen hatte, als das Telefon tatsächlich klingelte. Nein, keine Gabi und auch keine Corinna Meister. Stattdessen meldete sich Kaspar Matschke, der gleich wieder mit der Tür ins Haus fiel. »Ad eins – haben Sie schon die Kritik von meinem Kollegen König gelesen?« – »Herr Matschke – welche Kritik meinen Sie?« Ein wenig unwirsch, als käme in meiner Rückfrage ein nicht zu entschuldigendes Maß an Ignoranz zum Ausdruck, antwortete er: »Na, da war doch am Donnerstag so ein Pianoklimperer im Staatstheater. Und König, dieser ebenso senile wie servile Sack, schreibt in seiner Kritik so einen Stuss wie, halten Sie sich fest, ›mit einem verwegenen Salto hechtet er in den finalen Marsch‹. Und hier, noch besser, ›Dolchstoß-Akzente, betörende Pedalschleier‹! Haben Sie so etwas schon mal gelesen?« – »Nein, hab ich nicht. Aber ich lese selten Kritiken zu klassischen Konzerten, und in der heutigen Ausgabe Ihrer Zeitung bin ich über den Lokalteil noch nicht hinausgekommen.«

Matschke war schon beim nächsten Punkt. »Ad zwo. Gibt es bei Ihnen etwas Neues zum Fall Hahne? Hatten Sie mal wieder Kontakt zu Küchle?« – »Nichts Neues«, antwortete ich – angesichts der Informationen zu Gregor nicht ganz wahrheitsgemäß. Aber ich hatte keine Lust, Matschke in meinen Kontakt zu Gabi einzuweihen. »Und von Küchle habe ich auch nichts mehr gehört.« – »Interessant. Bei mir ist auch nichts angekommen. Nur ein anderer Kripo-Heini hat mir gesteckt, dass die Leute bei Euch an der Hochschule mauern. Keiner hat was gesehen, keiner hat was gehört, keiner will was sagen. Es macht schon das Wort Konspiration oder gar Komplott die Runde.« »Also betörende Pedalschleier allerorten, wie Ihr Kollege König vielleicht sagen würde. Aber vielleicht war es ja wirklich kein Einzeltäter, sondern tatsächlich ein Komplott.« – »An dem dann die halbe Hochschule oder zumindest die halbe Fakultät beteiligt war?« – »Na ja – ich jedenfalls nicht! Ausgerechnet ich, der Hauptverdächtige!« – »Tja, dann hab ich also nichts für die Montags-Ausgabe. Müssen die Kollegen vom Sport eben wieder die Kohlen aus dem Feuer holen.« – »Oder Kollege König, wenn der sich nicht bei seinem verwegenen Salto total verausgabt hat!«

Damit beendeten wir das Telefonat. Auf das Lesen der Konzertkritik, deren Highlights Matschke ja ohnehin schon preisgegeben hatte, verzichtete ich, denn mein Frühstück war beendet, und ich deponierte die sorgfältig zusammengefaltete Zeitung gehorsam wieder am vorgeschriebenen Platz.

Der schriftlichen Einladung der GFP GmbH hatte ich entnommen, dass ich mich auf ein Tennisturnier freuen durfte und dass dieses in der Oberland-Halle stattfinden würde. Dieser Veranstaltungsort lag, wie ich bei einem Blick auf den Stadtplan festgestellt hatte, etwa fünf Kilometer von meinem Domizil entfernt, und ich traute mir auch im Falle des Auftretens mir noch nicht bekannter topographischer Besonderheiten zu, den Fußmarsch dorthin in einer dreiviertel Stunde absolvieren zu können, ohne am Ziel schweißgebadet oder gar erschöpft zu sein. Das weiterhin schöne Herbstwetter forderte ohnehin dazu heraus, auf eine Motorisierung zu verzichten – zumindest beim Hinweg.

Ob es einen Dresscode gab, wusste ich nicht – weder hatte

Frau Meister dazu etwas verlauten lassen, noch hatte das Einladungsschreiben einen diesbezüglichen Hinweis enthalten. Ich vermutete, dass dieser Punkt bei der GFP GmbH und im Rahmen eines Tennisturniers eher leger gehandhabt wurde. Aber man konnte nie wissen. Meine frühere Gesellschaft hatte einmal eine Incentive-Veranstaltung für erfolgreiche Außendienstler durchgeführt, zu der auch ein Theaterbesuch gehörte. Alle Preisträger waren brav in dunklen Anzügen erschienen, aber einer hatte leichtfertiger Weise dazu braunes Schuhwerk angezogen, was für den in Stilfragen äußerst konservativen Vorstandsvorsitzenden ein ähnlicher Affront war, als wenn der arme Tropf im Jogginganzug gekommen wäre. Dieser Fauxpas blieb zwar zunächst noch ungesühnt, aber einige Tage später wurde der Frevler vom Arbeitsdirektor, wie es danach im Hause hieß, fürchterlich »zusammengefaltet«.

Auch ich selber hatte einmal das sensible Stilgefühl des Herrn Generaldirektors empfindlich gestört. Bei einer Veranstaltung, in deren Rahmen eine neue Tarifgeneration vorgestellt werden sollte, hatte ich eine Krawatte umgebunden, die mir meine damalige Freundin Sabine kurz zuvor geschenkt hatte. Das gute und vermutlich sündhaft teure Stück aus einem gerade besonders angesagten Designerstudio war überwiegend rot und außerdem stark gemustert. Während ich meinen Part der Präsentation am Kopfende des Sitzungssaals vor dem gesamten Vorstand und den Leitenden Angestellten des Innen- und Außendienstes absolvierte, bemerkte ich mit wachsendem Unbehagen, dass der Vorstandsvorsitzende nur selten auf die an die Wand projizierten Graphiken, Diagramme und Formeln blickte, sondern meist wie hypnotisiert meine Krawatte fixierte. Mir war klar, dass ich nicht ungeschoren davonkommen würde. Und prompt wartete er kaum das Ende des ersten Teils der Veranstaltung ab, um von seinem Sitz aufzuspringen, auf mich loszugehen und mir zuzurufen: »Mussten Sie denn ausgerechnet für Ihren Vortrag diese scheußliche rote Krawatte umbinden, Rieger?«

Alle Anwesenden stellten sofort ihre Gespräche ein und warteten gespannt auf meine Reaktion. Hier fand jetzt ein im Unternehmen durchaus nicht seltenes Kräftemessen mit ungleichen Mitteln statt – David gegen Goliath, mit der kleinen Besonderheit, dass David auf gar keinen Falls gewinnen durfte, sondern nur versuchen musste, sich halbwegs achtbar und gesichtswahrend aus der Affäre zu ziehen. Und wie meist bei diesen Duellen hatte der attackierte Schwächere nicht viel Zeit, um über eine geeignete Parade nachzudenken.

Doch in diesem Fall befreite mich der Vertriebsvorstand aus der Bredouille: »Da fällt mir dieser Krawattenwitz ein: Ein Mann irrt durch die Wüste. Als ein Beduine auf einem Kamel vorbeikommt, bittet er diesen um Wasser. ›Tut mir leid, ich habe nur Krawatten‹, antwortet der. Zu seinem Glück kommt der Mann bald zu einer Oase. Vor dieser steht ein Wächter. ›Wasser, Wasser‹, stöhnt der Mann. ›Haben wir‹, antwortet der Wächter, ›aber ohne Krawatte kommen Sie hier nicht rein!‹ Alle anwesenden Außendienstler brachen pflichtgemäß in schallendes Gelächter aus, und ich war gerettet.

Mein an meinem neuen Dienstort immer noch äußerst limitierter Fundus an Kleidungsstücken ersparte mir die Qual der Wahl. Bei sehr wohlwollender Betrachtung konnte man mein Outfit als sportlich-elegant bezeichnen oder, in der Sprache der anglophilen Geschäftswelt, als smart casual. Ich hoffte, damit Herrn Direktor Kramer, sein Team und seine anderen Gäste nicht zu kompromittieren.

Mein Weg zur Oberland-Halle führte mich durch völlig unbekannte Stadtviertel. Alles machte einen gediegen-bürgerlichen Eindruck: Die Häuser wirkten solide und gepflegt, die Vorgärten waren adrett, auch wenn sie, der Jahreszeit entsprechend, keine Blütenpracht vorweisen konnten und die Bäume kahl waren, und die parkenden Autos zeugten überwiegend von einer gewissen Prosperität, ohne protzig zu wirken. Vielleicht war dies genau die richtige Wohngegend für mich – einen Spießer auf dem direktem Weg zum eigenbrötlerischen Hagestolz. Oder würde mich eine Frau wie Gabi vor diesem Schicksal bewahren?

29

Die Oberland-Halle lag in einem ansonsten unbebauten Gebiet am Stadtrand. Daher konnte ich sie schon von weitem erkennen – ein Gebäude in der üblichen Architektur moderner Mehrzweckhallen, wie es sie heutzutage in jeder Stadt gibt, in der Hallensport betrieben wird und gelegentlich Künstler vom Range der »Amigos« auftreten, deren schlichten Liedern auch eine dürftige Raumakustik nichts anhaben kann, zumindest nicht in den Ohren ihrer schunkelnden Gemeinde.

Dem Bauwerk vorgelagert war ein riesiger Parkplatz, auf dem in großer Zahl Wagen abgestellt waren, die ich bisher im Stadtbild kaum entdeckt hatte – SUVs aller erdenklichen Typen bis hin zum Hummer, kleine Sportflitzer, deren Marken ich nicht einmal kannte, und sogar etliche Oldtimer. Hier schien also viel altes und neues Geld versammelt zu sein.

Diese automobile Pracht wurde aber noch überboten durch einen veritablen Rolls-Royce, der direkt neben dem Haupteingang zur Halle stand und von einer Schar von Bewunderern umzingelt war. Das Kfz-Kennzeichen GF – P 1000 ließ keinen Zweifel daran zu, wer der Besitzer dieses Nobelschlittens war. Direktor Kramer hatte also offenbar weder Kosten noch Mühen gescheut, um nicht nur über einen standesgemäßen fahrbaren Untersatz zu verfügen, sondern hatte das Prachtstück auch noch wie ein Viehzüchter mit einem unverkennbaren Brandzeichen versehen lassen und dabei möglicherweise einem Mitarbeiter der Kfz-Zulassungsstelle im niedersächsischen Gifhorn zu unverhofften Nebeneinkünften verholfen.

Im Foyer der Halle drängten sich die Stände der Werbe- und Exklusivpartner und sonstigen Sponsoren des Tennisturniers. Es bereitete mir aber keine Mühe, die Repräsentanz des Hauses Kramer zu identifizieren – die grellsten Farben, die schrillsten

Muster auf den Bannern und auf der Rückwand und davor die Hostessen mit den kürzesten Röcken – Frau Treichels Kleid hätte daneben geradezu züchtig gewirkt, und mein Glaube an die Vorzüge des Hagestolz-Daseins wurde augenblicklich erschüttert. Ich musste an die Beschreibung denken, die ein ehemaliger Arbeitskollege für derart knappe Damen-Oberbekleidung zu benutzen pflegte: »Jürgen, kaum dicker als eine G-Saite!«

Als ich mich dem GFP-Stand bis auf ein paar Meter genähert hatte, trat mir eine der zugleich kurzberockten und langhaarigen Damen entgegen, lächelte mir zu und sprach mich zu meiner nicht geringen Verwunderung mit den Worten »Herr Professor Rieger?« an. »Ja, der bin ich. Aber woher kennen Sie mich?« Sie antwortete keck: »Na ja, Ihr Steckbrief hängt doch überall aus!« War das nicht eine Spur zu schnippisch für eine Hostess? Oder hatte Küchle mich tatsächlich zur Fahndung ausgeschrieben? Quatsch!

Mir imponierte es, dass sie nicht so devot und servil auftrat wie viele ihrer Berufskolleginnen. Zugleich brachte sie mit ihrer Schlagfertigkeit meinen Glauben an die Richtigkeit der Sprüche meiner Großmutter ins Wanken. »Lange Haare, kurzer Verstand, Bübchen!«, pflegte sie mich zu warnen, wenn die Gefahr bestand, dass sich meine Begeisterung für die Musik der Beatles auch in der Länge meine Haarschopfs Ausdruck zu schaffen drohte.

Die Gästebetreuung der GFP GmbH war offensichtlich so perfekt, dass die Empfangsdamen nicht nur die Namen und Titel der Geladenen kannten, sondern auch mit deren Konterfeis vertraut gemacht worden waren. Dass in meinem Fall die exzellenten Beziehungen der Frau Corinna Meister zur Hochschule diese Vorsorge sehr erleichtert hatten, würde ich sehr bald erfahren.

»Dann möchte ich Sie im Namen der GFP GmbH und im

Namen von Herrn Direktor Kramer ganz herzlich willkommen heißen. Direktor Kramer erwartet Sie schon in der Lounge. Meine Kollegin wird Sie gleich dorthin begleiten. Aber zuvor habe ich noch eine Kleinigkeit für Sie.« Sie ging zurück an den Tresen und ließ sich von einer Mitarbeiterin eine Leinentasche aushändigen, die sie mir mit einer derart generösen Geste überreichte, als handelte es sich bei der Kleinigkeit mindestens um die Britischen Kronjuwelen. Der Inhalt der Tasche wog sicherlich mehr als zwei Kilogramm, aber dieses Gewicht war leider nicht durch die St.-Edwards-Krone bedingt, sondern durch einen opulenten Bildband, in dem die Geschichte der GFP GmbH in epischer Breite und prächtigen Bildern dargestellt wurde. Ein Trikot, wie es der OB trug, gab es nicht – womöglich erhielt ich es später einmal, nachdem man sich diskret nach der gewünschten Größe und vielleicht auch nach der bevorzugten Farbe erkundigt hatte. Die Kramer-Truppe schien ja nichts dem Zufall zu überlassen.

Ich wurde nun an eine andere Hostess weitergereicht, die mich mit einem kurzen Kopfnicken in Empfang nahm und mich bat, ihr in den Innenbereich der Halle zu folgen. Das Tennisturnier war bereits im Gange. Parallel zu den Längsseiten des Spielfeldes waren leicht erhöht Tische aufgestellt, hinter denen sich wiederum, durch einen Gang getrennt, Bufetts befanden, die, wie ich später feststellen konnte, höchsten lukullischen Ansprüchen genügten, zumindest im Fall der GFP GmbH.

Deren Tisch befand sich in der Mitte der Halle, genau auf Netzhöhe, und als die Hostess sich mit mir im Schlepptau diesem Standort näherte, erhob sich ein Mann, der offenbar mein Kommen schon erwartet hatte. Es musste sich um Kramer persönlich handeln, und ich zweifelte keine Sekunde daran, dass ihm meine Ankunft durch die Damen im Foyer bereits avisiert worden war.

Der Mensch war gekleidet wie ein Pfingstochse und entsprach damit dem Klischee des Neureichen, der sich zwar den feinsten Zwirn leisten kann, aber nicht den Hauch eines Gespürs dafür hat, was ihm steht und wie man die teuren Fummel in geschmackvoller Weise kombiniert. Es schien, als bestünde sein Schönheitsideal darin, sämtliche Farben des Regenbogens in seiner Oberbekleidung zum Zuge kommen zu lassen. Er war mittelgroß, gedrungen und trug seinen von kurzgeschnittenen grauen Haaren bedeckten Kopf auf einem mächtigen Stiernacken.

»Johannes Kramer«, sagte er und streckte mir seine Rechte entgegen. »Jürgen Rieger«, entgegnete ich und wollte gerade damit beginnen, meinem Dank und meiner Freude über die Einladung Ausdruck zu verleihen, da fuhr er auch schon fort: »Herr Professor Rieger, es ist uns eine Ehre, dass Sie es einrichten konnten, uns heute Gesellschaft zu leisten. Wir freuen uns riesig auf einen tollen Nachmittag mit Ihnen!« Das klang so, als seien die Menschen in der Oberland-Halle nicht etwa wegen eines Tennisturniers, sondern meinetwegen erschienen, aber er sagte das so unprätentiös und gewinnend, dass ich mich wegen meiner bovinen Assoziationen zu seinem Outfit sofort zu schämen begann.

Er stellte mich nun dem knappen Dutzend anderer Gäste an seinem Tisch vor, deren Namen und Funktionen ich, wie in solchen Fällen üblich, sogleich wieder vergaß. Es waren noch zwei Plätze frei, einer davon zu seiner Rechten mit bester Aussicht auf das Spielfeld, und diesen bot er mir an.

Es wurde für mich ein kurzweiliger, unterhaltsamer Nachmittag mit sportlichen und kulinarischen Höhepunkten. Die anderen Gäste gaben mir nie das Gefühl, ein »Reingeschmeckter« geschweige denn ein »Fischkopp« zu sein, sondern nahmen mich auf wie einen alten Bekannten. Ich genoss es, in einer neuen Umgebung einmal nicht nach Strich und Faden ausgefragt und, anders als an dem Abend bei Hunger, nicht geradezu inquisitorisch zu meinen privaten Verhältnissen vernommen zu werden.

Das hatte ich natürlich auch dem Umstand zu verdanken, dass die Tennispartien viel Aufmerksamkeit auf sich zogen. Ich hatte seit Jahren kein Tennisspiel mehr live erlebt und war beeindruckt davon, mit welcher Dynamik die Spieler sich die Bälle um die Ohren droschen. Ich musste an den Hitchcock-Thriller »Strangers On A Train« denken, in dem es eine Szene gibt, bei der die Zuschauer von hinten gefilmt wurden, während sie einem Ballwechsel zuschauten. Das Tempo der Ballwechsel hatte sich seither derart beschleunigt und die Frequenz der Kopfbewegungen sich entsprechend erhöht, dass man glauben konnte, Hitchcock hätte die Sequenz seinerzeit in Zeitlupe drehen lassen.

Zugleich musste ich an den Clou des Films und des zugrundeliegenden Thrillers von Patricia Highsmith denken: Zwei Männer, die beide Mordpläne haben und sich zufällig begegnen, verabreden sich, dass jeder von beiden den Mord des jeweils anderen verübt, so dass die Polizei bei den Tätern kein nachvollziehbares Motiv erkennen kann. Kurz blitzte der Gedanke an die beiden Todesfälle Hahne und Kettler bei mir auf, aber dieses Schema passte ja wohl vorn und hinten nicht.

In einer Spielpause fragte mich Kramer, ob wir uns nicht einen Moment unter vier Augen unterhalten könnten. Wegen des Lärms in der Halle gingen wir nach draußen. Mein durch den ersten äußeren Eindruck entstandenes Bild von Kramer war im Laufe des Nachmittags gründlich korrigiert worden. Er hatte sich als charmanter, umsichtiger Gastgeber und unterhaltsamer Gesprächspartner entpuppt. Kramer kam ohne Umschweife auf den Punkt. »Na, Herr Professor, Sie haben sich Ihren Einstieg in die akademische Welt wohl auch ein wenig anders vorgestellt, oder?« Ohne meine Antwort abzuwarten, fuhr er fort: »Ich kenne Ihre Fakultät in- und auswendig, ab urbe condita, sozusagen. Ja, da staunen Sie, was? Großes Latinum, das wird man nie wieder los, auch wenn man sich beruflich eher in Richtung Gebrauchtwagen- oder Teppichhändler bewegt, zumindest imagemäßig. Ich war auch ganz dick mit Richard Hahne, was aber nicht heißt, dass ich alles gut fand, was er gemacht hat.« Er hatte sich inzwischen eine Zigarre angezündet, die er stilecht konsumierte, was ihn zu gelegentlichen Pausen zwang. Ich hielt mich aber mit eigenen Redebeiträgen zurück, denn ich wollte ihn auf keinen Fall davon abbringen, mich mit Insider-Informationen über meine Fakultät zu versorgen.

»Hahne war ein Schürzenjäger, wie ich keinen zweiten kenne – und in meiner Branche lernt man diesbezüglich so allerlei kennen. Er war in Bezug auf Frauen völlig skrupellos, ein Monstrum – Studentinnen, Assistentinnen, auch vor den Ehefrauen seiner Kollegen ist er nicht zurückgeschreckt. Das Schlimmste war, dass er dem armen Tiburtius die Frau ausgespannt und diesen damit in den Selbstmord getrieben hat. Tja, und diese Dame spielt nun auch seine trauernde Witwe, Renate Tiburtius-Hahne. Und, nur nebenbei, meine Sekretärin hat er sogar geschwängert. Die hat ihm zum Dank ein süßes Töchterlein geschenkt.«

Er machte eine Pause, und ich sagte nun doch etwas. »Das bedeutet, dass er an der Hochschule – und womöglich noch darüber hinaus – jede Menge Feinde hatte: Frauen, die sich ausgenutzt fühlten, nachdem er sie sitzengelassen hatte, Männer, denen er die Partnerin ausgespannt oder deren Partnerin er zumindest zu einem Seitensprung verführt hat ...« – »Ja«, stimmte Kramer mir zu, »und dann gibt es noch die vielen Leute, die sich von ihm benachteiligt fühlen, weil er ihre Karrieren behindert oder sogar zerstört hat, die er gegenüber anderen vermeintlich oder tatsächlich benachteiligt hat, die er ausgenutzt und dann wie eine heiße Kartoffel fallengelassen hat ... Ja, da kommt so einiges zusammen!«

Mir war nicht klar, warum Kramer, der mich ja bis heute überhaupt nicht gekannt hatte, so ungefragt und freiheraus mit mir über Hahne und dessen Abgründe sprach. Und obwohl seine Ausführungen überwiegend nur das bestätigten, was ich ohnehin schon gewusst hatte, hielt ich es für angebracht, mich bei ihm für seine Offenheit zu bedanken. Doch er wehrte ab: »Ach, wissen Sie, ich kann mir denken, wie unangenehm das für Sie ist. Sie machen hier einen Neustart, haben vielleicht die Vorstellung, dass Sie an einer Hochschule auf lauter Idealisten treffen, die ihr Leben der Wissenschaft verschrieben haben und für die es nichts Wichtigeres als Forschung und Lehre gibt, und finden sich hier wieder inmitten von Sodom und Gomorrha.«

Seine Zigarre war erloschen, und er brauchte einige Zeit, um sie wieder in Gang zu setzen. Dann fuhr er fort: »Ich will auch nicht verhehlen, dass ich, wie schon gesagt, durchaus enge Beziehungen zu Hahne hatte. Er war Mitglied meines Beirats und hat auch gelegentlich Gutachten und dergleichen für mich angefertigt. Na ja – anfertigen lassen. Ich kenn das ja noch von meinem eigenen BWL-Studium: Professor zieht Auftrag an Land, vergibt – je nach Volumen und Befristung – Themen für Seminar-, Diplom- oder sogar Doktorarbeiten, pappt die Ergebnisse zusammen, schreibt seinen Namen aufs Deckblatt und kassiert die Kohle. Aber eins muss ich Ihnen sagen – Hahne hat in dieser Hinsicht meines Wissens immer absolut korrekt abgerechnet und faire Beuteteilung betrieben. Aus dieser Ecke kann es also eigentlich kein Motiv für den Mord geben. – So, und jetzt sollten wir uns wieder den anderen Gästen und den Reizen der Rückhand-Volleys widmen!« Er warf den noch glühenden Zigarrenstummel einfach auf den Boden, und ich folge ihm zur Halle.

Das Turnier war inzwischen in die Finalrunde eingetreten. Es war schwer festzustellen, ob es die zunehmende Spannung oder der bei vielen Anwesenden gestiegene Alkoholpegel waren, die für eine so ausgelassene Stimmung sorgten, dass auch während der Ballwechsel keine Ruhe eintrat. Aber die Zeiten, als Tennis-Gentlemen wie René Lacoste, Fred Perry oder auch Rod Laver in geradezu klösterlicher Stille auf dem Centre Court den weißen Sport zelebrierten, waren ja schon längst vorbei.

Ich blieb noch bis zur Siegerehrung und traf kurz nach Mitternacht, von Fischprodukten und Golfbällen unbehelligt, wieder in meiner Klause ein. Ich war so müde, als hätte ich selbst ein Fünf-Satz-Match mit lauter Tie-Breaks absolviert, und fiel rasch in einen tiefen Schlaf.

30

Hinter mir lag eine turbulente Woche, und so war es mir ganz recht, dass der Sonntag kein Programm, keine Verpflichtungen und keinerlei Termine für mich bereithielt. Natürlich war es möglich, dass eine Mail von Gabi oder von anderen Absendern aus meinem neuen Umfeld eintreffen würde, aber es wäre mir lieber gewesen, wenn sich der Liedtext von Max Raabe »Kein Schwein ruft mich an, keine Sau interessiert sich für mich« erfüllt hätte.

Ich nahm ein spätes Frühstück in der »Backstub« ein, bei dem ich mich hinter einer Sonntagszeitung in einen klugen Kopf verwandeln und mich in jeder Hinsicht – von Allianz bis AXA, von Barça bis Borussia und von Jauch bis Joop – auf den neuesten Stand bringen ließ. Ich erfreute mich gerade an einer genialen Karikatur des Duos Greser & Lenz, als mein Mobiltelefon klingelte.

Gabi vielleicht? Nein, es meldete sich die Stimme meines Dekans Siegbert Kraus. »Entschuldigen Sie die Störung, Herr Rieger. Ich wollte Sie nur so früh wie möglich darauf hinweisen, dass die morgige Sitzung des Wohnheimausschusses, anders als geplant und in der Einladung mitgeteilt, nicht im Sitzungsraum des Dekanats, sondern in der Kantine der Oberfinanzverwaltung stattfinden wird. Wissen Sie …?« Ich unterbrach ihn, stolz auf mein bereits vorhandenes Insider-Wissen: »Das ist doch die sogenannte Schweinemensa, oder?« Kraus schien tatsächlich verblüfft über diese Detailkenntnis. »Alle Achtung, Sie wissen ja schon gut Bescheid! Aber ich möchte Sie auch noch über den Grund der Verlegung in Kenntnis setzen und Sie zugleich darum bitten, diese Informationen streng vertraulich zu behandeln. Wir befürchten, dass es Leute gibt, die unsere morgige Sitzung stören, wenn nicht sogar sprengen wollen.

Sie können ja nicht wissen, dass..« Wieder drängte es mich, zu demonstrieren, wie gut ich bereits im Bilde war. »Es geht wohl um die Umwandlung einiger Wohnhäuser beim Campus in ein Studentenwohnheim, oder? Ein Lieblingsprojekt von Hahne, wenn ich richtig informiert bin.«

Aber damit hatte ich offenbar überzogen, denn Kraus erwiderte eher ungehalten: »Na, Sie haben sich aber schon ziemlich tief in die Materie hineingekniet. Nein, das war keinesfalls allein ein Lieblingsprojekt des Kollegen Hahne, aber er hat diesen Plan dank seiner Verbindungen zur Politik maßgeblich unterstützen können.« Und dann beendete er das Telefonat abrupt mit den Worten »Sie bekommen das auch noch schriftlich, per E-Mail. Aber da ich nicht weiß, wie oft Sie in Ihre Mailbox gucken ... Und, wie gesagt, ich verlasse mich auf Ihre Verschwiegenheit. Schönen Sonntag noch!« Bevor ich seinen Wunsch erwidern konnte, hatte er schon aufgelegt.

Zurück in meinem Appartement schaute ich mir als erstes die Einladung zu der Sitzung etwas genauer an. Die vorgeschlagene Agenda umfasste sieben Punkte, nach meiner Einschätzung ganz überwiegend Formalia – von der Feststellung der Beschlussfähigkeit über die Annahme der Tagesordnung und die Genehmigung des Protokolls der vergangenen Sitzung bis zu der Fixierung eines Termins für die nächste Zusammenkunft und dem Punkt »Sonstiges«. Nach dem, was ich von Gabi Schüssler erfahren hatte, gab es aber auch ein Thema, das wichtig und möglicherweise sogar brisant sein konnte – den, wie es hieß, »Sachstandsbericht zur Umwidmung/Umwandlung Gebäude Am Schloss«. »Am Schloss« – das war sicherlich die Adresse der Häuser, in denen auch Gabi und ihr Schätzchen Gregor wohnten.

Ich überflog auch den Verteiler – die meisten Namen darauf sagten mir nichts, und einer, der mir sehr vertraut war, Kettler, hatte sich erledigt. Die Liste umfasste insgesamt über zwanzig Namen und war nicht nach Gruppenzugehörigkeit oder Institutionen unterteilt. Fast alle Genannten hatten einen akademischen Titel – da konnte man sich vor den Namen das »Frau« oder »Herr« sparen. Ich erlaubte mir die Spekulation, dass bei einem sogenannten weichen Thema wie dem Wohnen den Damen eine ungewöhnlich hohe Quote in diesem Gremium eingeräumt worden war, wofür auch die hohe Zahl an Doppelnamen zu sprechen schien.

Doch warum erging ich mich bloß in derartigen Betrachtungen? Fehlte mir an diesem ruhigen Sonntag einfach der Leistungsdruck? Vermisste ich tote Fische, nach mir geschleuderte Golfbälle oder schrullige Kollegen? Oder gar eine Fortsetzung des Gemetzels im Lehrkörper? Aber ich musste nicht lange auf eine neue Herausforderung warten. Ich hatte mir gerade einen Kaffee aufgebrüht, als das BlackBerry den Eingang einer E-Mail meldete.

Als Absender firmierte ein Anonymus namens freibier@hotmail.com. Der Betreff lautete »Zum Kotzen«. Das war ein passendes Resümee des sehr rustikalen Textes dieser Nachricht: »Rieger, Du eitler Pfau! So ein bescheuerter Fragebogen! Gegen Dich sind Cristiano Ronaldo, Karl Lagerfeldt und Dieter Bohlen Muster an Bescheidenheit und Zartgefühl! Du wirst noch so enden wie Hahne!«

Ich ließ mich von dem wenig akademischen Ton der Botschaft nicht irritieren, sondern begann sofort zu überlegen, wer der Absender der E-Mail sein könnte. Dafür hatte ich leider nur drei schwache Anhaltspunkte – der Mensch kannte meine private E-Mail-Adresse, er hatte den Fragebogen gelesen und er mochte mich nicht.

Mir fielen sofort – und in dieser Reihenfolge – Gregor, Gabi Schüssler und Annika Dobler ein. Den Gedanken an Gabi und Annika verwarf ich sofort wieder, und auch an Gregor mochte ich nicht glauben, allein schon, weil in dem Text das Wort

Fischkopp fehlte. Aber wer konnte – aus erster oder zweiter Hand – von dem Fragebogen wissen?

Die Karte, die ich von Annika Dobler erhalten hatte, lag in meinem Büro. Daher schaltete ich mein Notebook ein, ging auf die Startseite der Hochschule, suchte nach studentischen Organisationen und gelangte so zu den Herausgebern und Redakteuren des Info-Magazins für die Studierendenschaft. Ein Name stach mir ins Auge: Maximilian Werner. Max?

Musste ich diese E-Mail überhaupt ernst nehmen? Immerhin enthielt der letzte Satz eine Drohung, die ich angesichts der beiden Todesfälle der vergangenen Woche vielleicht doch nicht auf die leichte Schulter nehmen sollte. Es war ja immerhin denkbar, dass hier ein Mörder umging, der es gar nicht primär auf einzelne Personen, sondern auf den Lehrkörper der Hochschule oder meiner Fakultät insgesamt abgesehen hatte und diesen nun nach und nach dezimierte. Gut möglich, dass auch Hahne und Kettler Drohungen erhalten, diese aber nicht ernst genommen, missachtet oder für sich behalten hatten.

Ich beschloss, jetzt genau so souverän wie diese zu verfahren, die E-Mail zu ignorieren und mich angenehmeren Dingen zuzuwenden. Wann hatte ich zuletzt einen Nachmittag kontemplativ und ungestört mit der Lektüre eines Buches verbracht? Bei der Anreise hatte ich mir in der Bahnhofsbuchhandlung nicht nur diverse Tageszeitungen, sondern auch die Neuübersetzung von »Madame Bovary« gekauft, die, immer noch in Folie eingeschweißt, neben meinem Bett lag. Ich hatte das Buch vor einigen Jahren zum ersten Mal gelesen – es passte in die Zeit meiner großen Verliebtheit in Sabine, und ich hatte seinerzeit, wie Emma Bovary für ihren Liebhaber Rodolphe, in ein Schmuckstück für Sabine »Amor nel cor« eingravieren lassen.

Ach, dieses Buch ließ schon beim Ansehen und Ergreifen das Herz eines Bücherfreundes höher schlagen. Für das Titelbild war das Gemälde »Erwachendes Mädchen« von Eva Gonzalès aus der Bremer Kunsthalle verwendet worden. Das abgebildete Mädchen, eher eine junge Frau, glich weder Sabine noch Gabi. War es ein Zufall oder eine Fügung, dass mir am nächsten Tag eine Frau begegnen würde, deren Ausstrahlung auch am helllichten Tag der des erwachenden Mädchens ähnelte? Abgesehen von einer selbst verursachten Unterbrechung für einen weiteren Becher Kaffee hatte ich tatsächlich die ersten neun Kapitel des Romans ungestört gelesen, als mich das Klingeln des Telefons von den ländlichen »Sitten in der Provinz« in die Realität meines städtischen Daseins zurückholte. »Kaspar Matschke hier. Stör ich gerade?« – »Warum diese Blumen, diese Gewinde, diese Girlanden?« zitierte ich den gerade gelesenen Satz und fuhr frech fort: »Hier spricht die Friedhofsgärtnerei Kraut und Rüben. Was können wir für Sie tun, Herr Matschke?« Der Zeitungsredakteur schien für einen Moment verblüfft und sprachlos zu sein, doch dann antwortete er in ähnlichem Tonfall: »Nehmen Sie den Mund nicht zu voll, mein lieber Herr Professor Rieger! Ich bin heute Chef vom Dienst und schau mir grad den Andruck der morgigen Ausgabe an ...« Ich war sofort elektrisiert und fiel ihm ins Wort: »Und? Gibt es etwas Neues zu den Todesfällen?« – »Nein, null! Ich weiß nichts Neues, und es sieht so aus, als gäb es morgen die erste Ausgabe seit Hahnes Tod ohne die allerkleinste Notiz dazu. Nein, ich erfreu mich an dem üppig bebilderten Bericht meines Kollegen Gründler vom gestrigen Tennisturnier, und wer steht da neben dem großen Zampano Kramer: Professor Rieger höchstselbst!« – »Ein gutes Foto?« – »Na ja, Sie sehen ja eigentlich ganz passabel aus, wenn ich mir dieses Urteil erlauben darf, aber auf dem Foto sind sie nicht so gut getroffen. Sie stehen zwischen Kramer und seiner Frau, Sie haben alle drei einen Sektkelch in der Hand, und Sie gucken so, als machten Sie Reklame für einen Billig-Schaumwein vom Discounter.« – »Danke für das Kompliment! Und danke für den Hinweis. Da werd ich ja morgen ganz tief in die Tasche greifen müssen, um ein Exemplar des »Anzeigers« käuflich zu erwerben. Kennen Sie das: ›Wanna buy five copies for my mother‹ von Dr. Hook?« – »Klar. Aber bis Sie auf dem »Cover Of The Rolling Stone« landen, müssen Sie wohl noch ein paar weitere Morde begehen, mein Gutester! Ach, übrigens – haben Sie mit Kramer über Hahne gesprochen?« – »Ja, er ist davon angefangen und hat mir eine ganze Menge erzählt. Leider kaum etwas Neues.«

»Hahne und er waren mal sehr eng verbandelt. Aber vor einiger Zeit hat es einen Bruch gegeben. Angeblich hat Kramer gehofft, zum Ehrendoktor promoviert zu werden – diesen Floh hat ihm wohl Hahne selber ins Ohr gesetzt. Aber dann – und dies ist jetzt nur ein Gerücht – hat Hahne einen Rückzieher gemacht, angeblich, weil er es Kramer übel genommen hat, dass dieser eine bereits zugesagte Spende für den Golfclub nicht leisten wollte.«

»Ach herrje – dann gibt es ja noch einen Menschen, der ein Motiv hatte, Hahne umzubringen. Inzwischen ist die Liste der Personen, die als Hahne-Mörder nicht in Frage kommen, wesentlich kürzer als die Aufstellung möglicher Täter. Ich gehöre zur ersten Kategorie, aber ausgerechnet mich zählt Herr Küchle zu den Verdächtigen!«

31

Als ich es mir am folgenden Morgen gerade in meinem Bürosessel, so gut es ging, bequem gemacht hatte, klopfte jemand laut an die Tür. Das konnten weder Gabi, von der ich noch nichts wieder gehört oder gesehen hatte, noch Frau Ammeyer sein, und auch Brosi pflegte, wenn überhaupt, weniger energisch zu klopfen, so, wie er grundsätzlich eher auf leisen Sohlen daherkam. Bevor ich reagieren konnte, wurde auch schon die Tür aufgerissen, und die mächtige Gestalt von Küchle stand vor mir.

Er grüßte, ließ seinen Blick kurz durch den Raum schweifen, gab nicht zu erkennen, ob er die leichten Veränderungen seit seinem vorigen Besuch bemerkte, und setzte sich, wie beim ersten Mal, äußerst dezent auf den freien Stuhl, ohne einen Willkommensgruß oder eine Aufforderung von mir, Platz zu nehmen, abzuwarten. Und dann ging er ohne Einleitung, ohne Umschweife und ohne mich auch nur gefragt zu haben, ob ich Zeit für ihn hätte, in medias res.

»Ich will Sie einfach mal auf den neuesten Stand bringen, Herr Rieger. Zunächst mal das für Sie Wichtigste: Es haben sich keinerlei Anhaltspunkte dafür ergeben, dass Sie mit den beiden Todesfällen irgendetwas zu tun haben. Wobei es sich im Fall Kettler wohl auch eindeutig um Selbstmord handelt. Wir haben bisher zwar weder eine Ankündigung eines Suizids noch so etwas wie einen Abschiedsbrief ausfindig machen können, aber es gibt immerhin Notizen mit Andeutungen über derartige Absichten. Und es gibt auf der anderen Seite keine Spuren oder Hinweise, die auf ein Fremdverschulden oder auch nur auf irgendeine Mitwirkung Dritter hindeuten würden. Mehr kann ich Ihnen dazu im gegenwärtigen Stadium unserer Ermittlungen nicht sagen. Darf ich rauchen?«

Ich erinnerte mich noch an Zeiten, in denen eine solche Frage völlig unüblich war, weil jeder zu jeder Zeit und an fast jedem Ort das Recht für sich in Anspruch nahm, sich eine Zigarette anzuzünden. In Folge der zunehmenden Diskussion über die Schädlichkeit des Nikotins entstanden immer mehr Bereiche, in denen das Rauchen unerwünscht oder sogar untersagt war, und es wurde zu einem Gebot der Höflichkeit, eine Erlaubnis zum Rauchen zu erbitten oder gleich in vorweg eilendem Gehorsam geschlossene Räume zu verlassen, um die frische Luft draußen mit Nikotinschwaden anzureichern, wodurch insbesondere Balkonen eine ganz neue Zweckbestimmung erwuchs. Und inzwischen waren das Rauchen und die Raucher so sehr in Verruf geraten, dass das Ansinnen von Küchle von vielen als Zumutung empfunden und höflich, aber bestimmt, zurückgewiesen worden wäre.

Ich war diesbezüglich weniger empfindlich und wollte den Kriminalisten natürlich bei Laune und im Plaudermodus halten. Daher antwortete ich »Kein Problem« und überlegte zugleich, welchen Aschenbecherersatz ich ihm anbieten könnte. Der Bleistiftköcher, der im Regal hinter mir stand, erschien mir geeignet. Als ich nach ihm griff, sah ich daneben einen Notizzettel liegen. Ich beachtete ihn zunächst nicht, leerte den Köcher und schob ihn zu Küchle hinüber, der sogleich sein Streichholz darin entsorgte.

»Fangen wir mal mit Kettler an«, begann er dann. »Der hat versucht, Sie in der Nacht vor seinem Selbstmord noch telefonisch zu erreichen, aber wohl vergeblich.« Ich überlegte kurz, dann fiel es mir wieder ein. »Stimmt. Ich habe wohl schon geschlafen, als das Telefonat versucht wurde. Nach dem Aufwachen sah ich, dass ein Anruf eingegangen war, aber da keine Voicemail vorlag, habe ich mich nicht weiter darum gekümmert. Das ist also Kettler gewesen!« Mich überkam ein ungutes Gefühl – hätte ich Kettlers Suizid möglicherweise verhindern können, wenn ich für ihn zu sprechen gewesen wäre? Glücklicherweise konnte ausgerechnet Küchle meine Schuldgefühle ein wenig beruhigen. »Wir haben sogar einen Anhaltspunkt dafür, was er von Ihnen gewollt hat, denn wir haben in seiner Hosentasche eine Notiz gefunden, die lautet ... Moment mal ...« Er setzte zunächst eine Brille auf und zog dann einen Zettel aus der Innentasche seines Jacketts. »Das hier ist nicht der Originalzettel von Kettler – der hat natürlich auch was abbekommen, Sie verstehen ... Also, Kettler hatte sich die Worte ›Rieger, Sonderbedarfsergänzungsabgabe‹ notiert. Können Sie damit etwas anfangen?« Ich musste einen Moment überlegen, dann fiel mir eine Erklärung ein: »Wir hatten so einen kleinen ›Running Gag‹ miteinander – es ging dabei um besonders lange, umständliche Wörter in der deutschen Sprache.« Küchle sah mich einigermaßen konsterniert an. Mochte er die Sache mit dem Dauerwitz noch halbwegs verstanden haben, so schien es ihm doch völlig unerklärlich zu sein, wieso ein Professor einen anderen mitten in der Nacht anrief, um ihm ein Wortungetüm zu übermitteln, und das auch noch kurz vor seinem Selbstmord. Aber dem Polizeioberrat waren vermutlich in den vielen Vernehmungen seines Berufslebens schon so viele Ungeheuerlichkeiten aufgetischt worden, dass er meine surreal klingende Erklärung kommentarlos und völlig gefasst hinnehmen konnte.

»Nun zu Hahne«, nahm er übergangslos den Faden wieder auf. »Tod durch Erwürgen, sonst keine Spuren von Gewalteinwirkung. Der Körper ist offensichtlich beim Kollabieren aufgefangen und dann gleich zum Container getragen worden. In diesen hat man ihn geradezu behutsam hineingleiten lassen. Der oder die Täter müssen Handschuhe und glatte Kleidung getragen haben, jedenfalls haben sie so gut wie keine verwertbaren Spuren hinterlassen. Tatzeit maximal eine halbe Stunde, bevor Sie den Fund gemeldet haben. Tatort mit großer Wahrscheinlichkeit in unmittelbarer Nähe des Containerstellplatzes. Dort ist der Boden geteert, es gibt also keine Fußabdrücke oder Ähnliches, auch sonst keine Kampfspuren oder Gegenstände, die wir dem Opfer oder den Tätern zuordnen könnten. Hahne war auf dem Campus unterwegs. Seine Sekretärin kann nicht auf die Minute genau sagen, wann er sein Büro verlassen hat, und leider hat sich auch bisher niemand gemeldet, der ihm auf seinem Weg begegnet ist. Zuvor hat Hahne verschiedene Telefonate geführt, alle unauffällig, bis auf eines. Da hat es offenbar einen heftigen Disput mit Kettler gegeben, aber auch das war nichts Ungewöhnliches, wie die Sekretärin sagt. Und Kettler kommt als Täter aus mehreren Gründen nicht in Frage.«

Er machte eine Pause, die er nutzte, um seine Kippe mit einiger Mühe im Bleistiftköcher auszudrücken. Dann schaute er mich erwartungsvoll an und sagte: »Und nun Sie! Was haben Sie herausgefunden? Wen verdächtigen Sie?«

Es hatte mich gewundert, ja, es hatte mir sogar ein wenig geschmeichelt, dass er mir so ausführlich, so detailliert über den Ermittlungsstand berichtet hatte. Natürlich konnte ich nicht wissen, ob er mir wirklich alle wesentlichen Erkenntnisse mitgeteilt oder ob er seine Angaben möglicherweise sorgfältig dosiert hatte. Und nun schaute er mich mit neugierigem, fast lauerndem Blick an und hoffte anscheinend auf zusätzliche Informationen von mir als Preis oder Gegenleistung für seine tatsächliche oder vermeintliche Offenheit und Vertraulichkeit.

Ich sah keinen Grund, mit meinen Eindrücken und Vermutungen hinterm Berg zu halten, und redete einfach drauflos. »Das Problem ist, dass es nicht etwa zu wenige Personen gibt, die ein Motiv hätten, Hahne abzustrafen, möglicherweise sogar mit dem Tod, sondern dass offenbar fast jeder Mensch, den ich hier bisher etwas näher kennengelernt habe, eine Rechnung mit ihm zu begleichen hat, mindestens eine! Ich hab das Gefühl, dass ich mit der Annahme des Rufes an diese Fakultät nicht nur in ein Wespennest, sondern geradezu in ein Hornissennest geraten bin, in dem das ja bekanntlich falsche Sprichwort ›Sieben Stiche töten ein Pferd, drei Stiche töten einen Menschen‹ ausnahmsweise Gültigkeit hat.«

Küchle schien eine längere Offenbarung von mir zu erwarten, denn er lockerte seine ohnehin schief hängende Krawatte, die dadurch noch trauriger von seinem Hals herabbaumelte, und zündete sich, ohne zu fragen, eine zweite Zigarette an.

Ich fuhr fort: »Es gibt hier offenbar ein schier undurchschaubares Netz von Abhängigkeiten, Intrigen, Demütigungen, Kränkungen, Verletzungen aller Art, und im Zentrum aller dieser Befindlichkeiten stand Hahne. Er hat Vergünstigungen erteilt, entzogen und vorenthalten, er hat Hoffnungen geweckt, eingelöst und enttäuscht, er hat Menschen brüskiert und blamiert, und er scheint sich damit die Missgunst, die Verachtung, den Zorn und letzten Endes auch den Hass von vielen Personen zugezogen zu haben – wohl abgesehen von denjenigen, die sich gerade – und vermutlich nur temporär – in der Sonne seiner Gnade, seiner Gunst und seiner Zuneigung wähnten.«

Nach diesem rhetorischen Kraftakt legte ich eine kurze Pause ein, aber Küchle machte keine Anstalten, meinen Redefluss zu bremsen, und sah mich weiterhin erwartungsvoll an. »Ich kann keine Rangordnung des Hasses auf Hahne aufstellen – sind es vor allem die Frauen, die er ausgenutzt und dann sitzengelassen hat, oder sind es deren Partner, soweit vorhanden, die ihm oder den Frauen die Seitensprünge übelnehmen und die sich vielleicht dadurch besonders gedemütigt fühlen, weil es sich bei dem Don Juan um einen Kollegen oder Vorgesetzten handelte? Dabei fällt mir ein: Am stärksten und brutalsten betrogen müsste sich doch eigentlich seine Lebensgefährtin, diese Frau Tiburtius-Hahne, fühlen. Aber heißt es nicht immer, dass Frauen anders morden als Männer – allein schon wegen der unterschiedlichen Körperkräfte? Frauen sollen angeblich Giftmorde ...«

Küchle unterbrach meine Spekulationen. »Daran haben wir auch schon gedacht. Aber Frau Tiburtius war ja trotz des von ihr geführten Doppelnamens nicht mit Hahne verheiratet, was bedeutet, dass sie nach dessen Tod keinen Anspruch auf so etwas wie eine Witwenrente oder Witwenpension von seiner Seite hat. Durch Hahnes Tod steht sie praktisch mittellos da.« – »Aber möglicherweise ist sie die Begünstigte einer auf den Tod von Hahne abgeschlossenen Lebensversicherung ...«, fabulierte ich weiter. »Ah, da spricht der Spezialist«, fiel mir Küchle wieder ins Wort, und es klang so, als wäre »Spezialist« ein Synonym zu »weltfremder Fachidiot« und als hielte er meine Gedanken folglich für ziemlich praxisfern, wenn nicht sogar abwegig. Aber er ging mit keinem weiteren Wort auf diesen aus meiner Sicht recht naheliegenden Gedanken ein. Entweder, so schloss ich, waren er und seine Kollegen auf diese Idee noch gar nicht gekommen, oder man war ihr zwar schon nachgegangen, er aber konnte oder wollte dazu nichts verlauten lassen.

Unverdrossen setzte ich meine kriminalistischen Mutmaßungen fort: »Aber die Täter und deren Motive müssen ja nicht unbedingt der Hochschule entstammen. Meines Wissens reichten Hahnes Aktivitäten und Umtriebe weit über diesen Bereich hinaus. So soll er zum Beispiel Einfluss auf die Umwidmung und Umgestaltung der benachbarten Gebäude in Studentenwohnheime genommen haben, und auch bei der umstrittenen Erweiterung des Golfplatzes hatte er angeblich die Hände im Spiel.«

Küchles Gesichtsausdruck blieb undurchschaubar – amüsierte er sich heimlich über meinen Eifer, wunderte er sich darüber, wie viele Informationen zu Hahne ich in so kurzer Zeit gesammelt hatte, oder war er vielleicht sogar ein wenig beeindruckt, weil ich Überlegungen anstellte, auf die er noch gar nicht gekommen war? Zumindest verkniff er es sich, mich mit der herablassenden Bemerkung mancher Fernsehkommissare »Sie lesen wohl zu viele Kriminalromane!« zur Ordnung zu rufen, und ließ nur ein undefinierbares »Hm, hm …« hören.

Ich überlegte kurz, ob ich ihm von den »Fischkopp«-Anschlägen auf mich und der E-Mail-Drohung erzählen sollte, beschloss aber, dies nicht zu tun. Er hätte dies womöglich als Wichtigtuerei ausgelegt. Auch der Umstand, dass Hahne die Sekretärin von Kramer geschwängert hatte, erschien mir zu läppisch, um ihn in diesem Zusammenhang zu erwähnen – außerdem war er den Ermittlern vermutlich bestens bekannt.

Stattdessen ermannte ich mich zu einer kühnen Hypothese: »Ich kann mir nicht vorstellen, dass es sich um eine spontane Tat, sozusagen im Affekt, gehandelt hat. Vielleicht hatte der Täter sogar vorgesehen, die Tat zu vertuschen, indem er z. B. den Leichnam von Hahne mit Müll bedecken wollte. Dann wäre die Leiche vermutlich in einer Müllverbrennungsanlage eingeäschert worden. Nur weil rein zufällig und völlig unvorhersehbar der Hausmeister kam und den Container von dem Stellplatz entfernte, konnte der Täter diesen Teil des Plans nicht mehr durchführen. Auch nicht, als die Container hier vor der Tür standen, weil ich ja unmittelbar nach deren Abstellen eintraf und schon kurz danach den Container aufklappte und Hahnes Leiche entdeckte.«

Küchle hatte während meiner Ausführungen auf seine Armbanduhr geschaut und erhob sich sofort, als ich meine Schilderung beendet hatte. »Ja, so könnte es sich zugetragen haben. Der Hausmeister hat erklärt, dass er gleich nach dem Anruf von Hunger zu den Containern gegangen ist. Und ›gleich‹ heißt in diesem Fall wohl wirklich ›unmittelbar‹, was bei Hausmeistern ja keinesfalls selbstverständlich ist … Na gut. Ich danke Ihnen auf jeden Fall für Ihre Hilfe – wenn Ihre sachdienlichen Hinweise zur Ergreifung des Täters führen, bekommen Sie einen Orden!« Diesen Spott mochte ich nicht auf mir sitzen lassen. »Ach, wissen Sie, mit Orden halte ich es wie Bismarck – die meisten sind nicht verdient, sondern erdient, erdienert oder erdiniert!«

Küchle hatte wohl genug von mir und meiner Schlaumeierei, Er ignorierte diese Bemerkung, schritt zur Tür und sagte im Hinausgehen: »Wir hören voneinander. Ade!« Auch ich erhob mich, öffnete das Fenster mit der schmutzigen Scheibe, um die verrauchte Luft zu vertreiben, und entleerte den provisorischen Aschenbecher in den Papierkorb. Dabei fiel mir der Zettel auf dem Regalbrett wieder ein. Es handelte sich um einen einfachen Notizzettel, auf den jemand das Wort »Fotos« geschrieben hatte. Brosi? Als ich den Zettel umdrehte, konnte ich dessen Herkunft erkennen. Eingedruckt stand dort »Birdie Club Restaurant« – offenbar spielte der Verfasser dieser Notiz Golf.

32

Von Gabi Schüssler sah und hörte ich weiterhin nichts, und ich hatte auch keine Lust, sie von mir aus zu kontaktieren. Sollte unsere sonderbare Beziehung schon wieder zu Ende sein? Mich bekümmerte vor allem die Frage nach den Gründen und Motiven ihres ungewöhnlichen Verhaltens mir gegenüber. Hatte sie mich auf Grund meines wohl unkonventionellen und wenig professoralen Auftretens, meines Lebenslaufs oder meiner im Vergleich zu den Kollegen jugendlichen Erscheinung einfach nur »interessant« gefunden? Hatte sie aus irgendeinem Grund spontan Sympathie für mich gehegt? Aber warum hatte sie offenbar keinerlei Scheu, diese ganz direkt gegenüber einem so gut wie Fremden zum Ausdruck zu bringen? Hatten ihre Tätigkeit am Lehrstuhl Hunger und die dort möglicherweise herrschenden Umgangsformen ihr Gespür für eine angemessene Distanz zu anderen Universitätsangehörigen und ihren Respekt vor der Professorenschaft reduziert oder beschädigt?

Oder verfolgte sie ein bestimmtes Ziel und hatte gehofft, mich hierfür instrumentalisieren zu können? Gab es an der Fakultät oder bei einzelnen Angehörigen bezüglich meiner Person und meiner zukünftigen Position im Lehrkörper eine Art »hidden agenda«, von der sie wusste und in die sie sich aus irgendeinem Grund einklinken wollte?

Aber vielleicht interpretierte ich ihr Verhalten auch ganz falsch, überschätzte die Bedeutung unserer Kontakte und die Rolle, die ich dabei spielte. Möglicherweise waren mir in Folge meiner beruflichen Sozialisation in einem konservativen und hierarchisch strukturierten Unternehmen der Privatwirtschaft die Umgangsformen junger Studentinnen einfach fremd. Vermutlich fehlten mir auch die Antennen, die erforderlich waren, um bestimmte Botschaften aufzufangen oder zu entschlüsseln, die an mich gerichtet waren.

Ich gab mir einen Ruck, beendete diese fruchtlosen Gedankenspiele und widmete mich der Abarbeitung der zwischenzeitlich in meiner Mailbox eingegangenen Post. Darunter war auch die von Kraus angekündigte, mit »streng vertraulich!« gekennzeichnete E-Mail, die lediglich auf die Änderung des Sitzungsortes hinwies, ohne einen Grund dafür zu nennen.

Ich beschloss, einen Gang in die Innenstadt zu unternehmen, dort zu Mittag zu essen, einige Einkäufe zu tätigen und dann direkt zu der Sitzung im Hause der Oberfinanzdirektion zu gehen. Ich war zuversichtlich, inzwischen mit den örtlichen Verhältnissen so gut vertraut zu sein, dass ich problemlos den Weg zum Sitzungsort finden und dort auch pünktlich eintreffen würde.

Diese Rechnung hatte ich allerdings ohne einen in der ganzen Region bekannten Mundartdichter gemacht, der in der von mir angesteuerten Buchhandlung gerade eine Lesung aus seinem neuesten Werk durchführte. Dieses trug einen für mich gänzlich unverständlichen Titel, der nur aus den Buchstaben m, n und u bestand. Der Meister der Dialektliteratur verfügte offenbar über eine stattliche Anhängerschaft, die den größten Teil der Ladenfläche bis hin zur Eingangstür ausfüllte, wodurch er meinen Blicken entzogen war. Während ich mich gegen den trotzigen Widerstand der gebannt Lauschenden ins Ladeninnere vorkämpfte, versuchte ich, auch etwas von den Worten des Künstlers aufzuschnappen, aber ich verstand kein Wort. Nicht einmal die Erwartung, vielleicht aus berufenem Munde das mir inzwischen bekannte »Lappeduddel« zu vernehmen, erfüllte sich.

Nachdem ich mich zwischen mehreren Dutzend Freunden und Freundinnen der regionalen Mundart hindurchgedrängt und dabei zahlreiche empörte Blicke auf mich gezogen hatte, erreichte ich einen Drehständer mit Neuerscheinungen. Dieser war zwar so eng umstellt, dass er sich gar nicht drehen ließ, enthielt aber an der mir zugewandten Seite immerhin zwei Bücher, deren Lektüre für mich befriedigender zu werden versprach als die der Bestseller des Lokalmatadors, handelte es sich dabei doch um neue Werke von Autoren, die es fast auf den Fragebogen der Annika Dobler geschafft hätten.

Es folgte ein weiteres Spießrutenlaufen in Richtung Kasse und anschließend eine Art Ringkampf im Freien Stil zurück zum Ausgang, den ich trotz erheblicher Gegenwehr körperlich unversehrt überstand. Kaum hatte ich meine Bewegungsfreiheit wiedergewonnen, zeigte mir allerdings ein Blick auf die Straßenuhr eines gegenüberliegenden Ladens, dass mein bibliophiles Abenteuer sehr viel Zeit verschlungen hatte, so dass ich den Beginn der Sitzung kaum noch pünktlich erreichen würde.

Kurz nach fünfzehn Uhr bog ich um die Ecke des Gebäudes der Oberfinanzdirektion und legte mir im Geiste schon eine Ausrede zurecht, die darauf hinauslief, dass ich irrtümlicher Weise von einem Beginn »c. t.« an Stelle des »s. t.« ausgegangen war. Doch dann sah ich, dass ich auf diese peinliche Rechtfertigung wohl nicht würde zurückgreifen müssen, denn der Eingang des Hauses war gar nicht zugänglich.

Ich hatte mich während meines Studiums kaum an Protestaktionen beteiligt, obwohl ich mit deren Zielen durchaus gelegentlich sympathisierte. Ein Kommilitone hatte mein in dieser Hinsicht sehr abstinentes Verhalten einmal mit den Worten charakterisiert, dass die Revolution, an deren Spitze ich marschieren würde, wohl erst noch erfunden werden müsste. Und nun war ich auch noch Nutznießer des studentischen Widerstandes!

Ich sah, dass sich vor dem Eingang eine Gruppe von etwa zwanzig jungen Leuten aufgestellt hatte, die Spruchbänder und Transparente hochhielten und Parolen skandierten, von denen ich nur Wortfetzen verstand. Auf einem der Spruchbänder stand in roten Lettern »Baut ein neues Studentenhaus. Kein alter Mieter zieht hier aus!« Und als ich näher kam, erkannte ich unter den Demonstranten Gabi Schüssler und Max. Der Anblick von Gabi versetzte mir einen kleinen Stich, und die Begeisterung ausstrahlende Miene von Max ließ bei mir kurz die Erinnerung an einen ähnlichen, wenn auch nicht ganz so enthusiastischen Gesichtsausdruck aufblitzen, aber ich konnte diese Assoziation nicht festhalten.

Offensichtlich blockierten die Demonstranten den Eingang, um zu verhindern, dass die Mitglieder des Wohnheimausschusses das Gebäude betreten und ihre Sitzung planmäßig durchführen konnten. Somit war die Verlegung in die »Schweinemensa« vergeblich gewesen – die Protestierer hatten rechtzeitig davon erfahren.

In einer Gruppe von Ausgesperrten entdeckte ich Kraus und Brosi. Kraus unterhielt sich mit einer mir nicht bekannten Frau, aber Brosi nahm mich sofort wahr, ging mir entgegen und sagte empört: »Das ist doch eine Riesenschweinerei! Ich möchte zu gern wissen, wer denen die Verlegung des Sitzungsortes verraten hat. Viele kommen nicht in Frage.« Jetzt hatte mich auch Kraus gesehen. »Hallo, Herr Rieger!« Und zu seiner Gesprächspartnerin gewandt: »Frau Dr. Wehrmann-Finke – dies ist unser neuer Kollege!«

Ich gab der Dame, deren einprägsamen Namen ich schon auf dem Einladungsschreiben gelesen hatte, die Hand, deutete eine leichte Verbeugung an und stellte mich vor: »Jürgen Rieger, freut mich sehr!« – »Petra Wehrmann-Finke, freut mich auch!«, gab sie zur Antwort, und zumindest von meiner Seite war die Freudenbekundung nicht einmal übertrieben. Sie war eine attraktive Frau, die ich auf Anfang fünfzig schätzte, obwohl man sie durchaus auch für jünger halten konnte. Sie hatte volles, dunkles, halblanges Haar und freundliche Augen, aus denen sie mich anlächelte. Trotz der milden Temperaturen trug sie einen dicken Mantel, für den sie statt des tristen Dunkelbrauns vielleicht einen etwas lebhafteren Farbton hätte wählen können.

Sie fuhr fort: »Warten Sie, ich gebe Ihnen meine Karte«, nestelte ein wenig hektisch in ihrer großen Handtasche herum und förderte schließlich eine Visitenkarte zu Tage.

»Ich habe leider noch keine aktuelle Karte, und ich bin zur Zeit auch noch in einem provisorischen ...« Brosi, der möglicherweise eine vorwurfsvolle Litanei befürchtete, unterbrach mich: »Dr. Rieger nutzt momentan ein Büro im Verfügungsbau. Und der Druckauftrag für Briefbögen und Karten ist schon erteilt. Wir machen nur eine kleine Auflage, die aber sicher bis zum Umzug in neue Räume reichen wird.« Ich empfand sein Verhalten wieder einmal als ziemlich respektlos und hätte am liebsten hinzugefügt, dass ich ja zum Glück schon Routine darin hatte, etwaige überzählige Druckstücke zu entsorgen, und welche netten Entdeckungen man dabei machen könnte, aber in der Zwischenzeit hatten sich um uns herum weitere Wartende eingefunden, und Kraus ergriff das Wort.

»Meine Herrschaften, bitte entschuldigen Sie diese Unzuträglichkeiten, aber unter diesen Umständen müssen wir wohl, so leid es mir tut, auf die Durchführung unserer Sitzung verzichten. Wir werden einen neuen Termin festlegen und Sie rechtzeitig über Ort und Zeit informieren.« Einer der Umstehenden, den ich nicht kannte, fügte in leicht gereiztem Ton hinzu: »Und bitte tragen Sie dann dafür Sorge, dass diese Revoluzzer vorab nichts davon erfahren!«

Frau Dr. Wehrmann-Finke stöhnte leicht auf und flüsterte mir zu: »Ach, unser Faktotum mal wieder. Von der Parteien Gunst und Hass verwirrt ...« – »Schiller, Wallenstein, oder?« sagte ich und hätte mich sogleich ohrfeigen können für meinen erneuten Rückfall in geistige Präpotenz. Aber meine Nachbarin schien mir diesen nicht übel zu nehmen und antwortete in freundlichem, wenn auch leicht spöttischem Ton: »Oh – dabei sind Sie doch Mathematiker, oder?«

Mich wunderte nicht, dass sie es offenbar für ungewöhnlich hielt, dass ein Mathematiker ein Schiller-Zitat erkannte. Ich war vielmehr erstaunt darüber, dass sie über mein Fachgebiet Bescheid wusste. Seit meinem Eintreffen hier hatte dies jedenfalls niemand erwähnt. Ich erzählte ihr kurz meinen beruflichen Werdegang und fragte sie dann, ob sie mit Professor Finke verwandt sei. Ja, sie sei seine Witwe, ließ sie mich wissen.

33

Als ich am nächsten Morgen am Schreibtisch saß und meine dienstliche Mailbox öffnete, musste ich feststellen, dass sich Gabi Schüssler auch auf diesem Wege nicht bei mir gemeldet hatte. Dieser Umstand zusammen mit ihrem gestrigen Auftritt bei der studentischen Demonstration an der Seite ihres Kommilitonen Max ließ sie für mich in einem immer trüberen Licht erscheinen. Es mochte ja zutreffen, dass ich ihr auf Grund der »Papierform« und insbesondere seit meinem Vorstellungsvortrag sympathisch erschienen war, aber das konnte, so sehr es mir schmeichelte, nun doch nicht der Hauptgrund für ihre ziemlich massiven und ja auch nicht erfolglosen Annäherungsversuche gewesen sein. Steckte sie in Wahrheit mit Max und Gregor unter einer Decke?

Ich wollte mich gerade der Bearbeitung einer eingegangenen E-Mail zuwenden, als es an meiner Tür klopfte. Auf mein »Ja, bitte?« öffnete sich langsam die Tür, und es erschien zu meiner nicht geringen Überraschung Frau Dr. Wehrmann-Finke. Sie war diesmal in bunteren Farben – hellblaue Jacke, dunkelblaue Jeans – gekleidet und trug eine für ihr kleines Gesicht viel zu große Sonnenbrille, die sie abnahm, um mir ein überaus freundliches Lächeln zu schenken.

»Bitte entschuldigen Sie, dass ich hier einfach so hereinplatze, Herr Rieger, aber ich habe in der Nähe zu tun und dachte, dass ich Ihnen vielleicht dies hier vorbeibringen kann.« Sie hatte wieder ihre große Tasche dabei, entnahm dieser ein Buch und legte es vor mir auf den Tisch. Es war noch in Folie eingeschweißt, aber ich erkannte es sofort – es handelte sich um die Festschrift für Ihren verstorbenen Mann, den legendären Professor Finke.

Ohne eine Reaktion von mir abzuwarten, fuhr sie fort:

»Haben Sie einen Moment Zeit für mich?« – »Natürlich«, gab ich zur Antwort, und dies traf ja auch wirklich zu. »Ich kann Ihnen aber leider gar nichts anbieten, nicht einmal ein Glas Mineralwasser ...« – »Das macht doch nichts, das können wir ja vielleicht einmal nachholen! Ich kann ohnehin nicht lange bleiben«, entgegnete sie, und ich wunderte mich darüber, wie sie unverblümt und en passant schon ein weiteres Treffen ins Gespräch brachte.

»Ja, das ist die Festschrift für meinen verstorbenen Mann«, fuhr sie fort. »Aus einer Zeit, die man sich gar nicht mehr vorstellen kann. Heutzutage könnte doch keiner der Professoren eine hinreichende Anzahl ihm gewogener Schüler und Kollegen aufbieten, um eine Festschrift auf die Beine zu stellen, und das gilt allein schon für die Quantität. Von der Qualität ganz zu schweigen ... Wissen Sie, wem mein Mann als einzigem aus diesem Lehrkörper ein erstklassiges wissenschaftliches Format bescheinigt hat – dem armen Kettler! Und der ist nun auch tot!«

Ich musste daran denken, dass Kettler seinerseits seinem Ex-Kollegen Finke bescheinigt hatte, bei den Hörern seiner Vorlesungen »fortlaufenden Erfolg« zu haben, und damit auf die sich im Laufe einer Vorlesungszeit stark lichtenden Reihen des Auditoriums anspielen wollte, und dass er Finkes Witwe als »scharfes Mäuschen« bezeichnet hatte. Obwohl ich, anders als Kettler bei dem damaligen Telefonat, stocknüchtern war, musste ich ihm nachträglich und posthum bestätigen, dass zumindest der Augenschein und das Auftreten von Frau Dr. Petra Wehrmann-Finke nicht gegen seine Bewertung sprachen.

Zwar war ich neugierig darauf, mögliche weitere Enthüllungen und Einschätzungen zu meiner Fakultät aus dem Mund von Finkes Witwe zu erhalten, hielt es aber für angezeigt, auch einen aktiven Teil in dieser Konversation zu übernehmen und zugleich etwas mehr über die offenherzige Dame in Erfahrung zu bringen. Das würde es mir sicherlich auch erleichtern, ihren Worten das ihnen gebührende Gewicht zuzumessen. War sie nur das Echo ihres verstorbenen Gatten oder verfügte sie über echte street credibility auf dem harten Pflaster dieses Campus?

»Sie kennen sich ja offensichtlich bestens aus – waren oder sind Sie auch an der Hochschule für Finanzen, Geld und Währung tätig?« – »Oh nein! Was ich über die Hochschule weiß, habe ich fast ausschließlich von meinem Mann oder bei der Mitarbeit in einigen Gremien erfahren. Wie Sie ja wissen, bin ich unter anderem im gemeinsamen Wohnheimausschuss von Universität und Hochschule tätig. Ansonsten habe ich eine Stelle als wissenschaftliche Angestellte am Soziologischen Institut der Universität inne – Sie merken schon: Mein Metier besteht im wesentlichen aus Gedöns und Sozialklimbim. Über meinen Mann gab es natürlich auch ein paar persönliche Kontakte, aber die sind seit seinem Tod immer mehr zurückgegangen. Und Hahne hat sogar versucht, mich aus dem Wohnheimausschuss hinauszudrängen!«

»Oh, dann sind Sie ja eine weitere Verdächtige in diesem Mordfall«, sagte ich und freute mich, dass wir durch ihre Bemerkung wieder auf das Thema Hahne zurückgekommen waren, ohne dass ich dies von mir aus forcieren musste. »Ja«, entgegnete sie, »unbedingt! Zwischen meinem Mann und Hahne herrschte noch so etwas wie Waffenstillstand: Sie haben sich nicht gemocht, aber respektiert, und beide sind davon ausgegangen, dass sie bei einer offenen Auseinandersetzung nur Schaden nehmen würden. Mein Mann hat Hahne wegen seiner Weibergeschichten zutiefst verachtet. Mir gegenüber hat er ihn immer den Tangotänzer genannt.« – »Wegen der Hauptfigur in dem Roman ›Die Rückkehr des Tanzlehrers‹ von Henning Mankell?« – »Das wäre ein netter Bezug, darauf bin ich noch gar nicht gekommen! Nein, wegen des Bonmots von George Bernard Shaw: ›Tango ist der vertikale Ausdruck eines horizontalen Verlangens‹.«

Ich kam nicht dazu, meinem Entzücken über dieses treffende und originelle Zitat Ausdruck zu verleihen, denn in diesem Moment klingelte mein Telefon. »Bitte entschuldigen Sie«, sagte ich, griff zum Hörer und hoffte inständig, dass der Anruf nicht etwa von Gabi Schüssler kam. »Kaspar Matschke hier. Der Hammer: Es hat angeblich eine Verhaftung im Mordfall Hahne gegeben. Wissen Sie was darüber?« – »Das ist in der Tat ein Hammer! Nein, ich weiß leider absolut nichts. Und Sie – irgendwelche Details?« – »Nö«, antwortete Matschke, hörbar enttäuscht darüber, dass ich ihm nichts bieten konnte. »Na ja, vielleicht melden Sie sich, wenn Sie etwas hören.« – »Und Sie sich umgekehrt auch«, bat ich, und wollte noch hinzufügen, dass er durch seinen Anruf ja zumindest erfahren hatte, dass nicht ich verhaftet worden sei, aber da hatte er schon grußlos aufgelegt.

Meine Besucherin schaute mich erwartungsvoll an, und ich hatte ja keinen Grund, mit dieser Information hinterm Berg zu halten. »Passt genau zum Thema«, ließ ich sie wissen. »Es soll eine Verhaftung im Mordfall Hahne gegeben haben. Mehr ist noch nicht bekannt.« – »Na, das wurde ja auch Zeit. So groß kann der Kreis der potentiellen Täter doch gar nicht sein.« – »Haben Sie denn irgendeine Vermutung?«

Sie zögerte kurz. Ich war zwar gespannt auf ihre Antwort, konnte mich aber andererseits der Wirkung, die ihre nachdenkliche, leicht versonnene Miene auf mich machte, nicht entziehen – diese Dame war wirklich verdammt attraktiv. Und sie kannte wohl auch ihre Wirkung.

»Also, Hahne hat viele Personen an ihrer Hochschule und speziell an ihrer Fakultät furchtbar verletzt. Und wenn ich es richtig mitbekommen habe, muss wohl ein Mann der Täter oder einer der Täter gewesen sein, allein schon wegen der Körperkräfte, die für die Durchführung des Mordes erforderlich waren. Ich tippe also auf einen Kollegen, dem er besonders übel mitgespielt hat – sei es beruflich oder sei es privat, weil er dessen Frau verführt hat.«

Sie machte eine Pause, und ich überlegte, ob ich noch weiter nachfragen durfte, ohne als allzu neugierig oder indiskret zu erscheinen, aber da fuhr sie auch schon fort:»Besonders übel hat er der armen Beate Werner mitgespielt. Die hat er fast in den Suizid getrieben, so wie den Tiburtius.« – »Beate Werner? Die kenn ich noch gar nicht!« – »Doch, die kennen Sie bestimmt! Das ist doch die Sekretärin von … Ach so, das ist ja ihr Geburtsname! Wie heißt sie doch noch gleich …?« – »Ammeyer vielleicht? Das ist die Sekretärin von Hunger. Die heißt meines Wissens mit Vornamen Beate.«

»Richtig, Beate Ammeyer. Eine tüchtige Sekretärin. Die hat auch mal für meinen Mann gearbeitet, bevor Hunger berufen wurde, der sie dann übernahm. Und …« Jetzt klingelte ihr Mobiltelefon. Sie begann wieder mit einer Wühlerei in ihrer Tasche, schaute, als sie das Gerät endlich in der Hand hatte, auf das Display und meldete sich: »Ja, mein Schatz? Nein, ich habe Dich nicht vergessen. Bin schon unterwegs! In zehn Minuten am Haupteingang!«

Ich musste mir eingestehen – ihr »Schatz« hatte mir einen leichten Stich versetzt. Konnte ich so töricht sein? Sie stand auf und sagte: »So, nun muss ich aber wirklich los. Ich hoffe, Sie finden den Täter! Und danach schauen Sie vielleicht mal in das Buch!« Sie machte eine Kopfbewegung zur Festschrift für ihren Mann und ging in Richtung Tür, bevor ich mich auch nur von meinem Stuhl erheben konnte. »Bis bald einmal«, sagte sie, ohne sich umzudrehen, und war im gleichen Moment hinter der Tür verschwunden.

Ich war mir sicher, dass ihr wohl bewusst war, welche Wirkung sie auf mich ausgeübt hatte. »This could be heaven, and this could be hell«, dachte ich bei mir, bevor ich mir einen Ruck gab, um den Mordfall Hahne endgültig und vollständig zu lösen. Mit weniger wollte ich mich nicht zufriedengeben.

34

Ich hatte tatsächlich das Gefühl, dass ich einer Aufklärung des Verbrechens, das vor einer Woche fast vor meinen Augen stattgefunden hatte, ziemlich nahe war. Während des Gespräches mit Frau Wehrmann-Finke hatte ich mich zwar einige Male zu pennälerhaften Gefühlswallungen libidinösen Ursprungs hinreißen lassen, aber mein Verstand war nicht komplett ausgeschaltet gewesen. Nun galt es, mich vollständig auf den Hahne-Mord zu konzentrieren, um die diversen neuen Denkanstöße, die ich erhalten hatte, zu ordnen, zusammenzuführen und in eine konkrete Schlussfolgerung zu überführen.

Ein wenig erinnerte mich diese Aufgabe an die Erstellung und Begründung eines mathematischen Theorems: Man fügt Annahmen, Voraussetzungen und bekannte Resultate in geeigneter Weise zusammen, um einen neuen Lehrsatz zu formulieren und zu beweisen. Bei dieser Assoziation musste ich an einen Ausspruch denken, den Cédric Villani, ein Direktor des Institut Henri Poincaré und Träger der Fields-Medaille, getan hatte: »Mathematische Ästhetik einem Außenstehenden zu erklären, ist, als wolle man einem Alien die Schönheit einer Frau begreifbar machen.« War ich da nicht schon wieder bei der Witwe Wehrmann-Finke gelandet?

Der wichtigste Punkt, der aber noch einer genauen Verifizierung bedurfte, schien mir eine mögliche verwandtschaftliche Beziehung zwischen Frau Ammeyer und Maximilian Werner zu sein. Als ich vorhin erfuhr, dass »Werner« nicht nur der Nachname des mir bekannten Studenten namens Max, sondern zugleich der Mädchenname von Frau Ammeyer war, hatte ich mich an meinen visuellen Eindruck vom Vortag erinnert: Richtig, das Gesicht von Max ähnelte – ja wem? Ich grübelte eine Zeitlang, dann fiel es mir ein: Es ähnelte dem Gesicht der Frau Ammeyer auf dem Gruppenfoto, das ich in der Finke-Festschrift entdeckt hatte, als ich mein Büro entrümpeln wollte. Dem Foto, auf dem die junge Frau Ammeyer dem drahtigen Professor Hahne so auffällig nahe gekommen war.

Wie konnte ich herausfinden, dass die beiden wirklich Brüderchen und Schwesterchen waren? Wenn ich am Lehrstuhl Hunger anrief, konnte es passieren, dass ich Gabi Schüssler am Apparat hatte. Darauf hatte ich nicht die geringst Lust. Wahrscheinlicher war, dass Frau Ammeyer den Hörer abnahm. Sie war sicherlich die kompetenteste Auskunftgeberin, aber konnte ich sie so einfach auf den Kopf zu fragen: »Ist Max Werner Ihr Bruder?« Falls mein Verdacht auch nur andeutungsweise in die richtige Richtung zielte, würde ich sie mit dieser Anfrage natürlich stutzig machen.

Wenn ich Glück hatte, landete ich sofort beim Kollegen Hunger – der würde mir vermutlich auch weiterhelfen können, und den konnte ich bei einer eventuellen Rückfrage mit der zutreffenden Angabe abspeisen, dass mir bei der Demonstration am Vortag die Ähnlichkeit der beiden aufgefallen war. Ach ja – das konnte ich gegebenenfalls auch Frau Ammeyer zur Antwort geben, sollte sie sich trotz aller Distanz, Diskretion und Disziplin über meine Anfrage verwundert zeigen.

Ich griff zum Hörer, wählte Hungers Nummer und hörte zunächst nur ein Knacken in der Leitung. Dann meldete sich zu meiner Überraschung keine der Personen, auf die ich mich gerade eingestellt hatte, sondern Evi Ulrich, die Sekretärin von Specht. Ich versuchte, mich so rasch wie möglich auf dieses neue Szenario einzustellen. »Hallo, Frau Ulrich, Jürgen Rieger hier. Eigentlich …« – »Eigentlich haben Sie jemand anders erwartet, stimmt's?«, unterbrach sie mich. »Ja, Frau Ammeyer ist nicht am Platz und hat ihren Apparat zu mir umgestellt. Kann ich Ihnen vielleicht trotzdem weiterhelfen? Die Herren Hunger und Specht sind allerdings auch nicht da.« Ich zögerte einen Moment. »Ach, ich hatte nur eine kleine private Frage an Frau Ammeyer. Sie haben ja sicherlich mitbekommen, dass gestern die Sitzung des Wohnheimausschusses wegen einer Studentendemonstration geplatzt ist. Einer der demonstrierenden Studenten hatte eine verblüffende Ähnlichkeit mit Frau Ammeyer, und da hatte ich sie nur fragen wollen, ob es da vielleicht eine verwandtschaftlich Beziehung gibt.« – »Die gibt es in der Tat! Wenn Sie nämlich den Max Werner meinen. Der ist der jüngere Bruder von Frau Ammeyer. Und der war übrigens vorhin hier. Und nun weiß ich genau über Sie Bescheid, Herr Dr. Rieger!«

Ein leichter Schrecken durchzuckte mich. Hatte Max ihr etwas über mein Treffen mit Gabi Schüssler erzählt? Ich gedachte des freizügigen Fotos von ihr, das ich ebenfalls in der Finke-Festschrift gefunden hatte, und wollte schon kontern »Und ich kenne Sie auch viel besser, als Sie es sich vorstellen können, Frau Ulrich!«, aber ich verwarf diesen törichten Gedanken und gab stattdessen zur Antwort: »Da bin ich aber mal gespannt – welche sensationellen Enthüllungen über mich hat es denn gegeben?«

Sie schien einen Moment zu zögern. »Ich glaube, ich hab mich da ein wenig verplappert, Herr Dr. Rieger. Also, der Max Werner arbeitet doch bei dieser Studentenzeitschrift mit, für die Sie so einen Fragebogen ausgefüllt haben. Ja, und den hatte er vorhin dabei und hat ein bisschen daraus vorgelesen. Und das mit Ihrem Onkel Gustav find ich ja total süß!«

Nun ja, diese Geschichte hatte ich mir selber eingebrockt – vielleicht hätte ich den vermaledeiten Fragebogen doch etwas weniger selbstverliebt und offenherzig bearbeiten sollen. Aber ich wollte jetzt meine Detektivarbeit konsequent fortsetzen, überging die total süße Onkel-Gustav-Passage und fragte: »Taucht der Bruder von Frau Ammeyer häufiger mal bei Ihnen oder seiner Schwester auf? Ich habe ja viel mit Frau

Ammeyer zu tun, aber ihr Bruder ist mir dabei noch nie über den Weg gelaufen.«

Mir war klar, dass Frau Ulrich diese Frage für ziemlich merkwürdig halten musste, und überlegte mir schon, wie ich reagieren könnte, wenn sie dies auch zum Ausdruck bringen würde. Aber sie antwortete ganz anders, als ich erwartet hatte. »Na ja, heute war eben auch ein besonderer Tag. Frau Ammeyer hat schon gegen neun einen Anruf von der Kripo erhalten. Die wollten wohl eine Zeugenaussage zu der Mordgeschichte von ihr haben. Als wenn sie irgendetwas mit dem Tod von Professor Hahne zu tun haben könnte! Und wenn sie etwas beobachtet hätte, dann hätte sie dies den Beamten doch längst mitgeteilt! Das Ganze hat sie jedenfalls so in Aufregung versetzt, dass sie ihren Bruder verständigt hat. Der ist kurze Zeit später hier aufgetaucht, und mit dem ist sie dann auch weggegangen.«

Zwar widerstrebte es mir, mich allzu sehr von meinem Jagdfieber mitreißen zu lassen und sie immer weiter mit Fragen zu bedrängen, aber ich hatte andererseits das Gefühl, einer Aufklärung des Hahne-Mordes immer näher zu kommen, und so unterdrückte ich meine Skrupel und bohrte weiter. »Das wundert mich. Ich habe Frau Ammeyer als eine sachliche, sehr ruhige und beherrschte Frau kennengelernt. Ich kann sie mir gar nicht in heller Aufregung vorstellen.« Evi Ulrich biss an. »Da haben Sie vollkommen Recht, Herr Rieger! Die Beate ist eigentlich ein Muster an Gelassenheit und Disziplin. Aber es gibt wohl ein paar Dinge, die ihr sehr nahegehen. Und dann reagiert sie schon mal ziemlich emotional. Am Tag, als Professor Hahne ermordet wurde – da war sie förmlich ein Nervenbündel.«

Ich unterbrach sie. »Hat denn in erster Linie der Tod von Hahne sie so aufgeregt oder vor allem der Umstand, dass er ermordet worden ist?« – »Das Merkwürdige ist – sie muss schon vorher ziemlich von der Rolle gewesen sein, wenn ich das mal so salopp ausdrücken darf. Ich hab das nur indirekt mitbekommen und … Ja, Sie waren zu der Zeit doch gerade hier drüben! Und der Professor Hunger kam danach zu mir und fragte, ob ich ihm dabei behilflich sein könnte, ein paar Büromaterialien für Sie zusammenzustellen. Frau Ammeyer hätte einen schweren Migräneanfall erlitten, und er habe sie sofort nach Hause geschickt.«

Sie machte eine kurze Pause. Vielleicht hatte sie Angst, dass ich sie für eine Plaudertasche halten würde, wenn sie noch mehr erzählte. Ich schwieg geduldig, und tatsächlich schien sie sich über ihre möglichen Bedenken hinwegzusetzen und fuhr fort: »Ich hab mich zwar, offen gestanden, ein wenig darüber gewundert, dass die Sache mit Ihrem Büromaterial so dringend zu sein schien, aber Herr Hunger hatte anscheinend Ihnen gegenüber ein schlechtes Gewissen, weil bisher noch niemand daran gedacht hatte, sie zu versorgen – das Dekanat hatte sich wohl auf den Lehrstuhl Hunger verlassen und umgekehrt. Und weil ja in der vorlesungsfreien Zeit nicht so furchtbar viel Arbeit anfällt, hab ich das auch gern für ihn und vor allem für Sie getan.« Nun unterbrach ich sie doch. »Ach, dann hab ich das Ihnen zu verdanken, Frau Ulrich! Vielen Dank! Und die Container haben Sie dann auch gleich beim Hausmeister angefordert?« – »Sie meinen die Container, in denen …? Nein, das war ich nicht. Davon wusste ich gar nichts.«

Mir fiel wieder ein, dass Küchle ja tatsächlich davon gesprochen hatte, dass der Hausmeister den Auftrag, Container vor mein Büro zu stellen, von Hunger erhalten hatte. »Danke, Frau Ulrich«, beendete ich das Gespräch ziemlich abrupt, denn ich hatte nun das Gefühl, der Aufklärung des Hahne-Mordes ganz nahe zu sein, und wollte mich nicht mehr von der mutmaßlich heißen Spur abbringen lassen, »Sie haben mir sehr geholfen. Ihnen noch einen schönen Tag!« Möglicherweise wunderte sie sich über meine plötzliche Eile und vor allem darüber, dass ich ihre Auskünfte als hilfreich bezeichnete – ich hatte doch eigentlich nur wissen wollen, in welcher Beziehung Frau Ammeyer und Max Werner zueinander standen. Aber sie ließ sich nichts anmerken und verabschiedete sich mit einem fröhlichen »Adele, Herr Dr. Rieger!«

35

War ich wirklich auf der richtigen Spur? Und wie sollte ich nun weiter vorgehen? Warten, bis sich Küchle wieder bei mir meldete? Matschke anrufen? Darauf vertrauen, dass der »Anzeiger« in seiner morgigen Ausgabe über die Aufklärung des Mordfalls berichten würde? Oder doch noch einmal in aller Ruhe und sine ira et studio alle Fakten durchgehen?

Was war mit Brosi? Hatte ich diesen nicht schon in den ersten Tagen meines Aufenthalts an dieser Hochschule als undurchschaubaren Kantonisten kennengelernt, der imstande war, zu unlauteren Mitteln zu greifen? Musste man bei ihm nicht einen ausgeprägten Zorn, vielleicht sogar einen Hass auf Hahne unterstellen? Aber warum hatte er einerseits mir gegenüber seine Abneigung gegen Hahne deutlich zu erkennen gegeben, diesen aber andererseits nie mit konkreten Vorwürfen zu denunzieren versucht? Vielleicht war er von dem Machtmenschen Hahne nach dem Prinzip »Zuckerbrot und Peitsche« domestiziert worden – »Ich schikanier Dich, aber dafür darfst Du Mitglied in meinem Golfclub werden!«?

Konnte der Anschlag auf Hahne nicht auch von außerhalb der Universität kommen? Konnten nicht radikale Gegner der Golfplatz-Pläne Hahne auf dem Gewissen haben? Und welche Rolle kam mir in diesem Spiel zu? Welche Bedeutung hatten die »Fischkopp«-Attentate, und wodurch hatte ich mir die Abneigung oder gar die Wut von Gregor und Max zugezogen? Ich war mir sicher, dass es eine Person gab, die zumindest die letzte Frage vollständig beantworten konnte – Gabi Schüssler.

Eigentlich war Gabi die letzte, ja, die allerletzte Person, die ich anrufen mochte. Ich hatte zwar in den letzten Tagen nur selten an sie gedacht, aber jedes Mal, wenn ich an sie erinnert wurde, hatte sich mein Groll auf sie gesteigert. Allerdings – wenn ich mir gegenüber ehrlich war, musste ich zugeben, dass ich mich ziemlich blauäugig und geradezu tölpelhaft auf das Abenteuer mit ihr eingelassen hatte.

Doch meine Aversion gegen eine erneute Kontaktaufnahme war schwächer als mein Bestreben, das Verbrechen aufzuklären. Ich wählte ihre Nummer und musste einige Zeit warten, bis der Anruf angenommen wurde. »Ja, Gregor hier. Was gibt's?« Auch das noch! Ich bemühte mich, gelassen zu bleiben und so ruhig und abgeklärt wie möglich zu klingen. »Hier spricht Jürgen Rieger von der Hochschule für Finanzen, Geld und Währung. Ist Gabi Schüssler zu sprechen?«

Aber mein Anliegen, dieses Telefonat in sachlichem Ton zu führen, schlug gänzlich fehl. »Ah, der Fischkopp!«, schallte es mir aus dem Hörer entgegen. »Mann, wir mögen solche Typen wie Dich nicht! Willst Du das nicht kapieren? Soll ich Dir eine ganze Fuhre vergammelten Fisch vor die Tür kippen, damit Du das begreifst? Und Gabi in Zukunft in Ruhe lässt?« Ich versuchte es noch einmal. »Kann ich das vielleicht mit Gabi selber besprechen?« Aber er legte ohne eine weitere Antwort auf. Ich konnte ihn nicht einmal mehr fragen, wie er dazu kam, mit Golfbällen um sich zu werfen.

Ich fühlte mich ein wenig wie Jeffrey Beaumont in dem wunderbaren Film »Blue Velvet«, der seine Ratlosigkeit in den schlichten Worten »It's a strange world« zusammenfasst. Zwar hatte ich nicht, wie Jeffrey, zunächst nur ein abgeschnittenes Ohr gefunden, sondern gleich einen vollständigen Leichnam, aber die mich umgebenden Menschen schienen alle ähnlich »strange« zu sein wie der von Dennis Hopper brillant gespielte Frank Booth und die Mitglieder seiner Gang. Vielleicht verdingte sich das Herzchen Gregor als Caddie in Hahnes Golf-Club und war dabei das Mitglied einer Golf-Connection, der auch Brosi angehörte, oder ein Undercoveragent der Gegner einer Platzerweiterung? Alles erschien möglich in diesem Tollhaus.

Mir blieben nur zwei Wege zur weiteren und möglichst endgültigen Aufklärung des Falles: Ich konnte entweder versuchen, Küchle zu erreichen, um meine Schlussfolgerungen mit ihm zu besprechen – in der Hoffnung, dass er sich auf ein auch von seiner Seite offen geführtes Gespräch überhaupt einließ. Oder ich konnte mich zunächst an Kaspar Matschke wenden, um mich mit ihm auszutauschen. Ich hatte ihm ja einige Informationen anzubieten, und wenn auch er etwas beisteuerte, konnten wir die Angelegenheit vielleicht abschließend klären und unsere Lösung stolz Herrn Küchle präsentieren.

Ich wählte Matschkes Nummer und hatte ihn sofort am Apparat. »Hallo, Herr Matschke! Sie können sich denken, warum ich anrufe ...« Matschke ließ mich nicht ausreden. »Ist schlecht, ist ganz schlecht jetzt, Herr Rieger! Ich bin auf dem Sprung zur Polizeibehörde. Küchle hat kurzfristig eine Pressekonferenz angesetzt. Die scheinen den Mord an Hahne aufgeklärt zu haben. Danach muss ich natürlich den Bericht für die morgige Ausgabe schreiben. Aber vielleicht geh ich anschließend in den ›Keller‹ – sehen wir uns da?« – »Ja, vielleicht«, antwortete ich enttäuscht. Und bevor ich noch etwas hinzufügen konnte, kam schon sein »Adele!« und das Klicken, das anzeigte, das er aufgelegt hatte.

Tja – das war's dann wohl für den Amateurdetektiv Jürgen Rieger! Für einen Moment hatte ich die Idee, trotzdem bei Küchle anzurufen, aber der würde sicherlich, wenn er überhaupt erreichbar war, nicht die geringste Lust verspüren, sich unmittelbar vor der Pressekonferenz noch mit mir auszutauschen. Ich fühlte mich um die Früchte meiner geistigen Anstrengungen betrogen. Mein Ärger und meine Frustration ließen mich einen Augenblick lang hoffen, Küchle würde eine falsche Lösung präsentieren und müsste zur Aufklärung des Falles am Ende doch auf meine Erkenntnisse zurückgreifen. In einer Art Übersprungshandlung griff ich zu der Finke-Festschrift, die noch unberührt und eingeschweißt auf meinem Schreibtisch lag, und begann mit dem gewohnt mühsamen Unterfangen, die Folie abzuziehen, ohne den Einband des Buches zu beschädigen.

Mein Telefon klingelte. Hatte Matschke es sich doch noch anders überlegt? Wollte gar Küchle vor der Pressekonferenz noch einmal mit mir sprechen? Oder war es Gabi? Die Nummer im Display war mir nicht bekannt. »Ja, hallo, Rieger hier«, meldete ich mich. »Petra Wehrmann-Finke. Schön, dass ich Sie erreiche!« Die Dame hatte mir gerade noch gefehlt! Hatte sie das Treffen mit ihrem »Schatz« beendet und wollte nun überprüfen, ob ich mich währenddessen getreulich dem Studium der Festschrift für ihren verstorbenen Mann gewidmet hatte? »Herr Rieger, es tut mir furchtbar leid, dass ich mich vorhin so Hals über Kopf von Ihnen verabschiedet habe. Ich hatte ganz vergessen, dass ich mit meinem Sohn verabredet war.« Aha, der »Schatz« sollte also ihr Sohn sein! Ich war in so grimmiger Stimmung, dass ich mir heimlich die Frage stellte, ob der biologische Vater dieses Kindes wohl wirklich der berühmte Professor Finke oder nicht vielmehr der berüchtigte und zwischenzeitlich verstorbene Professor Hahne war. Pater semper incertus!

Aber Frau Wehrmann-Finke ließ mir keine Zeit, solchen despektierlichen Gedanken weiter nachzugehen. »Ich möchte das wieder gutmachen. Vielleicht haben Sie ja heute Abend noch nichts vor. Darf ich Sie zu einem kleinen Imbiss und einem hoffentlich guten Schluck zu mir nach Hause einladen?«

»This could be heaven, and this could be hell«, ging es mir wieder durch den Kopf. Und auch die spätere Zeile »You can check out any time you like, but you can never leave!«

Ich sagte zu.

Epilog

Als ich aufwachte, hatte ich sofort den Duft von frisch gebrühtem Kaffee in der Nase. Sie betrat das Zimmer und schwenkte die Zeitung in ihrer Rechten. »Sogar die ›Spezielle‹ berichtet darüber«, sagte sie lächelnd. »Die ›Spezielle‹?«, fragte ich und hoffte, dass sie meine Begriffsstutzigkeit mit der Übermüdung nach einer ziemlich kurzen Nachtruhe entschuldigen würde. Sie tat es: »Na, der Herr Professor ist wohl noch ein wenig schlaftrunken, oder? Das war ein Spott meines Mannes über die Frankfurter Allgemeine. Du verstehst? Er liebte Wortspiele aller Art. So machte er zum Beispiel aus der Höllental-Klamm ein Höllen-Talk-Lamm.« – »Oh je«, dachte ich bei mir, war aber zu feige, dies zu sagen, »das sind ja die Blumentopferde meiner Kindheit …« Sie fuhr fort: »Er mochte eigentlich die ›Süddeutsche‹ lieber, war aber der Meinung, dass er als Wirtschaftswissenschaftler nicht um die FAZ herumkam. Außerdem schätzte er Reich-Ranicki und, mit gewissen Abstrichen, Schirrmacher. Also, hier steht es. ›Mord an Rektor Hahne aufgeklärt. Wie die …‹ Da-da-di, da-da-da … So, hier geht's richtig weiter: ›Es handelte sich um den Mordanschlag zweier Universitätsangehöriger. Die Täter, ein Geschwisterpaar, sind voll geständig. Sie gaben an, sie hätten sich an Hahne für erlittene Demütigungen rächen wollen. Danach hatte die Frau, Beate A., Hahne zu einem dringenden Gespräch gebeten. Dieser ließ sich auf eine Verabredung ein, die nicht in seinem Büro, sondern an einem von der A. vorgeschlagenen Ort auf dem Campus stattfinden sollte. Auf Hahnes Weg zu dieser Stelle wartete Max W., der Bruder von A., auf Hahne und erwürgte ihn. Es war geplant, Hahnes Leiche in einen in der Nähe stehenden Container zu werfen und die Leiche mit Müllsäcken zu bedecken. Dieser Plan musste aufgegeben werden, weil der Hausmeister der Hochschule vorbeikam, um den Container zu einem anderen Gebäude zu bringen. W. konnte gerade noch den Leichnam des Ermordeten in den Container werfen und sich entfernen. Ob der Hausmeister Zeuge des Mordes gewesen ist, den flüchtenden Täter bemerkt und erkannt oder zumindest die Leiche im Container entdeckt hat, wurde aus, wie es hieß, ermittlungstechnischen Gründen nicht mitgeteilt. Es wurde auch weder bestätigt noch dementiert, dass der Hausmeister, der mit der A. gut bekannt ist, möglicherweise Mitwisser war. Der Leichenfund wurde wenig später von dem Professor angezeigt, der den Container zwecks Entrümpelung eines Abstellraums angefordert hatte.‹ Bla-bla-bla … Ach hier – das ist noch interessant: ›Auf Nachfrage wurde bestätigt, dass der fast zeitgleiche Freitod des Professors Kettler mit dem Mord an Professor Hahne in keinem Zusammenhang steht.‹ Tolles Deutsch, oder?« Sie faltete die Zeitung zusammen. »Das wussten wir ja alles schon, oder, Schatz? Ich bring Dir jetzt erst mal einen Kaffee!«

Diese Frau war eine Wucht. Sie spielte auch Golf, Handicap knapp über 30, wie sie mir erzählt hatte. Sie hätte auch 3 oder 300 sagen können – einem Angehöriger des Prekariats der Freizeitkicker und Hobbyläufer wie mir sagten diese Zahlen nichts. Aber war es gut, dass ich jetzt auch zu ihrem Schatz avanciert war?

Mir ging noch ein anderes Lied durch den Kopf, das im Vergleich zum »Hotel California« so simpel war, dass die Schüler-Band, zu der ich ein paar Jahre gehört hatte, es trotz bescheidener Talente bedenkenlos zur Aufführung bringen konnte – »She's A Must To Avoid«. War sie das vielleicht auch? Ich hatte mir damals einen Spaß daraus gemacht, die Titelzeile zu »She's A Muscular Boy« zu verballhornen. Das war sie definitiv nicht.

Ich nahm mir vor, auf der Hut zu sein.

»To the happy few«
(Stendhal, La Chartreuse de Parme)

Vom gleichen Autor bei BoD erschienen:

Auf den Tod versichert

ISBN 978-3-7357-6339-6